KB251386

백탑의 달

백탑의 달

실천문학 소설

백탑의 달

2026년 2월 28일 1판 1쇄 찍음
2026년 2월 28일 1판 1쇄 펴냄

지은이   강동수
펴낸이·편집장   윤한룡
디자인   윤려하
관리 영업   이소연
홍보   고 우

펴낸곳   (주)실천문학
등록   10-1221호(1995.10.26)
주소   남양주시 퇴계원읍 퇴계원로 52 405호
전화   02-322-2161~3
팩스   02-322-2166
홈페이지   www.silcheon.com

ⓒ 강동수, 2026

ISBN 978-89-392-3193-1 03810

한국문화예술위원회

이 책은 한국문화예술위원회 지역예술도약지원사업의 지원을 받아 제작되었습니다.

강동수 장편소설

백탑의 달

실천문학

차례

두 장의 그림

초정(楚亭) 박제가(朴齊家)의 그림 〈세심정계회도(洗心亭契會圖)〉를 처음 본 것은 재작년이었다. 시립박물관에서 학예실장으로 일하는 이 선생이 전화를 걸어온 것은 봄이 무르익어가던 사월 초순이었다. 거의 1년 만의 통화였다.

"우리가 이번에 재미있는 전시회를 열어요. 알려진 컬렉터들의 숨은 명품들을 빌려와서 '수집가전'을 기획했거든요. 펼 전(展)자가 아니라 전할 전(傳)자예요. 소장가를 대접하는 뜻이에요. 하여튼, 겸재(兼齋)나 단원(檀園), 능호관(凌壺觀)의 작품 중에서도 비교적 덜 알려진 작품이 꽤 걸려요. 전시작 숫자는 많지 않지만 유명한 수집가들이 애지중지하던 것들이라 알짜배기가 꽤 있어요. 때깔 좋은 백자와 달항아리도 여러 점 전시돼요."

이 선생과는 오래전부터 아는 사이였다. 그가 일하던 박물관이 어느 대학과 합동으로 김해의 대성동 고분군을 발굴했을 때 신문사 문화부의 문화재 담당 기자였던 나는 가끔 발굴 현장을 방문하곤 했다. 발굴 열풍이 불어 유물 출토 기사가 신문의 1면에 다투어 실리고 기자들끼리 취재 경쟁도 치열하던 시절이었다.

그때 이 선생은 발굴단장의 지시로 기자들을 여기저기 구덩이로 데려가서 진행 상황을 설명해 주는 역할을 맡았었다. 나는 저녁에 발굴지 아랫마을의 막걸리 집에서 발굴팀과 서너 번 어울렸는데, 그 무렵 삼십 대 초반으로 신참 학예사였던 그녀와는 나이가 얼추 비슷했던지라 시나브로 친해졌다. 이후에도 박물관에 취재하러 간 길에 그녀의 방에 들러서 차도 얻어 마시고 이따금 박물관 앞 식당에서 점심을 함께 먹기도 했다. 한 십 년 전 근무하던 신문사에서 한직으로 발령 났을 때 시간 난 김에 한문 공부나 좀 하고 싶다고 했더니 자기가 하는 공부 모임에 끼워 줘서 사오 년간 『사기』나 『삼국사기』 따위를 함께 강독하기도 했던 터였다. 그 끝에 나는 야간 대학원에 적을 두고 미술사를 공부하고 있었는데, 어쩌다 문예지에 소설이 당선돼 무명작가가 되기도 했다.

그녀는 내가 영·정조 시대 산수화와 풍속화, 그리고 문인화에 관심을 두고 있다는 사실을 알고 있던 터라 일부러 전화해서 전시회 소식을 알려 준 거다.

"작품을 빌리러 다니고 도록을 제작하고 전시장 꾸미느라 1년 넘게 정신이 없었어요. 그런데……."

문득 그녀는 거기서 말을 끊고 뜸을 들였다.

"……?"

휴대전화에 귀를 대고 있었더니 그녀가 이윽고 말을 이었다. 마치 어린아이가 초콜릿을 입안에서 아끼며 녹여 먹듯 하는 어조였다.

"이번에…… 전시작 목록을 작성하다 보니 초정 박제가의 작품도 한 점 있어요. 선비들의 계회 장면을 그린 장면인데 분위기가 좀 묘해요. 건설업체를 하다가 지금은 아들에게 물려주고 골동 모으는 걸 취미 삼은 어떤 영감님의 소장품인데, 지금껏 그 존재가 알려지지 않았던 그림이에요. 낙관도 없이 뇌옹이란 자호만 있는데 당대의 서화 목록에도 나오지 않던 게 어떻게 이제야 튀어나왔는지……."

"그런 작품이 어떻게 해서 여태 알려지지 않았을까요?"

"좀 더 조사를 해 봐야 할 일이지만 '샤를 바라 컬렉션'에서 흘러나온 것 같아요."

"샤를 바라 컬렉션?"

"글쎄, 그런 것 같아요. 그 영감님 말씀으로는 10년 전쯤에 서울의 어떤 화상에게서 산 것인데, 그 화상이 피카소나 모딜

리아니 같은 작품들을 국제 미술시장에서 구해서 뒷전에서 중개하는 그림 브로커와 연결이 돼 있었다나 봐요. 이번에 나온 초정 그림도 프랑스의 옥션에 나온 걸 그 브로커가 구입해 서울의 화상에게 맡긴 건데, 그 그림을 알아본 그 화상이 건설사 회장님에게 넘겼다는 것 같아요."

샤를 바라 컬렉션이라면 나도 대강은 알고 있다. 샤를 루이 바라는 프랑스의 여행가이자 민속학자로 알려진 인물이다. 유럽과 아메리카, 북아프리카, 인도, 캄보디아, 북부 러시아를 방문했고 시베리아를 횡단하기도 했다. 그는 1888년 마르세유를 출발해 상하이, 텐진을 거쳐 옌타이에서 증기선을 타고 제물포에 도착했다. 그리고 한성 주재 프랑스 공사 콜랭드 플랑시의 주선으로 고종 명의의 신변 보장서와 각 지방관아에 편의를 제공하라는 명령서를 휴대하고 이듬해까지 한성에서 경기도, 충청도, 경상도를 거쳐 부산까지 육로로 여행했다. 플랑시는 『직지심체요절』 등 숱한 조선의 문화재를 프랑스로 반출한 인물이고 조선의 궁중 무희 리진을 프랑스로 데려가 결혼까지 했던 사람이다.

바라의 조선 견문기는 파리에서 『조선 종단기』란 책으로 출판되기도 했던 터였다. 그는 여행 당시 수집했던 조선의 민화, 고지도, 서예, 불화 등 수많은 유물을 반출했고 그 일부를 프랑스 정부에 기증했다. 유물들은 파리의 트로카데로 박물관에 전시됐다가 곧 에밀 기메란 실업가가 설립한 기메 박물관으로 옮겨졌다. 지금 기메 박물관에 전시 중인 바라 컬렉션은 신윤복의 풍속화, 김득신의 팔폭 병풍, 동국지도 천하도 등이다. 그런데 1893년 4월 바라는 폐충혈로 갑작스럽게 세상을 떠난다. 그가 조선에서 수집한 유물의 목록은 350건까지는 정리됐지만 나머지는 분류조차 되지 못한 채 수장고에 처박히고 말았다. 그것들은 1차 세계대전 무렵 르아브르 박물관, 파리의 인류박물관 등등으로 옮겨졌다고 한다.

말하자면 이번에 새로 찾아낸 박제가의 그림 역시 바라의 수집품 중의 하나로 1차 세계대전 무렵 파리에서 유물이 흩어지면서 이리저리 흘러 다니다가 경매를 거쳐 한국으로 되돌아오지 않았겠느냐는 게 이 선생의 추정이었다.

"혹시 후대의 위작이 아닐까요?"

"……좀 더 조사해 봐야 알겠지만 초정의 글씨체가 틀림없는 것 같아요. 전시회 기간 석 달만 빌리자고 했는데, 그 영감님이 어떻게나 까다롭게 구시던지 설득하느라 애먹었어요."

이 선생이 내게 초정의 그림 이야기를 꺼낸 데는 이유가 있다.

초정의 작품으로 알려진 〈연평초령의모도(延平髫齡依母圖)〉를 본 후 내가 초정의 그림과 삶을 두고 석사 논문을 쓸까 어쩔까 고심하고 있는 줄 그녀가 알고 있기 때문이다. 국립중앙박물관이 소장하고 있는 그 그림의 제호 '연평초령의모'는 '연평이

다북머리 시절 어미니에게 의지해 자랐다'는 뜻이다. 연평은
명·청 교체기에 망해 가는 명을 위해 청과 싸웠던 장수 정성공
을 지칭하는 것인데, 연평무왕이란 시호에서 유래한 것이다.

1644년 이자성의 난으로 명이 멸망하고, 이듬해 남경이 함
락되자 그는 지방 군벌의 하나로 복건성 도독이었던 아버지
정지룡과 함께 명나라 부흥 운동을 벌였던 사람이다. 그러나
정지룡이 복명 운동을 포기하고 청과 내통해 복건성이 청에
함락되자 성공은 아버지를 따르지 않고 저항을 계속하며 하
문도와 금문도를 근거지로 삼아 에도 막부, 류큐 왕국, 대만,
베트남, 시암, 루손 등을 연결하는 남해 무역을 번창시켰다.

1645년 15만 5천 명의 정성공 군대는 남경을 공략하기 위
해 출정했지만 두 번이나 실패하자 목표를 대만으로 바꾸었
다. 대만은 네덜란드의 점령지였는데 성공은 네덜란드 동인도
회사에서 보내온 지원군을 격파해 몰아냈다. 대만 점령 후 그
는 원주민인 고산족과의 융화 정책을 실시하며 내정을 정비
하다가 1662년 6월 23일 39세의 나이로 갑작스럽게 죽었다.

〈연평초령의모도〉는 정성공이 일본 히라도에서 일본인 어
머니에게 양육될 때의 모습을 담은 그림이다. 열주가 늘어선
넓은 테라스를 가진 서양식 2층 건물이 중간 부분에 세로로
길게 배치돼 있는데 정원엔 붉은 당의를 입고 올림머리를 한
부인이 개를 안고 앉아 있다. 화면 반대편 2층의 테라스에선

서양식 흰 셔츠와 푸른 바지를 입고 붉은 허리띠에 서양 패검을 찬 소년이 어깨에 강아지를 얹은 채 등을 보이고 고개를 돌려 먼 곳으로 시선을 두고 있는데 시선 닿는 쪽에 후지산이 그려져 있다.

젊은 부인의 차림새나 얼굴 윤곽은 불화의 관음상을 닮았고 정원의 나무와 괴석은 중국화풍이며 후지산이나 뒷동산은 일본 민화풍인데 뚜렷한 원근법과 채색 화법을 구사한 기법과 구도이며, 덕수궁의 중명전을 닮은 건물 외관이며, 소년의 차림새며, 그림에 쓰인 안료며, 영락없는 서양화였다. 정확하게 말하자면 서양화에 동양적 기법이 가미돼 있는 형국이다. 화면 중간의 공백과 서로 엇갈린 모자의 시선 때문인지 그림은 뭔가 고적하고 쓸쓸한 분위기를 풍긴다.

그런데 놀랄 만한 일은 이 그림이 초정 박제가의 작품으로 알려져 있다는 사실이다. 그 그림 상단의 제사는 이렇다.

명나라 말엽에 정지룡이 일본에서 장가들어 아들 성공을 낳았다. 지룡이 고향으로 돌아오자 정성공은 어머니에게 의지해 일본에 머물러 살았다. 우리나라 최 씨가 예술로 일본에서 노닐다가 일찍이 이를 위해 진영을 그리고 초고를 가지고 돌아왔다. 이제 최 씨는 죽어 없고 초고가 내 선생님 댁에 남아 있는지라 이를 본떠 그렸다. 붉은 옷을 입고 단정하게 앉은 사람은 정지룡의 처인 일본인 종녀다. 머리를 풀어헤친 채 칼을 차고 놀고 있는 어린아이가 성공이다. 박제가 그리고 적는다.

아무리 뜯어봐도 18세기 조선의 문인 화가가 그렸다기엔 지나치게 파격적인 그림이다. 이 제사대로라면 초정 박제가는 한국 최초의 서양화가라고 해도 과장은 아닐 것이다. 제사에 나오는 최 씨란 영조 대 화원인 호생관 최북을 일컫는 것인데, 괴짜 화가로 제 눈을 찌른 최북은 37세 때인 영조 24년(1748년) 조선통신사를 따라 비공식 수행원으로 일본에 간다. 그러니, 최북이 정성공의 고사를 전해 듣고 밑그림을 그려 조선으로 돌아왔다는 이야기가 된다. 박제가가 처음 초고를 본 스승이란 연암 박지원으로 추정된다.

이 수수께끼의 그림은 그러나 곧 진위논쟁에 휩싸이게 된다.

이 그림이 가짜라고 주장하는 이들은 '제문에 쓰인 글씨가 명필로 알려진 박제가의 것으로 보기엔 지나치게 조잡하다', '이 그림에 딸린 당대의 중국의 유명한 학자 이당 초순의 찬(贊-감상기)의 내용과 그림의 제작 연도가 맞지 않는다'고 주장했다. 박제가가 전문적인 서양화풍의 그림을 그렸다는 건 믿기 어렵다고 주장한 사람도 있었다. 또 다른 사람들은 반대의 논거를 들어 그 그림이 진품이라고 주장했다.

그림에 대한 전문적인 감식안이 없는 내가 그 그림의 진위를 가릴 방도는 없다. 그러나 마음 한편으론 진품이기를 바라는 기대를 감출 수 없어서 이따금 컴퓨터 파일에 담은 그 그림을 꺼내 들여다보곤 하면서 이런저런 상상을 펼쳤다. 나는 텅 빈 정원과 휑뎅그렁한 건물을 담은 그 쓸쓸한 그림 속에서 문명개화를 향한 박제가의 열망과 좌절을 읽어낸다. 얼핏 생텍쥐페리의 어린 왕자를 연상시키는 정성공의 잔등은 애잔하고 쓸쓸하다. 그의 시선은 후지산 너머 머나먼 허공을 향하는 것처럼 보인다. 초정은 왜 하필이면 불꽃처럼 일어나는 청에 대항해서 망해버린 명을 부흥시키겠다는 가망 없는 과업에 전 생애를 의탁했던 정성공을 화폭에다 담았을까. 그것도 어머니에게 의지했던 어린 시절의 모습을…….

쇠락한 조선의 휘청거리는 그림자를 연경에서 목도했을 초정은 어쩌면 조선을 일으킬 초인을 꿈꾸지나 않았을까. 그 초인이 쓰러져가는 조선이란 집의 기둥을 곧추세우고 서까래를 떠받치기를 고대하지 않았을까. 그러나, 그는 본능적으로 알았으리라. 조선이란 나라에선 그런 초인이 나타날 수 없다는 것을.

하여튼, 지금까지 알려지지 않았던 초정의 새로운 그림이 발견됐다는 이야기를 이 선생에게 들었을 때 나는 마음이 후끈 달아오르지 않을 수 없었다. 나는 말없이 이 선생의 이야기를 들었다.

"그런데 말예요. 표구를 다시 하려고 뜯었더니 그림 뒤에 화기가 적혀 있어요. 세필로 빽빽하게 적힌 장문의 문장이에요. 이 그림이 진품이라면 그 화기 역시 초정이 적은 것이 틀림없을 테고요."

"……."

초정의 화기가 그림 뒤에 쓰여 있다니 뜨거운 불길이 식도를 타고 내려간 듯 명치께가 후끈해졌다.

"그…… 화기 좀 읽어 볼 수 있을까요?"

이 선생이 살풋 웃는 소리가 휴대전화 너머로 들려왔다.

"그러실 줄 알았어요. 제가 전화를 드린 것도 그 때문이고……. 우리가 그 화기 일부를 번역해서 도록에 실을 계획이거든요. 메일로 화기 파일을 보내드릴게요."

이 선생이 보내온 첨부 사진 파일을 열었더니 한국화의 밑그림을 그릴 때 쓰는 면상필로 쓰인 팥알만 한 잔글씨가 빼곡히 들어차 있었다. 말미에 '뇌옹(顡翁)'이라는 자호 하나만 있을 뿐 낙관도, 수결도 없었다. 나는 글씨를 확대해서 꼼꼼히 들여다보았다. 인터넷을 뒤져 박제가의 다른 그림, 이를테면 〈목우도〉, 〈의암관수도〉, 〈어락도〉, 〈야치도〉의 제사 글씨체와 비교도 해보았다. 필적은 동일인의 것 같았지만 파일 속 문장의 필세가 이지러지고 흐트러져 있었고 붓 선이 끊긴 글자들이 적지 않아서, 고서화 감정가도 아닌 내가 박제가의 친필 여부를 단정하기는 어려웠다. 박제가의 문집인『정유각집』
의 목록을 뒤져 보았지만 그 화기는 어디에고 나오지 않았다.
나는 자전을 뒤져가며 그 문장을 하나하나 뜯어 읽었다.

기축년 사월 초나흘 무르익은 봄날 저녁 금성위 별서에서
오래 사귀어 왔던 스승과 존장, 벗이 모여들어 시회를 열었
다. 시와 문장, 그림을 논하는 와중에 시국의 흐름에 대해서
도 뜻을 교환하였다. 주흥이 도도하던 와중에 천만뜻밖에도
신분을 감히 밝힐 수 없는 귀한 분이 왕림하셨다. 모두 부복
하여 황황히 절을 올리매 그분은 정답게 우리를 격려하셨는
데 그분의 용자는 물속에 잠긴 용이 물결을 가르며 떠오르는
듯했다. 그분을 우러르매 감복하여 눈물을 흘리지 않는 자가
없었다. 엄동한설 찬 방에 홀로 누워 그때의 일을 떠올리다
새삼 이 그림을 남긴다.

기축년이면 서기로 몇 년이지? 인터넷으로 검색해 보았더
니 영조 45년, 서기 1769년이었다. 박제가가 유배 시절 썼던
자호인 뇌옹이란 낙관으로 보면 함경도 종성에 유배 가서 옛
일을 회상하며 그린 그림이라는 이야기가 된다. 엉킨 실마디
란 뜻의 '뇌(纇)'자는 얼어붙은 유배지 토방의 차가운 구들 위
에 누워 해수 기침을 쿨럭이던 박제가의 울울한 심사가 담긴

글자가 아닌가. 모든 게 어그러지고 얽혀 버린 말년의 비애를 그는 '뇌'자 한 자에 담은 셈이다.

세심정이라면 정조의 고모부이자 영조의 사위인 금성위 박명원의 별장이다. 자료를 찾아봤더니 연암 박지원의 팔촌 형이기도 한 박명원은 홍대용, 이덕무, 이서구 등등 이른바 북학파 선비들과 오랜 교분을 맺은 사람이라고 되어 있었다. 세심정은 마포 강가에 있었다는데, 늘 문사들이 모여들었다고 한다. 하여튼, 거기서 계회를 열고 그 장면을 박제가가 그림으로 남겼다? 나는 숨을 크게 들이마셨다가 천천히 내쉬며 장문의 화기를 뜯어 읽었다.

그런데, 그 화기는 읽어 내려갈수록 놀라움을 안겨 주는 것이었다. 우선 그날 계회에 참석한 사람들의 면면부터가 그랬다. 계회도에는 대개 참석자들의 이름이 적혀 있게 마련이어서 나는 무심코 명단을 읽어 내려가다가 조금 놀랐다.

금성위 박명원, 남양인 홍대용, 달성인 서상수, 밀양인 박지원, 한산인 이희천, 수원인 백동수, 전주인 이덕무, 남양인 홍국영, 문화인 유득공, 밀양인 박제가, 전주인 이서구.

명단에 적힌 이름들은 누구나 알 만한 사람들이 아닌가. 대부분이 북학파, 아니 좀 더 좁게는 이른바 백탑파로 알려진 그 유명한 시사의 멤버인 것이다. 백탑파는 홍대용을 고문으로, 박지원을 좌장이자 정신적 지주로 모인 지식인 모임이다. 지금의 종로2가 탑골공원 근처에 모여 살았다고 해서 백탑파라 부르는데 청나라의 선진 문명과 제도를 배워 조선을 부국강병 시키자는 주장을 편 북학파의 토대가 된 모임이다. 그러니까 조선의 근대정신을 대표하는 별 무리 같은 인물들이 그날 한자리에 모인 셈이다.

그러다가 나는 어떤 이름 앞에서 혼란을 느꼈다.

홍국영.

홍국영이 왜? 홍국영은 나는 새도 떨어트린 영조 대의 권세가 홍봉한, 홍인한의 일족으로서 노론 벌열가 출신이다. 백탑파의 모임에 어떻게 홍국영이 참석했던 것일까.

또 다른 의문은 있었다. '신분을 감히 밝힐 수 없는 어떤 분'이란 누구일까. '모두 황황히 부복하여 절을 올렸다'느니 '용자는 물속에 잠긴 용이 물결을 가르며 떠오르는 듯했다'느니 과연 누구란 말일까.

문득 어떤 생각이 스쳤다. 홍국영과 정조와의 끈끈한 관계는 널리 알려진 바가 아닌가. 그렇다면, '신분을 감히 밝힐 수 없는 어떤 분'이란 세손 시절의 정조가 아닐까. 생각이 그에 미치자 나는 목젖이 후끈 달아오르는 느낌이었다.

그 화기는 단순한 화기가 아니었다. 한 권의 책이 불러일으킨 거대한 필화사건을 기록하고 있었는데, 그 책을 중심으로 한 피비린내 나는 살육과 당쟁으로 얽힌 영·정조 대의 정치 상황, 사도세자의 죽음을 둘러싼 음모, 그리고 세손 시절의 정조와 노론 벽파의 목숨을 건 권력투쟁의 양상이 한 선비의 시선으로 날카롭게 그려져 있었다. 나는 박제가의 길고 긴 글을 읽으면서 몇 번이나 전율했다.

*

나는 어느 햇살 따끈한 오후 박물관에 찾아갔다. 평일 치고는 그럭저럭 관람객이 들어차 있었다. 전시장 입구에는 소장품을 기증하거나 대여한 이들의 대형 브로마이드 사진이 걸려 있었는데, 문화재 애호가로 널리 알려진 재벌기업의 선대 회장들, 화장품 회사와 스포츠용품 회사의 전 사주 같은 기업인들이었다.

겸재의 〈산수도〉, 〈귀거래도 팔폭병풍〉, 단원의 〈수하오수도〉, 〈사인 초상〉, 〈삼공불환도〉, 신윤복의 〈기녀출행도〉, 이암의 〈화조구자도〉에다 〈책가도 팔폭 병풍〉이 걸려 있었고 잘생긴 백자 각병, 청자 매병, 그리고 달항아리도 여러 점 놓여 있었다. 나는 관람객 틈에 끼여 천천히 그림을 구경하다가 드디어 초정의 〈세심정계회도〉와 맞닥뜨렸다.

세로 60cm, 가로 120cm쯤 되는 크기의 비단에 담채로 그린 그림이었다. 보관 상태가 그다지 좋지 않아 화면은 누렇게 떴고 먹도 군데군데 날아갔지만 구도며 내용, 붓 선의 윤곽을 뜯어보는 데는 큰 어려움이 없었다. 전체적인 구도는 단원의 〈서원아집도〉와 닮아 있었는데, 인물들의 모습은 철종 4년 중인 출신의 여항문인 30명이 남산에 모여 시를 짓고 이를 기념하기 위해 제작한 시화집 『수계도권』에 담긴 유숙의 그림과 비슷해 보였다.

화폭 전체엔 푸르스름한 밤안개가 옅게 깔려 있고 싸리울 너머 휘어 비틀어진 너덧 그루의 소나무 아래로 기역자로 꺾인 서너 칸짜리 아담한 와당이 보였는데, 화면 왼쪽엔 버드나무가 늘어진 작은 연못과 방도도 그려져 있었다. 괴석 두어 점 놓인 널찍한 마당에서 도포와 갓을 쓴 선비 10여 명이 주연을 벌이고 있었다. 중천엔 초승달이 떠 있었는데, 달무리가 농담법으로 푸르스름하게 번져나고 있었다. 선비의 문인화 취향보다는 좀 더 세련된, 도화서 화원의 솜씨에 가까우면서도 절제된 아취가 밴 작품이었다.

상념에 잠겨서 오랫동안 그 그림을 들여다보다가 나는 퍼뜩 정신을 차렸다. 걸음을 옮겨 다른 그림과 도자기를 보긴 했지만 무얼 보았는지도 기억나지 않는다. 전시장을 한 바퀴 돌고 나서 나는 이 선생의 방으로 찾아가는 것도 잊어버리고 허둥지둥 박물관 건물을 나섰다. 뒤뜰에는 오후의 햇살이 환하게 내리쬐고 있었다. 나는 만개한 이팝나무 그늘 아래 벤치에 앉았다.

저 수수께끼의 그림 〈연평초령의모도〉에 이어서 더 수수께끼 같은 〈세심당계회도〉란 그림을 맞닥뜨린 흥분과 혼란을 가누기 어려웠다. 이 선생 말로는 그 그림이 '샤를 바라 컬렉션'에서 흘러나온 것이라고 했지. 나는 불우한 일생을 살다 간 한 서출 학자의 손에서 그려져 이 땅 여기저기를 떠돌다가 머나먼 프랑스에까지 흘러갔다가 거의 130년 만에 제 땅에 되돌아온 그 그림의 기구한 팔자를 떠올렸다. 하기야, 〈연평초령의모도〉 역시 비슷한 운명을 겪은 그림이 아닌가. 중국에서 그려진 것으로 추정되는 〈연평초령의모도〉를 세상에 처음 알린 사람은 추사 김정희 연구자로 유명한 경성제대 교수 후지쓰카 지카시로 알려져 있다. 그는 박제가에 관심을 갖고 연구하던 중 1934년 상해를 거쳐 도쿄로 넘어온 이 그림을 한 골동상에게서 넘겨받았다. 세월이 흐른 다음 한국의 한 외교관이 입수하여 공관에 걸어놓았다가 1998년 국립중앙박물관에 기증했다고 한다.

문득 박제가와 오래 교유했던 중국의 화가 나빙이 그린 초상화 속의 박제가의 얼굴이 떠올랐다. 술이 달린 전립을 쓰고 도포를 입고 손에는 부채를 든 그림 속의 박제가의 얼굴은,

18세기 조선 지식인의 표상이랄까, 자기 확신에 찬 단단하고도 고집스러우면서도 단정한 용모였다. 박제가는 자신의 모습을 '무소처럼 넓은 이마에 칼처럼 날카로운 눈썹, 푸르스름한 눈동자와 흰 귀'를 가졌다고 적어놓았던 터였다.

글쎄, 무어라고 콕 집어서 이야기하긴 어렵겠지만 그때 나는 그 두 점의 그림이 초정의 일생을 옭아맨 족쇄 같은 것이나 아닐까 하는 느낌이 들었다.

아련하고 몽환적인 〈세심당계회도〉의 시간과 청렬하고 고적한 〈연평초령의모도〉의 시간 사이에 무슨 일이 벌어졌던 것일까. 정조와 홍국영과 연암 박지원과 초정 박제가와……. 그들 사이에선 무슨 사연이 얽혔던 것일까.

갈피를 잡을 수 없는 심정이 되어서 나는 박물관 뒤뜰의 벤치에 앉아 오랫동안 250년 전의 조선을 떠올렸다. 박제가의 화기를 풀어 소설 형식의 이야기로 옮겨보면 어떨까 하는 생각이 스친 것은 그때였다.

문득, 봄바람에 하얗고 길쭉한 이팝나무 꽃잎이 머리 위로 후드득 쏟아졌다.

북변의 겨울

갑자년(1804년 - 순조 4년) 섣달 열흘

"수……수연아! 수연아! 어디를 가느냐!"

팔을 휘두르며 부르짖던 잠꼬대에 그는 제 스스로 놀라 퍼뜩 눈을 떴다. 사개가 뒤틀린 장지문에서 얼음장 같은 야기가 새어들어 코끝이 아렸다. 얇은 요 아래의 구들장은 진작 써늘하게 식어 있다. 새벽인가. 그러나 토방엔 아직 어둠이 눅진하게 내려앉아 있고 창호의 문풍지엔 검은 그림자가 촛농처럼 눌어붙어 있다. 방안은 동굴 속처럼 어둡고 차다. 야차 같은 냉기가 콧속으로 들어가자 목울대를 울리며 메마른 기침이 걷잡을 수 없이 터져 나온다. 외풍이 이렇게 차갑건만 주름진 살가죽에서 비죽이 새어 나온 식은땀에 등판이 축축하다. 귀에선 늘 그렇듯 이명이 왱 하고 울린다.

그는 눈을 감은 채 천장을 향해 똑바로 누워 있다. 무명과

각성 사이에서 미처 제 자리를 찾지 못한 의식이 두억시니처럼 허공을 맴도는 것 같다. 감은 망막에서 붉은 불꽃이 잔상처럼 터진다. 고드름에 찔린 듯 날카로운 통증이 눈알을 덮친다.

꿈에서 본 붉은 빛은 무엇이었을까. 벗들과 북악산으로 답청 갔을 때 기슭에 점점이 핀 진달래였던가, 아니면 어릴 적 옛집 근처 논둑을 태우던 들불이었던가. 그도 아니면 딸의 얼굴에서 발갛게 피어난 열꽃이었던가.

벌써 세 번째 맞는 겨울이건만 적소에서 홀로 맞는 새벽은 여전히 낯설고, 사금파리처럼 깨진 토막잠 사이로 새어드는 꿈은 어지러웠다. 이 적막한 어둠 속 토방에 홀로 널브러진 잔약한 육신이 제 것이 아닌 것만 같다. 여기 이렇게 누워있는 자가 정말로 나, 박제가가 맞는 것인가.

중음신처럼 허공을 산란하던 미몽이 먼지처럼 천천히 내려앉을 즈음에 문풍지 밖에서 어둑신한 흰빛이 미명을 뚫고 스며든다. 간밤에 눈발이 보였으니 지금쯤 마당엔 무릎 높이로 쌓였을 것이다. 때에 전 이불자락을 젖히고 그는 몸을 일으킨다. 등거리 사이로 기다렸다는 듯 냉기가 습격한다. 머리맡의 자리끼엔 살얼음이 깔려 있다. 다시 해소천식이 쿨럭 튀어나온다.

잊을 만하면 찾아오는 둘째 딸의 꿈이었다. 오늘 찾아온 딸아이는 그가 탑골의 초가에 세 들어 살던 무렵, 대여섯 살 때였다. 여름날이었다. 따갑고 환한 햇살이 좁은 뜨락을 가득 채우고 있었다. 서재를 나온 그가 마루에 서서 길게 기지개를 켤 때 무명 치마저고리를 입은 아이는 마당가 싸리 울타리 앞에서 발뒤꿈치를 들어 어딘가를 열중해서 바라보고 있었다. 곱게 땋은 머리채가 제비꼬리처럼 잔등에서 흔들렸다.

"수연아, 게서 무얼 하느냐?"

제가가 섬돌 위의 짚신을 꿰고 마당으로 한발 내려섰을 때 아이가 해딱 고개를 돌렸다.

"아버지!"

"햇살이 따가운데 거기서 뭘 하고 있는고?"

아이가 해죽이 웃으며 달려와 그의 품에 안겼다.

"솔개를 보았어요."

"……?"

"건너편 동구나무에 까치둥지가 있어요. 하늘에서 커다란 솔개가 날아와서 나무를 빙빙 돌다가 나무에 내려앉으려 했어요. 둥지에선 새끼 까치가 솔개의 부리를 피해 짹짹거리고 있었는데, 모이를 구하러 갔던 어미 까치가 날아와서 솔개를 쪼았어요. 솔개와 까치가 하늘을 빙빙 돌면서 싸웠는데, 까치가 워낙 사납게 대드니까 결국엔 솔개가 도망가고 말았어요."

제가는 빙긋이 웃었다.

"그래 어떤 생각이 들더냐?"

"솔개가 몹시 사나웠어요. 그런데 깍깍거리며 죽기 살기로 대드는 까치가 더 무서웠어요."

"그래, 그게 새끼를 지키는 부모의 마음이란다. 새끼가 환란 중에 있으면 제 약함을 돌아보지 않고 달려드는 건 사람이나 미물이나 매한가지인 게지."

제가는 목을 안고 있는 딸아이의 새순 같은 손가락 끝마디가 작은 이파리로 꽁꽁 처매져 있는 것을 보았다.

"손가락은 왜 그러느냐?"

그러자 딸아이는 다시 해죽 웃었다.

"손톱에 봉숭아 물을 들이는 거예요. 어젯밤에 언니가 봉숭아 꽃잎을 따다 찧어서 처매 주었어요."

"……흠."

수연은 열 손가락 중에서 새끼손가락을 꽁꽁 묶은 당사실을 풀고 이파리를 벗겨내었다. 앙증맞은 손톱이 연분홍으로 물들어 있었다.

"예쁘구나. 하지만 땡볕에 나와 있으면 더위를 먹는단다. 안으로 들어가거라."

아이는 아비의 목덜미를 감았던 팔을 풀고 종종걸음으로 마당을 가로질러 마루로 뛰어들었다. 안방 문을 열면서 "엄마!"하고 외치는 아이의 목소리가 처마 끝에 걸어놓은 풍경처럼 쟁쟁거렸다.

제가는 딸아이가 섰던 울타리로 다가가 무연히 동구나무를 올려보았다. 이미 솔개도, 까치도 보이지 않았는데, 햇빛에 반짝이는 떡갈나무 잎 사이로 새끼들의 쩍쩍거리는 소리만 들려왔다.

그랬는데…….

몸을 되돌리자 갑자기 집이 사라지고 없었다. 숲속이었다. 아름드리 고사목이 빽빽이 들어차 있었는데 혹은 말라비틀어지고 혹은 자빠져서 난마처럼 어지럽게 얽혀 있었다. 회오리바람이 불자 누렇게 마른 잎새가 우수수 흩날려 눈을 가렸다. 새벽의 임진나루인 듯, 아니면 삼도천 기슭인 듯 어디선가 계곡의 물소리가 아득히 들렸는데 황폐한 숲 사이로 자욱한 안개가 굼실거리고 있었다. 꿈속의 제가는 두보의 시 한 구절을 떠올렸던가. '이슬 맞은 단풍나무 숲 시들고 무산 협곡에는 가을 기운 쓸쓸하다. 강의 물결은 하늘로 치솟고 변방의 바람과 구름, 땅을 덮어 음산하다.'

길을 찾아 허둥지둥 숲을 헤매는데 문득 스물다섯 딸의 모습이 나타났다. 치맛자락이 나뭇가지에 걸려 갈기갈기 찢긴 소복에 쑥대 같은 봉두난발이고 볼은 핼쑥했는데 이마와 광대뼈, 목에는 버짐 같은 열꽃이 벌겋게 피어 있었다. 딸은 두 손을 모아 얌전히 서서 무어라 형언할 수 없는 처연한 얼굴로 아비를 바라보고 있었다.

“수……수연아!”

제가는 허우적거리며 딸을 불렀지만 목구멍에서 소리가 되어 나오지 않았다. 수연은 문득 두 손을 이마에 붙이고 나붓이 큰절했다.

“아버지! 저 이제 가요. 부디 평안하셔요.”

수연이 몸을 돌렸다. 머뭇머뭇 뒤돌아보던 그 아이는 안개 자욱한 숲길을 종종걸음 쳐 갔다. 제가는 두 팔을 허우적거리며 사라지는 딸을 뒤쫓았다. 숲 사이의 오솔길을 걷던 수연이 모롱이를 돌더니 안개 사이로 홀연히 사라졌다. 제가는 뒤쫓아 가다가 길바닥에 박힌 돌멩이에 발끝이 채여 자빠졌다. 그는 엎어진 채 팔을 휘저었다.

“수……수연아. 멈추거라. 어디로 가느냐!”

그러다가 퍼뜩 잠에서 깼던 것이다.

제가는 엉금엉금 기어서 장지문을 열었다. 사라진 딸의 종적이라도 찾듯. 희붐한 어둠 속에서 눈보라가 흩날리고 있었다. 열린 장지문으로 차가운 바람이 마적 떼처럼 사납게 들이쳤다. 꿈에 본 딸의 흐릿한 그림자 위로 죽은 아내의 야윈 얼굴이 포개졌다. 허옇게 센 쪽머리에 허술하게 꽂혀있던 아내의 나무 비녀…….

딸의 꿈을 꾸고 일어난 새벽이면 제가는 하염없이 아득한 슬픔에 빠지곤 했다. 우물 안을 내려다보듯, 먹빛처럼 시꺼먼

제 속을 들여다보며 제가는 나지막이 중얼거렸다. 네 혼백은 왜 아직도 이렇게 나타나서는 아비를 괴롭히느냐. 아직도 중음을 벗어나지 못하고 구천을 떠돌아다닌단 말이냐. 정녕 너는 효녀가 아니로다.

네 아들과 두 딸 중에서 제가를 가장 따랐던 아이가 수연이었다. 백탑의 벗들과 떠들며 놀다가 술에 곤죽이 되어 목청 높여 시를 읊으며 비틀거리고 돌아오면 흙탕이 된 아비의 중치막과 버선을 벗겨주고 수건에 물을 적셔 손발을 닦아주곤 하던 아이였다. 삯바느질하는 제 어미에게서 채단 자투리를 얻어 예쁜 담배쌈지를 기워 준 것도 그 아이였다. 열다섯이던 그 아이를 윤가기의 아들에게 출가시키고는 내심 얼마나 서운했던가.

수연은 시집간 지 십 년 동안 자식이 없다가 6년 전 스물다섯 꽃다운 나이에 허로(虛勞-결핵)로 허망하게 세상을 떠났다. 정조 22년(1798년) 마흔아홉의 그가 영평(지금의 경기도 포천) 현감으로 고을살이를 하고 있을 적이었다. 그가 딸의 빈소로 달려갔을 적에는 이미 염습이 끝난 다음이었다. 늙은 아내가 먼저 세상을 떴을 때보다 더 한 단장의 아픔을 딸의 죽음 앞에서 그는 겪었다. 딸의 묏구덩이에 던져 넣으라 부질없는 묘지명 한 장 쓴 것이 유일한 아비 노릇이었다.

내 나이 스물일곱 되던 해 섣달 스무이틀에 너는 태어났다. 내가 오십을 넘긴 해 오월 유일 네가 죽었다. 네 나이 열다섯 나던 겨울에 아들과 교유가 있던 윤후진에게 시집보냈다. 그해 오월 나는 열하(熱河) 사신을 받들어 순황제 만세연에 참가했다가 구월에 압록강을 넘어 돌아왔다. (……) 상께서 노고가 많았다 하시며 군기정(軍器正)으로 승차시키셨다. 다시 연경으로 가라는 명을 내리시며 비단과 명주, 햇솜을 하사하시어 그것을 밑천 삼아 너를 시집보냈으니 대저 특별한 처우였다. (……)

네가 시어머니의 상을 당하여 문상객의 호궤를 주관하느라 자못 큰일을 했지만 나는 그리 기쁘지는 않았다. 상을 마치자 과연 병을 얻었다. 네 시댁이 위태로워져서 그 병증을 알지 못했다. 시월에 나는 너를 영평현 내아로 데려왔는데 네 시댁보다 좋은 곳이어서가 아니라 너를 노역에서 풀어주려는 까닭이었다. (……) 네 병이 깊어 치유되지 않았기에 나는 영평 근처로 너를 다시 데려오려고 했지만 네 시아버지가 다시 관직에 올라 나는 하회를 헤아리며 결정을 내리지 못하였다. 내가 떠날 때에 너를 몇 번이나 돌아보았다. 수척함이 갈수록 심해져서 그저 반년을 버티기를 기대할 뿐이었다.

일과를 마치고 홀로 내아에 앉아 있는데 위급한 소식이 당도했다. 그날 밤 너의 어린 두 동생을 말에 태우고 비를 무릅

쓰고 팔십 리를 달렸는데 마상에서 부고를 듣고는 들판에서 통곡했다. 앞서 나는 깊은 숲에 들어간 꿈을 꾸었는데, 땔나무 팬 흔적뿐 초색은 묘연했더랬다. 그때 나는 너의 어린 동생들을 어루만지면서 구슬피 뭔가를 찾으려는 듯한 행색이었다. 잠이 깨었지만 즐겁지 아니하더니 이날 통곡한 연후에야 그 까닭을 깨달았다. 어찌 앞일을 정할 수 있으랴. 내가 들어서니 너는 이미 염을 한 후였다. 네가 나를 보지 못함을 한스러워했다는 소리를 들었다. (……) 탄식하며 기진하노라. 나는 이제부터 쇠약해지는바 근심 또한 길지는 않을 것이다. 다만 조물주가 헛되이 나를 정한이 많게 만드셨음을 한하노라. (……)

날을 잡아 천안군 삼지짐 이떤 곳의 들판에 장사 지내니 선영을 따름이라. 내가 가려 해도 직분 때문에 다른 경계로 넘어가지 못한다. 그 뜻을 글로 지어 묏자리에 넣어두어 뒷사람으로 하여금 네가 정유 박제가의 딸임을 알게 하려는 것이다. 묘지명을 짓는다. 아득히 먼 땅이여, 젊고 고운 나이가 사무치도다. 살아 이별이니 아비 얼굴조차 보지 못하였구나.[1]

사랑하던 딸이 소생도 없이 고된 시집살이를 하다가 기름

1　박제가, 『정유각집(貞蕤閣集)』 3권 〈망녀윤씨부묘지명(亡女尹氏婦墓誌銘)〉

닳은 등잔불 꺼지듯 스러지고 말았으니 그 또한 애달픈 일이로되 제가 자신도 종내엔 사돈인 윤가기에 얽혀서 이천 리 변방 국토의 끝인 함경도 종성에까지 유배당해 와서 4년째 모진 고초를 겪고 있으니 따지고 보면 윤문과는 악연이었지만 사돈댁을 원망할 생각은 없었다.

4년 전인 순조 1년(1801년) 정월 쉰둘의 제가는 소론의 영수 윤행임을 정사로 한 사은사의 일원으로 연경에 갔다가 한성에 도착한 지 얼마 되지 않아 견평방(堅平坊) 의금부로 끌려갔던 것이다. 그 전해 대행대왕[정조]께서 급서하고 나서 대리청정을 맡은 정순왕후와 노론 벽파의 손에 소론, 남인과 실학파 계열 신하들이 대부분 숙청되었는데, 노론의 영수 심환지와 그 당여의 무도함을 꾸짖는 벽서가 동남문에 게시되었다. 전 단성현감 윤가기와 그의 식객 임시발이 주모자로 포착되어 포청에서 신문을 받다가 의금부로 옮겨져 추국을 받았는데 모진 고문 끝에 자복하고 대역부도의 죄를 입어 참형되었다.

윤가기의 일가로서 그를 현감에 추천한 윤행임은 연루되었다가 일단 방면됐지만 정순왕후가 일으킨 신유박해 때 다시 붙잡혀 서학을 신봉했다는 죄로 목이 잘렸다. 신유년의 옥사는 참혹했다. 이가환, 이승훈, 정약종이 사학(邪學)의 수괴로 서소문 밖에서 참형을 받았고 정약용, 약전 형제는 남쪽으로 유배형을 당했다. 윤가기의 사돈에다 윤행임을 수행해 연경을 다녀온 제가 역시 사학 당여의 혐의에서 벗어날 수는 없었다. 결국 죄를 덮어쓰고 함경도 종성으로 유배형을 받았던 것이다.

의금부로 압송되어 추국을 받으면서 당했던 그 고초를 새삼 되뇌어 무엇하랴. 국청에 정좌한 금부 당상의 호통 아래 옥리에게 주리를 틀리고 단근질과 압슬을 당해 살이 타고 무릎이 으스러지던 무간지옥의 시간…….

그때 제가는 모진 고신(拷訊)을 받아내면서도 끝까지 무고함을 항변했었다. 네 차례나 연경을 드나들면서 서학에 물들지 않았느냐는 추궁에도 그는 하나하나 근거를 들어 핵변(覈辨)했으며, 윤행임의 당여가 아님을 소리 높어 외쳤다. 키가 작고 허약한 서생인 자신이 그 모진 고문에 맞설 수 있었던 힘이 어디서 나왔던지 스스로도 설명하기 어려웠는데 배소에 닿고서야 수십 년 전 젊은 시절 겪었던 그 어떤 사건의 그림자가 제 뇌수 갈피에 숨어 있었기 때문이라는 사실을 벼락 치듯 깨닫고 전율했다. 흥인문을 지나 다락원 주막거리, 파발막을 거쳐 양주로 해서, 유배지 중에서도 가장 혹심한 곳이라는 함경도 최북변인 종성까지 이천 리 길을 으스러진 다리를 질질 끌며 갈 적에도 제가는 사돈인 윤가기를 원망하는 마음보다는 수연이가 일찍 죽어 시가가 구몰되고 친정 아비가 유배

당하는 꼴을 보지 않은 것이 차라리 다행스러웠다. 두 아들 장림과 장름이 김화까지 따라 나왔다가 되돌아가라는 아비의 재촉에 길바닥에서 절을 올렸을 적에 그는 먼 산만 바라보았다.

후일 제가는 한성의 스승 미중(박지원의 자)에게 이런저런 편지를 보내기도 했지만 유배살이는 늙마에 들어선 그에겐 견딜 수 없는 고통의 연속이었다. 종성은 두만강을 사이에 두고 만주를 건너다보는 곳으로, 서쪽으로는 백두산, 동쪽으로는 온성과 인접한 오지 중의 오지였다. 그의 유배처는 종성읍에서도 20리쯤 떨어진 두만강 가였다. 종을 엎어놓은 모양의 동건산이 멀리 보이는 마을이었다.

제가는 귀양살이 내내 종성부사는 물론 아전배의 철저한 감시와 멸시를 받았다. 동량지신을 모해한 흉서를 내건 서학쟁이의 무리라는 혐의는 그를 감시하기에 충분한 죄목이었고 서얼이라는 그의 신분은 업신여기기에 좋은 결함이었다.

요에 주저앉은 제가는 딸의 꿈이 불러일으킨 참혹한 기억을 떨쳐 버리기라도 하듯 머리를 세차게 흔들었다. 그는 맨상투에서 흘러내린 잿빛 머리카락 몇 올을 귀 뒤로 쓸어 넘기며 살얼음이 낀 자리끼 대접을 들어 마른입을 적셨다. 긴 숨을 내쉬며 떨리는 손으로 때 묻은 동저고리를 입고 바지를 꿴 다음 버선을 신고 대님을 쳤다. 배자를 받쳐 입고 풍뎅이도 썼다.

그리고 다시 쿨럭이면서 장지문을 밀었다.

북변의 아침은 더디 오는 법이어서 아직 주위는 캄캄하건만 첩첩이 눈이 쌓인 마당에서 희붐한 새벽빛이 솟아오르고 있었다. 사립문과 토막 사이에 사람 하나 드나들 길을 넉가래로 뚫자고 해도 반나절 일일 터였다. 제가는 섬돌의 짚신을 꿰어 신고 한쪽 다리를 끌면서 부엌으로 갔다. 살강엔 밥그릇, 국 사발 서너 개, 부뚜막엔 솥 전이 깨져 나간 노구솥이 옹색하게 걸렸을 뿐인데 아궁이는 싸늘하게 식어 있었다. 그는 좁은 부엌 한구석에 쌓인 솔가지 삭정이 몇 개와 강변에서 거둬온 마른 갈대 한 줌을 아궁이에 밀어 넣었다. 부시를 치는 손이 자꾸 떨려서 마른 솔잎에 불을 붙이는 데 애를 먹었다. 그는 기침을 쿨럭이면서 가까스로 불을 지폈다. 솔가지와 마른 갈대가 사각사각 타오르면서 아궁이 속이 발갛게 밝아지자 기분이 아늑해졌고 졸음이 왔다.

그는 잉걸불을 바라보면서 그날 할 일을 생각했다. 얼마 지나면 날이 천천히 밝아올 것이니 소세부터 하고 나서 어제 저녁 먹다 남은 서속밥 덩이를 더운물에 말아서 짠지를 반찬 삼아 아침을 먹어야 할 것이다. 학동들이 오면 몇 자 가르치고 오후에는 쓰고 있는 『주역』의 주해를 계속할 작정이었다. 땔나무가 떨어져 가니 뒷산에서 솔방울이라도 줍고 강변에서 마른 갈대를 낫으로 베어 와야 할 테지만 눈이 첩첩이 쌓였으니 다른 날로 미루어야 할 것이다. 아, 우선 눈이나 치우고 통로라도 틔워두어야지. 잘하면 오후에 종성부에서 관노가 양식이나 짊어지고 올지도 모르잖나. 한양에서 무슨 기별이라도 오면 더 좋은 일이고……. 그러나 그것이 헛된 기대임을 제가 스스로도 잘 알고 있는 일이었다.

제자들이 찾아온 것은 사시(오전 9~11시) 초였다.

다리를 질질 끌며 넉가래로 눈을 밀어 길을 내고 있을 때였다. 윤학과 한수가 옆구리에 책 보따리를 끼고 설피를 신은 채 싸리문으로 해서 토막에 들어오다가 스승이 숨을 헐떡이며 눈을 퍼내는 꼴을 보고는 달려왔다.

"선생님, 우리레 하겠구마. 빗강대(빗자루)랑 국떠기(고무래) 이리 주시라우."

윤학은 읍내 아전붙이 이가의 큰아들인데, 구실살이라도 시키려면 소학권이나 떼어야 한다 해서 지난가을부터 아들을 맡겼고, 한수는 영락한 토반 부스러기 오 약정(約正)의 둘째 아들이었다. 윤학은 열넷이고 한수는 열세 살이었다.

제자들이 눈을 치우는 동안 제가는 툇마루에 앉아 헐떡이는 숨을 다스렸다. 날숨이 엉긴 자잘한 얼음 알갱이가 잿빛 수염에 매달려 버석거렸다. 제자 둘이 무릎까지 차오른 눈을 퍼내 사람 하나 겨우 지나다닐 만한 좁은 통로가 만들어졌을 무렵 세 번째 제자가 나타났다. 호방별감 유가의 아들인 열다섯 먹은 경로란 아이였다.

"아바지를 동헌에서 만나개지구 오느라 늦었습구마. 이거는 브쓰게(부엌)에 놓아두면 되겠슴둥?"

경로는 등에 쌀자루를 메고 있었다. 채 한 말이 되어 보이지는 않았지만 엊저녁 뒤주를 박박 긁어 서속 밥을 지어먹었던 제가로서는 은근히 반가웠다. 유 별감이 그래도 아들을 맡긴답시고 챙겨 보낸 것일 터였다.

"오마니가 함새(반찬) 맹글어 드시라고 멧도티(멧돼지) 고기하고 저란(계란)도 주었스꾸마."

경로가 자루 주둥이를 풀어 보였는데, 댓잎으로 싼 고깃덩이와 짚 꾸러미에 담긴 달걀 다섯 알이 쌀 속에 반쯤 파묻혀 있었다. 오랜만에 보는 육고기에 주린 위장이 요동을 쳤다.

유배 죄인을 호송하는 노자는 나라에서 나오는 것이 아니라 죄인이 직접 부담하는 것이 조선의 행형제도였다. 죄인이 유배지에 안치되면 관할 지방관청이 시량을 대주게 돼 있으나 명목뿐이어서 이방이 인근 마을 주민에게 죄인의 호궤를 책임지라 떠맡기는 것이 고작이었다.

제 먹을 곡식도 없는 찢어지게 가난한 북변 민촌에서 어찌 죄인을 보살필 겨를이 있을까. 높은 벼슬살이를 하다 유배 온 사대부나 한양의 삼개와 송파나루에서 번듯한 물상객주를 하다 죄지어 온 자들은 본가에서 쌀이며 사철 의복이며 심지어 인삼 녹용 같은 약재까지 가져다 먹고 문방사우에 좋은 종이를 가져다 쓰지만 가난한 상민이나 상전의 죄를 대속해 유배된 노비들은 날품팔이로 입에 풀칠해야 했는데, 그도 못하는 자들은 굶어 죽는 수밖에 없었다.

혹형지로 삼수와 갑산을 으뜸으로 꼽지만 종성도 그에 못지않은 벽지 중의 벽지였다. 시골 개가 한양 김 풍헌을 알랴. 당쟁에 밀려 일시 귀양 온 고관대작에게는 지방 수령도 후일을 바라고 입의 혀처럼 굴건만 제가는 명색이 전조의 총애를 입은 규장각 각신에다 지방 현감을 지낸 처지였음에도 노론에게 밉보여 다시 조정에 불려갈 일이 없는 끈 떨어진 벼슬아치라 해서 박대가 여간 아니었다. 종성부사는 단 한 번도 그를 불러 유배살이의 고단함을 묻지 않았고 아전조차도 불손한 태도를 감추지 않았는데 이는 제가가 보잘것없는 서얼 출신 때문이기도 했다.

그렇다고 한양의 아들에게 손을 벌릴 수도 없었던 것이 적빈한 가세를 누구보다도 잘 알고 있는 터였다. 아들 장림에게서 생활고에 집을 팔았다는 편지를 받았을 때 제가는 오열하며 이렇게 답장을 보낼 수밖에 없었다.

…시골에서 살아야 한다면 내가 볼 때 부여가 좋겠구나. 서책에 마음을 두고 일체의 세상과 연을 끊는다면 그도 신선의

삶이 아니더냐?

이따금 안부를 전해오는 것은 미중 선생이었는데, 그 역시 찢어지게 가난하여 유배 뒷바라지를 해 줄 수는 없었고, 그나마 백동수가 곡식과 바꿔 먹을 상목 필이나 두어 번 노복 편으로 보내온 것이 전부였다. 그럴 때마다 일찍 죽은 평생의 벗이자 선배인 이덕무의 얼굴이 삼삼했다. 안부를 묻는 미중의 편지에 제가는 제 울울한 심사를 섞어 이렇게 답장을 보냈다.

……귀양길은 한 달이 걸렸습니다. 노정은 말할 수 없이 험난했고 고을 원의 구박과 아전배들의 행패는 필설로 표현하기 힘들 정도였지요. 제가 북으로 올 때 소문이 천지간을 태워 마치 바둑돌을 쌓아놓듯 위태로웠고 평생의 친구들마저 모두 도망을 갔지요.

북관 4년을 차디찬 움막에 살았고 의금부 옥사에서 고문을 당할 때는 거의 죽음과 입을 맞추었습니다. 빗발치는 매질에 살과 가죽이 떨어져 나갔고 유혈이 낭자하니 통절한 원한이 세상을 가득 채울 정도였습니다.……

그러다가, 시나브로 이 변방의 극지에까지도 제가의 명성을 전해주는 자들이 생겨났다. 그가 비록 서학에 연루됐다는 음해를 입었을망정 선대왕이 총애하던 신하였으며, 연경에도 네 차례나 다니면서 대국의 명망 있는 학자들과 교유가 깊은 데다 시서화로는 조선에서 첫째, 둘째를 다투는 기재라는 사실이 알려지면서 그를 대하는 향촌의 태도가 조금 달라지기는 했다.

밥술깨나 먹는 토반들이 그에게 글씨나 그림을 청해오기도 하고 이따금 시회에 부르기도 했지만 제가는 일절 응하지 않았는데 비록 곤고한 유배살이라 해도 귀 떨어진 한촌의 향반 따위에게 업신여김을 당할 생각은 추호도 없었기 때문이다. 그러다가 지난해부터 향촌의 아이들에게 글을 가르치기로 했던 것이다. 고적한 귀양살이의 심심파적이기도 했지만 학채로 양식이나 땔감이라도 보탤 요량이었다.

제가가 툇마루에 앉아서 제자들이 쌓인 눈을 못 이겨 자빠진 싸리울을 일으켜 세우는 것을 무연히 바라보고 있을 때 문득 까치가 까악까악 울며 젖은 하늘을 날아갔다. 제가는 자신도 모르게 한숨을 쉬었다. 한양에서 무슨 좋은 기별이라도 당도하려나.

벌게진 얼굴에서 김이 무럭무럭 피어오르는 아이들에게 제가는 웃는 얼굴을 보였다.

"애들 썼구나. 이제 공부를 해야지. 오늘 배울 대목이 『소학』

경신편(敬身編)이었지? '어진 이는 친하면서도 공경하고, 두려워하면서도 사랑하며, 사랑하면서도 그 악함을 알고, 미워하면서도 그 선함을 알아야 하느니라.' 그래 강할 준비는 하였느냐?"

*

아이들이 물러간 오후엔 눈이 그치고 해가 제 모습을 드러냈다. 북변의 강가에 덮인 눈밭이 희게 반사되었는데, 이따금 불어오는 북풍에 눈가루가 우수수 날려갔다. 한참이나 붓방아를 찧던 제가는 기어코 붓을 던지고 자리에서 일어났다. 그는 설피를 신고 토막을 나섰다. 머리가 어지러워 『주역』 주해를 쓰는 붓이 나아가지를 않던 것이었다. 심사가 흐트러진 것은 보름 전에 아들이 북변을 돌며 수달피며 여우 가죽을 거둬가는 보부상 편으로 보내온 편지 때문인지도 몰랐다. 아들은 편지에서 그렇게 쓰고 있었다.

아버님.

불초 소자는 한양의 한 귀퉁이에서 조석으로 아버님 생각에 눈물만 흘릴 뿐이나이다. 머나먼 북변 한지에서 고생하실 아버님을 생각하면 몸 둘 바를 찾지 못하겠나이다. 늙으신 아버님께 따뜻한 진지 한 그릇, 포근한 누비옷 한 벌 올리지 못하고 문안조차 여쭙지 못하는 자식이 자식이겠나이까. 무능하고 아둔한 저는 그저 북변을 향하여 엎드려 눈물만 쏟을 뿐입니다.

하오나, 오늘 서찰을 올리는 것은 이 불초의 문후를 겸하여 영숙(백동수의 자) 아저씨의 전언을 전해드리고자 함입니다. 영숙 아저씨가 조정의 요로에 기맥을 살폈는데, 어쩌면 아버님에 대한 사면령이 내려질 수 있을 것 같다고 합니다. 수정전(창덕궁 대왕대비의 거소)께오서 4년 전 신유년의 옥사를 되돌아보시고, 유배를 당한 자 중에서 그 죄가 경미하거나 혹은 다소 억울한 혐의를 입은 자가 있으면 그 경중을 다시 살펴 해배하라 명했다 하옵니다. 영숙 아저씨의 말씀으로는 아마 아버님도 그 대상에 포함될 수 있을 것이라고 합니다. 아저씨는 아버님께 이 소식을 전하여 고된 유배살이를 버틸 힘으로 삼게 하라고 하셨습니다만, 또한 세상일이란 알 수 없는 것이니 너무 마음을 태우지는 마시고 느긋하게 기다리시는 게 좋겠다고도 전하라고 하셨습니다.

이 무력하고 불초한 소자는 그저 조정의 우악한 은혜가 저의 가문에도 내려 하루 빨리 아버님을 한성으로 모셔 올 날만을 기다리고 또 기다리옵니다. 아버님께오서도 부디 옥체를 보중하시어 섭생을 잘 지키시옵소서. 한양에서 불초 엎드려 절하옵니다.

해배령 따위엔 미련을 갖지 말자고 생각하면서도 그런 편지를 받고 보니 제가의 마음은 무시로 한양을 향했고 평생의 사표인 미중 선생, 선왕의 명을 받아 함께『무예도보통지』를 찬술했던 영숙 같은 선배들이나 낙서(이서구의 자) 같은 백탑의 후배들이 떠올랐는데, 죽은 무관(이덕무의 호)에 대한 그리움이 더욱 사무쳤다.

"허, 참. 이거야 원……."

행여 종성부의 방자가 달려오기라도 할세라 언덕바지 노송에 기대서서 읍내 길로 향하는 자신의 시선을 깨닫자 그는 스스로 무렴해서 혀를 찼다. 주역의 '택풍대과(澤風大過)'의 상전에 이르기를 '독립불구(獨立不懼), 돈세무민(遯世無悶)'이라, '홀로 서 있어도 두려워 말고, 세상을 피해 있어도 번민하지 말라'고 했으니 이는 유배살이 하는 선비가 가져야 할 처신이 아닌가. 그런데, 명색 주역을 논구한다는 자가 이 무슨 안달이란 말인가.

제가는 눈을 들어 눈 쌓인 원경의 동건산과 이어진 산자락, 그리고 얼어붙은 두만강을 바라보았다. 미중 선생의 오랜 벗 사춘(이희천의 자) 선생의 부친인 이윤영 처사와 오랫동안 교유가 있던 능호관(이인상의 호)의 일품 〈장백산도〉와 흡사한, 황량하면서도 호쾌한 풍경이 눈앞에 펼쳐져 있었다. 사춘의 얼굴이 문득 뇌리에 떠오른 순간 제가는 저도 모르게 어깨를 떨었다.

그는 문득 오래전부터 별러왔던 그 일을 이제야 해내야 할 때가 왔다고 생각했다. 그래 내 몸뚱이가 이렇게 하루가 다르게 짓물러가지 않나, 이제 곧 사개가 뒤틀린 어깨뼈가 내려앉으면 두 팔을 놀리지도 못하리라. 그렇게 되기 전에…….

제가는 한숨처럼 중얼거리며 몸을 되돌렸다.

"하, 강산무진(江山無盡)에 적막강산이로다……."

*

모처럼 날씨가 맑고 바람이 잦아든 이튿날 오후 제가는 토막의 들창을 열었다. 환한 햇살이 창으로 새어 들어와 어두컴컴한 방 안이 밝아졌다. 방을 깨끗이 치운 다음 그는 구석에 놓인 버들고리를 열었다. 그리고 유지로 곱게 싼 물건을 꺼내 찬찬히 펴들었다. 매미 날개처럼 투명하고 하늘하늘한 소주(蘇州)산 비단이 주르르 흘러내렸다. 제가는 그 부드러운 비단을 주름진 손으로 천천히 쓸어보았다.

인근 수령이나 밥술깨나 먹는 토호들이 제가에게 서화를 청하기도 했으나 일절 응하지 않다가 지난해 종성부와 거래

하는 만상(의주의 상단)의 행수가 종자를 앞세워 토막을 찾아
와 그림을 청했을 때 제가는 소주산 고급 비단 서너 폭과 중
국 안료를 구해 주는 조건으로 응낙했던 터였다. 만상 행수
가 비단과 진사, 대자, 석록, 석청, 황로, 연백 따위 안료에다
배접용 호분과 쟁틀, 안료 접시까지 일습을 부상에게 지워
보냈다. 은자 열 냥에다 쌀과 어포와 육포 한 짐, 소홍주 두
어 병도 화채로 함께 왔다. 제가는 사흘을 걸려 관수도 한 폭
을 그려 보냈는데, 남은 비단과 안료를 따로 보관해 두었던
것이다.

그는 33년 전, 을축년의 어느 봄날을 그릴 작정이었다. 그
러나 여러 차례 비단과 안료를 꺼내 방바닥에 늘어놓았다가
도 끝내 붓을 들지 못하고 도로 싸 넣기를 반복했던 터였다.
그 밤과, 이어지는 또 다른 시간을 기억의 표면으로 다시 건
져내기가 그는 두려웠다. 떨어지는 꽃잎 아래 궁중 다담을
안주로 놓고 펼쳐진 그 유쾌한 봄밤의 웃음소리와, 어느 농
가의 광에 갇혀 매를 맞고 기갈에 시달리며 제 입에서 새어
나오던 비명이 머릿속에서 이명처럼 뒤섞일 때 그의 이마에
선 진땀이 흘러내리고는 했다.

제가는 방바닥에 펼쳐진 비단을 물끄러미 내려다보았다.
이제는 이명도 들리지 않았고 식은땀도 나지는 않았지만 여
전히 그날의 기억을 떠올리는 것은 힘겨웠다. 그는 한숨을

쉬면서 열려 있는 창으로 쏟아지는 환한 햇살을 올려다보았다. 스스로 생각하기에도 여명이 얼마 남지 않은 마당에 더는 미룰 때가 아니었다.

그는 화선지를 떨리는 손으로 꺼내 펼쳤다. 화선지에 대략의 초화를 그리고 나서 쟁틀에 비끌어 맨 비단 천 밑에 끼워넣고는 담채로 그릴 작정이었다. 붓에 먹을 묻혀놓고 그는 눈을 감았다. 파들거리는 눈꺼풀 사이로 담헌(홍대용의 자)과 미중 선생, 영숙과 무관의 얼굴이 주르르 흘러갔는데, 통영갓에 도포를 입은 미복 차림인 젊은 날 그분의 모습도 보였다. 갓 스물의 제 모습도 흘러갔다.

"하, 야차 같은 세월이로고."

그는 한숨을 내쉬었는데 주름진 눈가에 진물 같은 눈물이 흘러내렸다. 그는 이를 앙다물고 끝내는 옹이진 한 마디를 뱉어내고야 말았다.

"전하……."

| 2 |

명기집략

신묘년(1771년 - 영조 47년) 오월 스무날

좌포청 포교와 나졸들이 제가의 셋집에 잠복한 것은 신묘
년 오월 스무날이었다. 그때 제가의 나이 스물둘이었다.

사시(오전9~11시) 초에 탑골의 미중 선생 댁 종복 장복이가
훈도방 붓골 제가의 초가로 헐레벌떡 찾아왔다.

"서방님 기십니까요?"

제가는 비몽사몽 잠이 들어 있었다. 전날 이덕무, 유득공,
이서구와 함께 피맛골 과부집에서 술타령을 벌였던 참이었
다. 종로 큰길에서 들어가는 골목 끝에 들어앉은 여염집인 과
부집은 제가네 패의 단골집이었다. 술을 빚어 도매로 내는 바
침술집이지만 중문 밖 행랑에 작은 술청을 따로 차려 단골을
받기도 하는 집이었다. 내외 술집 꼴이어서 열서너 살 먹은
계집종 아이가 술과 안주를 내올 뿐 과부는 술청에 모습을 드

러내는 법이 없었다. 제가네 패들은 인정(人定)을 치고도 한참이나 더 뭉개면서 중문 너머로 "한 주전자 더 내보내라고 여쭈어라" 어쩌고저쩌고 떠들다가 끝내는 계집종 아이가 "서방님들, 이젠 제발 고만 가세요"하고 등을 떠미는 바람에 쫓겨나왔다. 비틀거리며 술집을 나와 보니 전에 없이 딱따기를 치는 순라패가 떼를 지어 종로 거리 곳곳을 돌아다니고 있었다. 순라꾼의 눈을 피해 어떻게 헤어졌는지도 모르게 샛길을 돌아 자시가 넘어서야 집에 돌아와서는 캄캄한 책방을 열고 엉금엉금 기어들어 와서는 도포만 겨우 벗어던지고 엎어졌던 거다.

"서방님, 안 기십니까요?"

두 번째 거래(去來-말이 오감) 소리가 들리고서야 제가는 장복의 목소리를 알아들었다. 숙취로 깨질 듯한 머리를 흔들면서 몸을 일으켜 장지문을 열려는데 건넌방에서 어머니의 목소리가 들렸다.

"자네 전동(지금의 견지동) 지돈녕댁 장복이 아닌가? 아침부터 웬일인가?"

"마님, 안녕하십니까요? 저기 차수(박제가의 자) 서방님은 어디 출타하셨습니까요?"

"출타는 무슨……. 애들 아범은 어제도 늦도록 술타령을 벌이다 들어와서는 공부방에서 자고 있을 걸세. 원, 자식이

줄줄이 달린 가장이 무슨 술을 그렇게 밤낮없이 마셔대는
지……."

제가는 어머니의 푸념이 더 나오지 않도록 장지문을 빼꼼
열고는 손짓으로 장복을 불렀다.

"무슨 일이기에 첫새벽부터 이 수선인가?"

"첫새벽이라닙쇼. 벌써 해가 중천에 떴습니다요."

"그래, 무슨 일인가?"

"이거…… 저희 사랑 마님이 전하라시던뎁쇼. 급한 일이라
고……."

아침이건만 바삐 오느라 장복의 이마는 땀으로 번들거렸고
상투 끝에는 김이 피어올랐다. 제가는 방문 밖으로 손을 뻗어
장복이 내민 척독(짧은 편지)을 받아 들었다. 낯익지만 급히 휘
갈긴 초서였다. 늘 그랬듯 무슨 책을 빌려달라거나 언제, 어
디로 술 마시러 나오라는 전갈로 생각했던 제가는 내용이 심
상찮은 것을 깨닫고는 엎드려 있던 요에서 벌떡 일어났다.

어젯밤 사춘(이희천의 자)이 의금부에 잡혀갔네. 불온한 도서
를 단속하라는 박필순의 상소 건 때문일세. 상께서 진노하셔
서 당사자는 물론 그 당여까지 속속들이 잡아내 엄히 치죄하
라 하셨다는군. 오늘 새벽에 영숙(백동수의 자)이 나를 찾아와
서 급히 피하기를 청하였네. 어젯밤부터 한양 도성에 기찰포

교들이 쫙 풀려서 북촌과 서촌의 고관대작에서부터 백면서생의 집까지 뒤지는 한편 선비와 책쾌(책 거간꾼) 수십 명을 묶어 좌포청으로 끌고 갔다고 하네. 나는 영숙과 함께 일시 피신하려 하네. 자네도 급히 몸을 피하도록 하게. 내가 따로 무관(이덕무의 자), 낙서(이서구의 자), 혜보(유득공의 호)에게도 연락을 취하겠네.

척독 한 장에서도 늘 여유와 골계가 넘치던 미중 선생의 어투가 아니었다. 휘갈겨 쓴 글씨체와 편지 속의 다급함이 느껴지자 제가도 정신이 번쩍 들었다. 간밤에 포교들이 한양 도성을 발칵 뒤집고 사대부와 책쾌 수십 명을 잡아들였다니 도무지 이게 무슨 말일까. 어제 피맛골에서 술을 마시고 나올 때 전에 없이 순라들이 취객들을 잡아 어르던 꼴이 그래서였나. 그건 그렇고 구중궁궐의 임금이 여항의 책 한 권에 이토록 진노했다니 그건 또 무슨 거조일꼬.

"하여튼 저희 나리마님이 꾸물거릴 틈이 없다 전하라 하셨습니다. 지금 여오(서상수의 자) 서방님, 혜보 서방님, 그리고 소완정(이서구의 사랑)에 다녀오는 길인데 다른 분들께는 전했고, 혜보 서방님은 출타 중이셔서 마님께 전하고 오는 길입니다요. 저는 또 대사동(지금의 인사동) 서방님께도 편지를 전해야 해서 먼저 가보겠습니다요."

서상수, 유득공, 이서구는 탑골 근처에 옹기종기 모여 살고 있었고, 대사동 서방님이란 훈련원 뒤에 집이 있는 이덕무였다. 어리둥절해하는 제가의 표정은 아랑곳없이 장복은 고개를 꾸벅 숙여 보이더니 사립문을 뛰쳐나갔다.

도대체 아침부터 이게 무슨 일일까. 미중 선생이 노복에게 척독을 들려 급히 피하라니. 게다가 사춘 선생이 의금부에 피체 됐다는 건 또 무언가. 어쨌거나 백탑의 계원 모두에게 전갈했다니 예삿일은 아닌 성싶었다. 제가는 손에 든 쪽지에 다시 시선을 내려뜨렸다. 가만있자, 박필순의 상소 건이라 했나. 그럼 그게 결국은……

제가는 엊저녁 술자리에서 낙서가 전한 이야기를 떠올렸다. 선묘(선조)의 아들 인흥군의 6대손이자 아버지가 사간원 정언(정6품직)을 지낸 서구는 노론의 명문가 자제답게 조정과 관부, 고관대작의 내밀한 사정을 꿰고 있어서 가끔 술자리에서 벗들에게 시국을 전하곤 했다.

며칠 전부터 한양 도성 사대부가에선 『명기집략(明紀緝略)』 건으로 떠들썩했던 터였다. 중국에서 들어온 그 책에 무엄한 내용이 섞였다 하여 조정에서 대대적으로 단속을 벌이는 중이었다. 사헌부 지평(종5품직)을 지낸 박필순의 상소로 그 책의 존재를 알게 된 전하께서 진노해서 한양의 관리와 선비들이 잇따라 잡혀들어가 의금부 옥청과 전옥서에는 때아니게 관복과 도포 입은 자들로 옥방이 가득 찼는데, 그중의 다수가 노론 벌열가의 자제였다. 그리고 상서원(임금의 옥새와 마패 등을 관리하던 기관)에 옮겨 쌓아둔 『명기집략』이 수십 권에 이른다는 것이었다. 전하는 하루 전 판의금부사(의금부를 관할하는 종1품직)에 임명한 조운규에게 엄중히 수사하여 연루된 자들을 머리카락 속의 서캐 훑듯 잡아내라고 하명하시는 한편 친국에도 나설 것이라고 언명하셨다고 했다. 그 책을 양반가에 사고판 책쾌들도 줄줄이 포청에 추포됐다고도 했다.

"그러니 형님들도 조심하세요. 그 책을 가지고 있다는 소문이 금부에라도 들어가면 잡혀가서 경을 칠 터이니."

그러나 2만 권의 책을 읽어 '간서치(책만 읽는 바보)'란 별명을 가진 이덕무는 심드렁하게 받았다.

"아, 조정이 금하는 책을 가진 선비가 어디 한 둘인가? 솔직히 말해 나재(채수의 호)의 『설공찬전』이나 서계(박세당의 호)의 『사변록』 따위 금서를 안 읽어 본 자가 명색 사대부 중에 누가 있나? 우암(尤庵, 송시열의 호)에게 사문난적으로 찍힌 백호(윤휴의 호)의 『중용독서기』는 또 어떻고? 항차 요즘 쏟아져 들어오는 중국 책 중에 조정이 싫어하는 책은 또 한둘이야? 이마두(마테오 리치)의 『천주실의』나 방적아(스페인 선교사 디다체드 판토하)가 쓴 『칠극』, 애유략(이탈리아 선교사 알레니)의 『직방외기』 따위 말일세. 『명기집략』이라고 했나? 그 책은 나도 몇 년 전에 읽은 기억이 있네."

아닌 게 아니라 『명기집략』이라면 제가 자신도 담헌 선생께 빌려 대충 훑어보았었다. 6년 전 을유년(1765년) 초겨울에 자제군관(子弟軍官-사신이 아들이나 친지 중에서 군관 명목으로 사행에 참여시키는 인원) 자격으로 동지사 일행을 따라 연경을 다녀온 담헌 선생이 연경의 유리창에서 사온 2백 여권의 서책 중 한 권이었던 것이다. 소문을 들은 제가가 책을 빌리러 담헌 댁 사랑을 방문했다가 이 책 저 책 뒤적이던 끝에 그 책을 집어 들었을 때 담헌은 빙긋 웃으며 이렇게 말했었다.

"웬만하면 그 책은 읽지 말게. 아국의 국통에 대해 무엄한 언사가 들어있어 나중에 화를 부를 책이네."

읽지 말라면 더 읽고 싶어지는 게 사람의 성정이라 제가가 끝내 그 책을 포함한 서너 권의 책을 집어 들고 일어서자 담헌도 더는 말리지 않았다. 그는 고비(서류나 편지꽂이)에서 문건 하나를 집어 제가에게 건넸다.

"내가 그 책을 읽고선 지난 사행 길에 사귀었던 연경의 반정균에게 보냈던 서찰을 따로 옮겨 적어 둔 것일세. 참고하게나."

돌아와서 읽어 보니 아닌 게 아니라 그 책엔 엄청난 내용이 적혀 있었다.

청나라 강희 연간에 태학사(太學士)를 했던 주린(朱璘)이란 자가 조선 숙묘(숙종) 22년(1696년)에 쓴 책이었다. 그런데, 그 책에 아조의 태조대왕이 고려 말의 권신 이인임(李仁任) 아들이라고 잘못 기록돼 있었다. 이 문제는 국초부터 명의 정사에 잘못 기록된 데서 유래한 것으로 선묘 때 명에 주청사를 보내 오류를 수정해 달라고 요청한 끝에 해당 사실이 고쳐짐으로써 일단락된 것인데, 어찌해서 잘못된 사료에 근거한 똑같은 오류가 이 책에서 반복됐는지 모를 일이었다.

더 큰 문제는 따로 있었다. '조선 국왕 이혼(李琿-광해군)이 조카[인조]에게 왕위를 찬탈당했다'며 '서궁에 유폐되어 있던 인목대비와 밀약하여 궁중에 불을 지르고는 불을 끈다는 구실로 군사를 이끌고 궁으로 들어가 왕을 폐하였다'고 적혀 있는 것이었다. 찬탈이라니, 엄청난 주장이 아닐 수 없었다. 인조대왕 이래 효종, 현종, 숙종, 경종대왕은 물론 금상께서 등극하신 지도 이미 47년이 흘렀는데, 이 주장대로라면 인묘(인조)는 난신적자가 되는 것이고 그 이후의 다섯 임금은 난신적자의 후예가 되는 셈이니 왕실의 정통성이 뿌리부터 흔들리는 게 아닌가.

하여튼, 사세가 황급한 모양이었다. 낙서에게 들은 바로는 박필순이 『명기집략』의 일로 승정원에 상소를 올린 것은 사흘 전이었다.[2]

　　신이 어제 우연히 연경에서 들어온『강감회찬』을 삼가 보니, 명사(明史)에 연계된 것으로, 바로 강희 병자년 무렵에 주린이 지은 것이었습니다. 그런데 거기에 우리 조정에 관한 일로 선계(임금의 족보)에 망극히 헐뜯는 말이 있으니, 우리 동방에서 생명을 가지고 있는 사람으로 놀랍고 가슴이 아프며 박절함이 어떻겠습니까? 지난날 선왕조에서 여러 번 명나라에 분명히 설명하여『명조회전』의 누명을 씻은 일이 있었습니다. 그래서 천하 후세에 당연히 이런 종류의 문자가 없어야 하는데, 이번에 이 한 권의 책이 태학사 주린의 손에서 나왔으며, 예부상서 겸 관한원 첨사 장영이 서문을 지어 믿을 만한 역사책으로 만들었으니 초야의 책과는 다른데도 나라의 계보에 대한 헐뜯음이 아직도 이와 같으니 적극적으로 설명하여 분명히 하는 도리를 결코 더디게 하거나 늦출 수 없습니다.

　　『강감회찬』이란 책명은 박필순이『명기집략』을 잘못 적은 것이었다. 상소가 들어가자 임금이 승지에게서 내용을 듣고 책상을 치며 크게 놀라서 즉시 박필순을 부르라 명하는 한편 좌의정 한익모와 예조판서 원인손을 입시시켜 박필순이 바친 책자를 조사해 보게 했다. 한익모 등이 "별다른 일이 아니고 바로 종계에 관한 일입니다"하며 얼버무렸다. 그러자 박필순이 반박했다.

"선묘조에 변무(잘못된 일을 바로잡음)한 일은 신도 들었습니다만, 이것은 바로 강희 연간에 지은 것인데도 다시 망측한 내용이 있기 때문에 신이 마음이 아프고 절박함을 견디지 못하여 글을 올렸습니다."

임금이 박필순에게 "이 책을 누구에게서 빌렸느냐?"고 물었다. 박필순은 금성위 박명원의 집에서 빌렸다고 답했다. 임금이 "이 일은 매우 중대하니 널리 물어보지 않을 수 없다. 내일 숭정전(崇政殿)에 시임(현직)과 원임(전직) 대신 그리고 비국 당상과 삼사(三司)의 관원을 입시하게 하라"고 하교했다.

이튿날 숭정전에 나간 임금은 노여움을 감추지 못했다.

"비록 꿈속에서라도 어찌 이런 일이 있을 줄 생각이나 하였겠는가? 좌의정은 변무할 것이 못 된다고 말하였는데, 밤에 누워서 다시 생각하여 보니 이 책을 우주에 하루 동안 머물러 있게 하면 하루 동안 불효하는 것이고, 이틀 동안 머물러 있게 하면 이틀 동안 불효하는 것이다."

좌의정 한익모가 아뢰었다.

"놀랍고 가슴 아픈 것은 극도에 달했지만 중국의 정사(正史)가 이미 반포되어 사실이 분명하기가 해와 별과 같습니다. 이것은 주린이란 자가 개인적으로 써서 이익을 취하려는 밑천으로 삼으려는 것에 불과하니 믿을 것이 못 됨은 분명합니다.

그런데 어찌 이처럼 지나치게 성심을 번민케 하십니까?"

임금은 더욱 화를 내어 "좌의정의 말은 너무나 느슨하다"고 책망했다.

"어제 이 사건을 듣고 마음과 뼈가 모두 떨렸다. 이런 책을 연경의 저잣거리에서 얻었다 해도 어찌 그냥 두겠느냐. 책을 들여온 사신부터 처벌하고 나서 청나라에 고쳐 달라고 청해야 할 것이다. 그대들은 연경으로 달려가서 주린의 살점과 가죽을 가져오지는 못할망정 어찌 성토하지 않는 것이냐. 그 책을 사 온 세 사신은 얼른 위리안치(귀양 보내 가시울타리를 두른 집에 가둠)하도록 하라. 그리고 청나라에 고쳐 달라 아뢰는 진주사(陳奏使)를 파견하라. 또 역관의 3분의 1을 줄이도록 하고 상매와 가져가는 팔포(八包-사절단에게 허용한 무역자금)도 일체 엄중히 금지하라. 만약 그것이 금지되지 않으면 의주 부윤과 서장관을 중한 벌로 다스리겠다."

임금이 이렇게 진노하니 입시한 관원들이 벌벌 떨었다. 임금은 또 『명기집략』에 찍힌 소장자 서명을 조사하도록 했는데 소장자는 전 삼척부사 서종벽으로 밝혀졌다. 승지를 금상문[3]에 내보내어 헐뜯는 말을 먼저 세초(문서의 내용을 물에 씻어

---

3 왕이 직접 죄인을 국문할 때, 경희궁은 금상문(金商門), 창덕궁은 숙장문(肅章門), 창경궁은 내사복시(內司僕寺)에서 행했고, 가끔 금위영(禁衛營)에서도 실시했다. 친국이 진행될 때 죄인들은 궁궐 밖에 대기하다가 창덕궁은 단봉문(丹鳳門), 창경궁은 통화문(通化門), 경희궁은 흥원문(興元門)을 통해 궁궐 안쪽으로 이송되었다.

지움)하게 한 뒤에 불태웠다. 그리고 "연경의 시장에서나 혹은
책 장수에게서 산 것을 따지지 말고 즉시 자수하도록 오부(한
성의 다섯 개 구역을 관장하는 관아)에 분부하도록 하라"고 명했던
것이다. 전하는 또 『명기집략』의 저본인 진건의 『황명통기』는
물론 함께 이름이 거론된 『강감회찬』, 『봉주강감』이란 책까지
조사하라고 하교했다.

　이서구의 이야기를 들을 때까지만 해도 제가나 덕무는 그
렇게 심각한 일이라고 생각하지는 않았다. 덕무가 태평한 얼
굴로 이렇게 반문했을 정도였으니까.
　"그 뭐, 그 책이 연경에서 들어온 게 언제인데 새삼 그 야단
인고? 그 책 가진 자를 찾아 집 뒤짐을 하면 한양 세도가에서
만도 참빗으로 서캐 긁어내듯 주르르 쏟아질 터인데 뒷감당
을 어찌하려고."
　제가도 한마디 보탰다.
　"뭐 별일이야 있겠습니까. 그 책을 쓴 것도 아니고 중국에
서 나온 책을 가지고 있거나 읽은 것뿐인데……."
　그러나 이서구는 미간에 주름을 지었다.
　"그 책을 소지한 자로서 자수한 고관 중에선 영의정 김치
인, 좌의정 한익모, 우의정 김상철 대감 같은 삼정승까지도
포함돼 있답니다. 상께서 삼정승을 불러 불같이 진노하시고

관련자를 색출하라고 하셨다니……. 그러잖아도 조정에서 사행 길에 묻어간 자들이 연경에서 책을 무분별하게 사들여 오는 것을 주시하고 있는 판인데, 이번 일을 핑계 삼아 대대적인 단속을 시작할 기미가 있답니다. 책쾌들이 두루마기 소매 속에 갖가지 무엄하고 잡다한 도서를 넣어 다니면서 사대부 사랑을 드나드는 것도 나라가 기뻐하지 않는 바이지요. 하다못해 사대부 안방에까지 중국의 패관소설이 흘러가서 부녀자들이 길쌈이나 살림을 잊고 둘러앉아 책 읽는 소리가 담장 밖을 넘는다고 상풍패속이란 상소도 빗발치는 판국이니……."

그래도 덕무는 동요하는 기색이 아니었다.

"글쎄, 뭐……. 중국 책이라면 노론 경화세족(서울에서 대대로 사는 권력 가문)이 더 많이 수집하지 않나? 자네 말마따나 삼정승까지 연루됐다면서. 그자들이 북악산이나 목멱산, 압구정 같은 경개 좋은 곳을 독차지해서 날아갈 듯한 별서(별장)를 짓는 게 유행이잖나? 시내를 끌어들여 집안에 연못을 만들고 온갖 괴목이며 기화요초를 심고 그림 같은 정자를 지어설랑은 저네들끼리 시회니 뭐니 호화로운 술판을 벌이지 않나, 중국에서 들여온 온갖 세간 잡물로 집안을 꾸미다 못해 사랑에는 단계석 벼루니, 황모필 따위 문방구를 늘여놓고 거드름을 피우지 않나. 요즘은 중국에서 서책을 들여오는 게 유행이라며? 그래설랑은 누구 대감 댁에는 장서고에 책이 2만 권이네,

또 누구 영부사 댁은 3만 권이네 자랑질한다면서. 등과한 이후로는 책 한 권 제대로 들쳐 보지 않은 치들이 그 많은 책을 쌓아다 어디다 써먹는단 말인가. 책이란 널리 돌려 읽지 않고 가둬두면 앙화가 된단 말일세. 거기에 대면 우리네 책 탐이야 어린애 장난이지. 하여튼, 그자들 장서고를 뒤져보면 어디 『명기집략』만 있겠나, 온갖 금서들이 구렁이알처럼 쏟아져 나올 테지. 저들이 뒤가 켕겨서라도 일을 크게 벌이지는 못할 거네. 책 가진 자 몇을 골라 곤장이나 칠 거고 연행사 세 사람에게 책임을 물어 파직하는 정도이겠지."

"문제를 일으킨 게 노론 고관들이 아니라니까요. 전하께서 진노하셔서서 역관을 삼분의 일로 줄이고 팔포 무역까지 금하는 게 심상찮아 보입니다. 아마 사행 길에 따라나선 이들부터 단속할 듯합니다. 어쨌거나 벌열(경화세족의 별칭)의 사랑에서 우리네 북학파들을 뱀과 전갈처럼 본 지 오래되었으니 아무래도 조심해서 나쁠 일은 없을 듯합니다."

어쩌고저쩌고하다가 다른 화제로 옮아갔는데, 그 결에 덕무가 오래전 이야기를 끄집어냈다.

"거 왜 을축년(영조 21년-1745년)에 삼력관(천문을 관측하는 관상감의 잡직) 김태서가 연경에서 규일영(窺日影-천체망원경)을 사비로 구입해 관상감에 설치하지 않았겠나. 상께서 영의정 김재로에게 경의 수하 중에 상을 줄 만한 사람이 있느냐고 하교하셨지. 김재로가 귀한 물건을 가져온 김태서를 천거했단 말일세. 영의정이 관상감 영사를 겸하지 않나. 그리고 그해 5월, 김재로가 가져온 물건들을 전하께 올렸지, 근데 상께서 1년이 지나도록 돌려주시지 않았단 말이네. 김재로가 '지난번 관상감이 연경에서 무역해 온 책자와 측우기, 천리경, 지도를 안으로 들여간 후, 책자는 반질만 다시 내려보내고 반질은 보내지 않으셨으며, 천리경과 지도, 측우기는 각기 쓸 곳이 있는데도 내리지 않으셨습니다' 하고 주청했단 말일세. 그러자 전하께서 뭐라고 하신 줄 아나?"

덕무는 그쯤에서 말을 끊고 막걸릿잔을 집어 입에 가져다 댔다.

"어떻게 됐는데요?"

제가가 재촉하자 덕무는 빙긋 웃음을 띠었다.

"상께서 하교하시기를, '이른바 규일영이란 것이 비록 일식을 살펴보는 데는 효과가 있으나 곧바로 햇빛을 보는 것은 본디 아름다운 일이 아니다. 채경(북송 말의 정치가)은 해를 보고도 눈을 깜박거리지 않았으니 소인임을 알겠는데 이제 이름하기를 '규일영'이라 하면 좋지 않은 무리가 위를 엿보는 기상이 되는 것이므로 이미 명하여 깨버렸고, 책과 지도도 역시 세초해 버렸다'는 걸세. 태양은 곧 임금이 아닌가. 규일(窺日)의 '규'가 엿본다는 뜻이니 신하로서 임금의 뜻을 엿본다는 것이 아니냐는 걸세. 우주 만물의 질서는 군주만이 홀로 관찰하여 하늘의 뜻을 받드는 것인데 일개 관상감의 미관말직이 양이의 잡물로 세상을 현혹한다는 뜻일 테지. 입시한 삼공들이 상의 말씀에 '지당하옵니다'하고 찬탄했다는 게야. 담헌 선생이 소시 적에 그 일을 들은 적이 있다고 하시면서 '세상 돌아가는 사정이 얼마나 빠른데 우물 안 개구리처럼 이렇게 모르실꼬' 하며 통탄하던 기억이 나는군. 그게 하마 26년 전의 일인데 전하께서는 보령이 더하실수록 더욱 완고해지시니……."

하여튼 그렇게 잡담이 오가다가 술자리가 파했던 것이다.

*

그랬는데…….

바로 그 시간에 사춘 선생이 의금부에 붙잡혀 갔다는 건 또 무어며, 사세가 심상찮으니 급히 피하란 소리는 또 무얼까. 아내가 떠준 대얏물로 소세를 하고 구겨진 도포를 주워 입으면서도 제가는 뭐가 어떻게 돌아가는지 몰라서 어리둥절할 뿐이었다.

제가는 미투리를 꿰어 신고 안방 문 앞에 섰다.

"어머님……."

안방 미닫이가 열리더니 머리가 허옇게 센 어머니의 모습이 보였다.

"어디 좀 다녀오겠습니다. 며칠 걸릴지 모르겠습니다."

"어젯밤에도 늦게야 들어오더니 오늘은 댓바람에 또 무슨 일이야?"

"……예, 전동에서 전갈이 왔는데 어디 시골로 함께 갈 데가 있다십니다."

"또, 유람 가는 거냐? 작년에도 함께 금강산을 가지 않았어?"

"아직은…… 모르겠습니다."

제가는 고개를 꾸벅하고는 돌아섰다. 갓난쟁이를 안은 아내가 마루에 서 있었다. 제가는 아내에게 다가가서 귀엣말을 건넸다.

"내가…… 관여되지 않은 일인데 뭔가 좀 관재수가 생길지도 모르오. 잠시 몸을 피해야 하겠는데, 혹 기찰포교가 찾아오면 동문수학한 벗을 두루 찾아 삼남(충청, 전라, 경상도의 통칭)으로 갔다고 하오."

아내의 눈이 커졌다. 검은 눈망울에 겁이 더럭 실려 있었다.

"그게…… 무슨 말씀이에요?"

"글쎄, 아직은 나도 잘 모르겠소. 대단한 일은 아니니 걱정은 마오."

못내 불안을 담은 아내의 눈길을 뒤로 하고 사립문으로 막

나가려 할 때였다. 울타리 너머로 낯선 사내가 얼쩡거리는 모습이 보였다. 누군가 하고 한발 다가서다가 사내와 눈이 마주쳤다. 사내의 눈이 번쩍했는데 슬쩍 눈길을 비끼며 행인인 체 사립문 앞길을 지나갔다. 동저고리 바람에 패랭이를 쓴 꼴이 장돌뱅이 행색이었지만 완강해 보이는 어깨며 굵은 눈썹과 우묵한 눈두덩 사이로 쏘아보는 목자가 예사가 아니었다. 제가는 직감적으로 사내의 정체를 알아챘다.

나그네(평복을 입은 포교)다!

제가는 슬며시 눈길을 비끼고는 모르는 체 뒤돌아섰다. 그리고 뒷짐을 지고 마당을 한 바퀴 돌다가 무엇을 찾는 양 슬금슬금 뒤란으로 돌아나갔다. 그리고 불문곡직 뒷담을 뛰어넘었다. 담장 너머 뒷집 남새밭을 우당탕탕 뛰어들자 마당에서 모이를 쪼던 닭들이 푸드덕거리며 날았고 부엌에 있던 늙은 할미가 놀라서 뛰어나왔다.

"앞집 서방님 아니유? 무슨 일이시길래?"

제가는 못 들은 체 마당을 가로질러 뒷집 사립문으로 해서 골목으로 빠져나왔는데 나그네들이 눈치를 채고 황급히 담을 돌아 따라붙는 기척이었다.

좁은 골목에선 뛰어봐야 벼룩이라 제가는 미행당하는 걸 모르는 체 여염집 좁은 골목을 이리저리 비틀어 길 가는 사람들을 비끼며 걸어갔다. 패랭이 사내들은 쉰 걸음쯤 뒤에서 딴

전을 피우며 슬금슬금 따라오고 있었다. 보아하니 제가가 누군가를 찾아가기라도 하면 뒤따랐다가 한꺼번에 붙잡겠다는 심산 같았다. 재게 발을 놀리면서도 제가는 심사가 복잡했다. 한 식경 전에 느닷없이 미중 선생으로부터 피신하라는 척독이 오지 않나, 좌포청 나그네가 꼬리를 붙질 않나. 도무지 이게 무슨 일인가 싶었다. 어쨌거나 피하고 볼 일이었다.

제가는 골목을 이리저리 틀어 명례방 난동으로 걷다가 남학(국립교육기관인 4학의 하나) 앞 큰길에서 행인들 사이에 섞이자 냅다 뛰었다. 새파란 도포짜리가 숨을 헉헉거리며 도망가고 패랭이를 쓴 장돌뱅이 둘이 뒤쫓는 기묘한 꼬락서니를 행인들이 입을 벌리며 쳐다보았다. 눈에 띄는 대로 골목을 이리저리 돌았는데, 눈앞에 이내가 끼고 숨이 턱밑에 찼을 때에야 겨우 추적하는 자들을 떼어냈다. 헐떡거리는 숨을 다스리며 주위를 두리번거렸더니 어느새 필동에서 먹적골까지 와 있는 것이었다.

남산 기슭이었다. 산록엔 소나무와 신갈나무 숲이 무성했고 때죽나무 꽃이 하얗게 피었는데 청미래 덩굴엔 푸른 열매가 가득 매달려 있었다. 제가는 풀숲 바윗돌에 털썩 주저앉았다. 건너편 채마밭에 거름을 주던 늙은 농부가 한낮에 한갓진 산길 가녘에 앉은 젊은 도포짜리가 이상해 보였던지 흘깃거렸다. 숨이 가라앉자 제가는 물색도 모르고 꽁지가 빠져라 도망친 제 몰골이 뒤늦게 면구해졌다. 공자께서 『주역』을 풀어 이르시되 '험한 일에 처하여도 기뻐하고, 곤궁하면서도 그 형통한 바를 잃지 아니하니 비로소 군자'라 했는데 아침 댓바람부터 포교 나부랭이에 쫓겨 이 무슨 경망한 거조인가 싶었던 것이다. 숨을 헐떡거리며 이 골목 저 골목을 도망 다니던 제 꼴을 아는 선비라도 봤으면 그 또한 망신이었다.

'하긴, 뭐 같은 『주역』의 '수산건'에는 '견험이능지지의재(見險而能止知矣哉)'라, 험한 일을 당하면 멈춰 피하는 것도 지혜라 했으니……'

그러나 미중 선생의 가장 친한 벗이자 자신도 존경해 마지 않는 사춘 선생이 의금부에 끌려갔다는 전갈은 못내 찜찜했는데, 그의 안부를 물어 금부를 찾아가는 대신 물색 모르고 도망이나 친 꼴은 내내 부끄러웠다. 제가에게는 미중과 사춘이 다 소중한 스승이었는데 그에게 선비의 도량과 교유의 도를 일깨운 것이 미중이었다면, 공부의 치밀함과 단정한 처신을 몸소 보여준 것은 사춘이었다.

사춘 이희천은 개결하고 강직한 선비였다. 올해 서른넷의 희천은 박지원보다 한살이 적었으나 둘은 금란지교였다. 지원이 몸집이 크고 얼굴이 붉어서 우락부락한 호랑이 상이라면 희천은 키가 크고 마른 몸매, 옥빛처럼 흰 낯빛에 가지런하고 짙은 눈썹과 우뚝 솟은 콧날을 가진 청수한 외모였다.

지원이 상하를 가리지 않고 교우하며 후배들에게 걸쭉한 농
담도 자주 하는 거침없는 성격인데 비해 희천은 단정하고 중
후했다.

본관이 한산인 희천은 명문 노론가 출신이었다. 그의 아버
지 단릉 이윤영은 환로에 나아가지 않고 평생 포의로 지냈으
나 경전은 물론 시서화(詩書畵)에 두루 통달한 팔방미인이었
다. 일찍이 문인화가로 이름을 떨쳤던 능호관 이인상과 경보
(敬父) 오찬(吳瓚) 등과 문회를 만들어 막역한 교분을 맺어 산
림에 노닐던 탈속한 선비였다. 소은(작은 은자)은 산에 들어가
고, 대은(큰 은자)은 도회에 숨는다는데 단릉이야말로 한양의
은자였다.

희천은 부친의 영향을 입어 일찍이 과거를 포기하고 깨끗
한 백의로 종신하는 처사를 자임했다. 부박한 세상을 경멸하
고 자신이 그 일족인 노론의 권력 다툼을 부끄러워했으며 비
명에 죽은 사도세자의 처지를 깊이 동정했기 때문이었다. 사
춘은 평소에는 말수가 적고 몸가짐이 단정했지만 뜻이 통하
는 지우들과의 술자리에선 시국에 대해 비수처럼 날카로운
비평을 내놓았는데, 금상 전하와 노론의 정치적 타협이라 할
'신임의리(辛壬義理)'의 허실을 논하거나 사도세자를 뒤주에 가
두어 죽인 '임오화변(壬午禍變)'의 무도함을 규탄할 적에는 얼
굴이 벌겋게 상기되어 움켜쥔 주먹을 부르르 떨곤 하던 모습

을 제가는 선명히 기억하고 있다.

재작년이던가, 제가는 담헌, 미중, 사춘 선생과 함께 인왕산 자락 옥류동천 계곡에서 열었던 시회를 떠올렸다. 검술이 뛰어난 무인이지만 술을 좋아하고 협기가 있어 박지원, 이희춘 같은 여항의 선비들과 오래 교분을 맺어온 백동수도 동석했고, 이덕무와 유득공 같은 젊은 선비도 끼었다. 호젓한 계곡에 앉아 버선을 벗고는 맑은 물에 고린내 나는 발을 담갔다. 백동수가 자갈을 쌓아 아궁이를 만들고는 짊어지고 온 노구솥을 걸어 닭 서너 마리 삶았다. 지원의 노복 장복이가 괴나리에 짊어지고 온 찬합을 꺼냈는데 전이며 나물이 그득 담겨 있었다. 희천이 노복을 시켜 짊어지고 온 송순주 말통까지 내려놓으니 전에 없는 진수성찬이라 다들 마음이 들떴다. 닭백숙을 뜯으며 떠들썩하게 술을 마셨다. 해거름이 되자 술이 깨면서 흥겹던 분위기가 가시고 다들 침울한 표정이 되었는데, 자리를 털고 일어서기도 아쉬워서 다들 무춤하니 앉아 있었다. 숲 아래 장동 김 씨네 세거지를 내려다보던 홍대용이 문득 한마디 던졌다.

"저 아래 장동 김가네들 호사 누린 집 꼴들 좀 보라지. 저들은 청음 김상헌(병자호란 때 주전론을 펼치다가 청에 끌려갔다 온 문신)의 후예입네 하고 절개와 청빈을 내세우면서 150년 넘게 조상의 해골을 우려먹고 있지만 기실은 썩은 냄새가 등천하는 무리이지. 입만 벌리면 주공과 공자의 업을 숭상하고, 정자와 주자의 말을 익혀 정학을 펼치고 사설(邪說)을 배척하며, 세상에 나아가서는 인(仁)으로써 구세하며, 물러나서는 명철하게 몸을 지키는 존재가 선비라고 떠들지만 어디 세상이 그렇던가? 공자가 돌아가니 제자백가가 공자의 뜻을 어지럽혔고, 주자의 문파가 말류에 이르니 선비의 무리가 주자의 뜻을 어지럽혀 그 참뜻은 잊은 지 오래 아니겠나? 말로는 정학을 펼친다고 하지만 실은 잘난 체하는 긍심에서 나왔고, 말로는 사설을 배척한다고 하지만 실은 남에게 이기고 싶어하는 승심에서 나왔고, 구세하겠다는 그 인이란 권심(권력욕)에서 나왔고 보신하겠다는 그 명철은 내 몸만 생각하는 이심에서 나왔으니 이로써 진실과 참뜻은 날로 없어지고 천하가 어지러워진 것이 아니겠나. 조정의 권병을 틀어쥐고 임금을 속이는 저 노론 세족들이 우리를 일러 경박한 양이의 문물에 경도되어 사설을 퍼트리는, 젖비린내 나는 오랑캐 앞잡이라고 헐뜯지만, 새롭고 씩씩한 생각을 억압하고 옛사람의 말을 도둑질하면서 오로지 저들의 권세 유지에만 혈안이 된 그자들이야말로 사직의 기둥을 갉는 쥐 떼란 말일세."

지원이 대용의 옆구리를 슬쩍 찔렀다.

"담원 형, 취하셨구려. 따지고 보면 우리도 근본은 다 노론이 아니겠소. 우리 앞에서야 그렇다 쳐도 혹여 장동 김씨네

사랑방에서 이런 소리를 떠들었다간 사문난적이라고 뼈도 추
리지 못할 거요."

제가, 득공 같은 젊은 치들은 빙긋 웃고만 있었는데, 이번엔
희천이 나섰다. 과거를 포기하고 세상 돌아가는 일에 관심을
두지 않고 사는 그는 더 망극한 소리를 태평하게 꺼냈다.

"이러고 저러고 간에 아조는 이미 명이 다하지 않았나 싶소
이다. 왜에 유린당한 임진년에 이미 나라의 얼이 반쯤 빠져
나갔는데, 병자년에 남한산성에서 농성하던 인묘께서 어깨를
드러낸 푸른 죄수복을 입고 삼전도에 나아가 청 태종에게 세
번 절하고 아홉 번 머리를 조아릴 때 이미 나라의 명운이 다
했다고 봐야지. 나아가 청에 끌려간 소현세자께서 귀국해서
의문의 죽음을 당하면서 나라의 멱통엔 비수가 박힌 것이 아
니겠소. 대저 나라의 운수가 다하면 명(命)을 갈아야 하는 것
이고 명을 갈아야 할 때 갈지 못하면 외적의 침탈을 받아 앙
화가 자손만대에 미치는 법이오. 글쎄 이 나라가 유신(낡은 제
도를 새롭게 고침)의 기회라도 잡을 수나 있을는지."

평소의 단정하고 신중한 희천의 언사가 아니었다. 제가의
등골이 써늘해졌는데, 지원이 희천의 입을 틀어막는 시늉을
했다.

"어이구, 이 친구 정말 큰일 날 소리를 하는구먼. 서소문 밖
에서 사지가 찢기고 싶어서 환장을 하였나?"

그러나 희천은 맑은 눈으로 지원을 깊숙이 들여다보더니 말을 이었다.

"술에 취해서 하는 소리가 아닐세. 저 노론 권세가들이 걸핏하면 들먹이는 맹자만 해도 그래. 양 혜왕이 '탕왕은 걸을 몰아내고 천자가 되었고, 무왕은 주를 쳐내고 천자가 되었는데 신하 된 자로서 제 임금을 시해한 것이 도리에 맞는 일이겠습니까?'하고 묻자 그렇게 답하지 않았나? '인을 해치는 자를 적(賊)이라 하고, 의를 해치는 자를 잔(殘)이라 하며, 잔적한 이는 필부일 뿐이니 저는 무왕이 주라는 필부를 주살했다는 말을 들었지, 임금을 시해했다는 말은 들어 본 바 없습니다'라고 말일세."

제가는 먹적골 산굽이 바윗돌에 주저앉아서 지난 기억을 떨치며 지금 벌어지고 있는 일의 의미를 간추려 보려고 애를 썼다. 『명기집략』이란 책의 무엄함은 제가도 읽어 알고 있었고, 상께서 진노하신 까닭을 알지 못할 바는 아니었다. 담헌에게서 빌려온 책을 훑어보고 나서 그는 담헌이 따로 건네준, 청나라 문인 반정균에게 보낸 편지도 읽었더랬다.

지난번 연경에 갔을 때 우연히 청암 주린이 지은 『명기집략』 몇 권을 보게 되었습니다. 비록 전질을 모두 보지는 못했으나 이 몇 권 가운데서도 조선에 관한 기록 중에 잘못된 부분이 매우 많았습니다. 선왕께서 더러운 모함을 입게 된 일은 사실과는 다릅니다. 그러나 이미 고칠 수 없는 정론이 되어버려서 수천 리나 되는 문물의 고장이며 사백 년 간 시대에 부합하는 예의로 교화되어 온 이 나라로 하여금 이 세상 끝난 후에도 남길 수도 없게 만들어 놓았으니, 이 어찌 우리나라에서 원통해하고 걱정하지 않을 일이겠습니까. (……)

천계(天啓: 명나라 희종의 연호) 계해(1623년) 오월 조에는 '조선 국왕 이혼(광해군)은 그의 조카 이종(인조)에게 찬탈당했다' 운운했습니다. 이는 우리나라에 대한 망극한 모함일 뿐 아니라 실로 인륜의 대법에 관계된 것입니다. 소경왕(선조) 말년에 왕비 김씨가 영창대군을 낳자 영의정 유영경이 축하하였습니다. 광해군은 후궁 몸에서 출생하였기 때문에 이 일을 매우 의심했습니다.

소경왕이 승하하시고 광해가 임금이 되자 곧 유영경을 모함해 죽이고, 아울러 의(영창대군)를 죽였는데 그때 나이 8세였습니다. 또 왕비의 아버지 김제남을 죽이고 왕비의 어머니는 외딴 섬으로 귀양 보냈는데 몇 년 만에 죽었습니다. 대비 김 씨를 서인(庶人)으로 만들어 별궁에 유폐했고 이를 간하는 여러 신하를 모두 죽이거나 귀양 보냈으며, 총희 김 씨의 권력이 내외에 진동하였고 정치는 뇌물로써 이루어졌으니 (……) 이에 이귀 등이 의병을 일으켜 대비를 맞아 궁에 돌아오시게 했습니다. 대비의 명령으로 혼을 폐하여 광해군으로 강봉해 강화도로 내쫓았습니다. 헌문왕(인조)은 왕실의 지친으로 명망과 덕행이 널리 알려져 있어 여러 신하가 대비의 명령을 받들어 이분을 모셔다 즉위케 했습니다. (……)『명기집략』에서는 '혼이 인자하고 유순한 성품이었다'고 했는데, 광해가 모비를 폐하고 동생을 죽였으며, 선왕의 옛 신하를 거의 다 살육하였는데 인자하고 유순한 사람이라면 이럴 수 있겠습니까? (……) 게다가 광해가 임금의 자리에 앉아 있으면서 엉겅퀴 독과 같은 위세를 부리고 있었으니, 군사 없이는 그 권력을 억제할 수가 없었으며 폐출하지 않는 이상 종묘와 사직을 보존할 수 없었습니다. (……)

이를 변명하지 않고 보면 우리나라는 끝내 오랑캐란 누명을 벗지 못하고 천지간에 자립할 수 없게 될 것이니 이런 말을 한 사람은 우리나라에는 대를 이은 원수라고 하지 않을 수 없습니다. [4]

요지는『명가집략』의 내용이 이렇듯 무엄하니『사고전서』편찬에 참여한 유명한 학자인 당신이 청나라 조야에 그 책의 잘못됨을 널리 알려달라는 것이었는데, 제가는 글을 다 읽고 나서 슬며시 웃었던가, 어쨌던가. 역시 담헌 선생답다는 생각이 들었기 때문일 것이다. 담헌이 비록 북학파의 좌장이기는

---

4 홍대용,『담헌서(湛軒書)』「항전척독(杭傳尺牘)」중 〈명기집략변설(明紀輯略辯說)〉

하지만 역시 충청도 출신 찰유생에다 당대의 집권 세력인 노론의 명문가 후예라는 출신은 어찌할 수 없어서 나라의 종통을 부정하는 외람된 잡서를 보고는 분을 못 이겨 연경에 있는 천애지우(멀리 떨어져 있는 벗) 반정균에게 일부러 사람을 시켜 장문의 편지를 보낸 게 아닐까 싶었던 거다.

　같은 노론 집안 출신이라 하더라도 제가나 이덕무, 유득공은 담헌과 미중 선생, 그리고 이서구와는 사뭇 처지가 다른 서얼 출신이었다. 서얼허통법(서얼의 관직 등용을 허락하는 법)의 채택을 놓고 조정에서 공론이 시작된 지 이미 여러 해이건만 환로에 나아갈 길은 아직도 아득했는데, 설사 제도가 시행된다 하더라도 팔, 구품 미관말직 밖에는 차례지지 않을 것이었다. 서자와 얼자는 성균관에서도 적자들과 구분되어 남쪽에 따로 열을 지어 앉아야 하는 처지였다. 그렇다고 반쪽이나마 양반의 씨를 받았으니 상업에 종사할 수도 없고, 물려받은 시골의 전장 한 떼기도 없어서 가난은 그들의 업이었다. 뿐인가. 집안 대소사에도 그들은 늘 개 밥의 도토리였다. 대놓고는 아버지를 아버지라 부를 수도 없고 나이가 많더라도 적자의 뒷자리에 숨어 앉아야 하는 게 서자의 신세가 아닌가.

　제가 자신으로만 말하더라도 아버지가 아들의 재주를 아껴 공부시켜 준 덕에 글줄이라도 읽어서 시서를 짓고 난을 치면서 선비 흉내를 내고는 있지만 쓰일 데 없는 지식이 쌓일수록 가슴엔 울분만 쌓이고 있지 않은가. 어릴 적부터 한번 읽은 책은 반드시 세 번을 베껴 썼고 뒷간에라도 가면 모래 앞에 쭈그려 그림을 그렸으며 앉아서는 허공에 글씨를 쓸 만큼 공부를 좋아했던 그였다. 그러나 열한 살 때 아버지가 세상을 뜨자 어머니와 그는 본댁에서 쫓겨나다시피 나와 셋집을 전전해야 했다. 손가락에 굳은살이 박이도록 삯바느질을 해가며 공부 뒷바라지를 하던 어머니의 고생은 또 얼마였던고. 당신은 성한 옷 한 벌 입지 못했어도 제가의 선생은 물론 세상에 알려진 현사가 있으면 반드시 집으로 모셔 오라고 해서 술과 안주를 극진히 대접하셨다. 그 모든 것이 자식이 서얼의 차별을 딛고 어엿한 벼슬아치로 입신하기를 바라는 비원이었건만, 생각해 보면 그렇게 애면글면했던 제 자신의 노력과 손발이 다 닳도록 아들 뒷갈망을 했던 어머니의 고생은 다 부질없는 짓이었다.

그러니 제가가 무능한 임금과 그 임금을 끼고 조정을 오로지 하는 노론 경화세족들에게 반감을 가지지 않을 도리가 없었다. 『명기집략』에 거론된 광해조의 일만 해도 그랬다. 후궁의 소생으로 왜란이 일어나자 부왕을 대신해서 온갖 고초를 겪으며 조정을 지켜냈는데도 즉위하기까지 서인들에게 온갖 모욕과 핍박을 받았다가 결국은 용상에서 쫓겨나 한평생 유배살이를 했던 광해에게 심정적 동정을 보내지 않을 수 없었

던 것이다. 대체 충역의 구분이란 무엇이며, 임금과 신하의 도
리라는 건 또 무엇인가.

　제가가 공맹이 어떠니 주자와 정자가 뭐랬느니, 낡고 케케묵
은 집권 세력의 구두선에 넌덜머리를 낸 것은 오래전이었다.
열예닐곱 살부터 연경에서 건너오는 새로운 문물을 담은 서책
에 코를 파묻느라 잠을 설치기 일쑤였고 담헌이나 미중 같은
이들의 실사구시론(명분이 아닌 실용에서 답을 찾자는 주장)에 공명
하게 된 것 역시 자연스러운 귀결이었다. 기회만 닿으면 연경
을 다녀오겠다는 꿈을 품은 것도 채 스물이 못 되어서였다.

　제가는 같은 서얼의 처지인 이덕무와 유득공에게 더욱 깊은
정을 느끼곤 했다. 담헌이나 미중, 사춘은 스승으로 깍듯이 모
셨으니 말할 나위가 없었지만 제가보다 네 살이 어린 이서구
만 해도 제가와 덕무를 존장으로 대접하고 늘 겸손하고 자중
해서 벗으로 어울리기는 하지만 마음 한구석에 투명한 막이
가로막혀 있는 느낌에서 자유로울 수는 없었다. 덕무는 제가
보다 아홉 살이나 연장인데도 다정한 형처럼 편안했고 두 살
연하인 득공은 집안 아우 같았다.

　하여튼, 이서구에게서 귀동냥했던 조정의 동정을 어제 술자
리에선 흘려들었지만 복기해보니 심각했다.

　박필순이 바친 책에 서명이 찍혀 있던 전 삼척부사 서종벽
은 죽은 지 이미 오래라 관작이 추탈되었는데『명기집략』을 소

장한 자로서 당일 자수하는 자에게는 정상을 참작하겠노라는 하교가 떨어졌다고 했나. 십여 명이 자수하였는데, 상께서는 정랑 유한길, 진사 이항건 등 네 명을 친국하여 추자도 등으로 유배를 보냈고 책을 들여온 역관들은 먼 섬의 관노로 삼았다던가.

임금이 또 건명문에 나아가 책 거간꾼을 잡아들이게 해 책자를 사고 판 곳을 추적하도록 하여 김이복, 심항지 등을 차례로 벌했다지 않나. 김이복은 전 면천군수였고 심항지는 숙의 문씨 소생인 화령옹주의 부마 심능건의 숙부였으니 실로 사대부의 핵심에까지 그 여파가 미친 셈이었다.

그런데, 드디어 어젯밤 사춘 선생이 잡혀 들어간 것이다.

제가는 생각할수록 혼란스러웠다. 선대왕을 모해하였으니 임금으로서 분노하는 것은 당연한 일이나 그 책이 나온 지 이미 70년이 넘었는데 느닷없이 조야를 발칵 뒤집어 놓으면서 소지자까지 잡아들여 친국을 벌이는 까닭을 이해하기 어려웠다. 게다가 자수하라고 해 놓고선 귀양을 보내고, 사신들의 통역을 맡았을 뿐인 역관까지 못된 책을 사고판 거간꾼으로 몰아 관노로 삼은 처사는 지나치다 할 수밖엔 없었다. 책의 소지자 중에는 노론 벌열가의 후예도 적지 않은 판이었다. 아무리 생각해도 그는 임금의 의중을 알 수 없었다. 보령이 이미 일흔여덟이시니 총기가 사라지고 아집만 남았기 때문일까. 9년 전 아들을 뒤주에 가두어 굶겨 죽인 그 망극한 거조 이후 전하는 부쩍 신하들에 대한 의심이 늘었다는 세평이 있기는 하였다.

그건 그렇고 박필순은 왜 느닷없이 그따위 상소를 올려 평지풍파를 일으켰을까. 고변(반역을 신고함)하여 임금께 상이라도 받겠다는 심산이었을까. 그것도 아니면 누군가의 사주를 받았을까. 그 역시 알 수 없는 일이었다.

그런데……사춘 선생은 왜 걸려들었단 말일까.

출사하지도 않은 포의인 그의 서재 깊숙이 처박혀 있었을 그『명기집략』의 존재를 누가 알고 있었기에 밀고했을까. 아니면 포고령에 따라 자수했단 말일까. 사춘이 아무리 물정 모르는 백면서생이라 한들 임금의 위협을 두려워하여 의금부에까지 나아가 자수할 만큼 쑥맥은 아니질 않은가.

어쨌든 아침 일찍 백동수가 미중 선생에게 달려가 도피할 것을 권유했고, 미중은 또 제가 자신은 물론 덕무와 득공에게까지 몸을 피하라는 전갈을 급히 했으니, 그들이 사춘과 교분이 두터운 줄을 세상 사람이 이미 알고 있기 때문일 것이었다.

목멱산 아래 멀리 보이는 궁궐과 관부의 검은 기와지붕과 새집 같은 민가의 초가지붕이 햇살을 받아 반짝거리고 있었는데, 숲에서 뻐꾸기 울음소리가 흘러나왔다.

도망

신묘년 오월 스무날

그 시각 박지원도 쫓기고 있었다.

그는 백동수와 함께 탑골 전동 집에서 나와 장동과 적선방으로 해서 창의문을 거쳐 도성을 빠져나왔다. 삼각산 등성이에 있는 문수사를 찾아가는 길이었다. 그 절의 주지 인담(仁潭)이 백동수와 오랜 교분이 있어서 우선 그리로 피신하기로 했던 것이다.

그 두어 시진 전 그러니까 제가의 집에 나그네가 꼬리 붙기 전인 묘시(오전 5~7시)에 백동수가 지원의 집으로 찾아왔다. 지원이 소세를 하고 백탑 계원들에게 보내는 척독을 써서 장복이에게 들려 보내노라고 시간을 지체했는데 그 와중에도 동수는 지원에게 빨리 나가지 않고 뭐 하느냐고 성화가 득달같았다. 두 사람이 집을 나선 것은 진시(오전 7~9시)가 넘어서었다. 골목을 나서는데 뒤통수가 써늘해서 돌아보니 검은 벙거지가 언뜻 보였고 더그레 자락도 희끗했다.

'아차!'

지원과 동수가 반사적으로 앞을 보고 뛰었다.

"어! 저 놈들 튄다!"

고함과 함께 포교와 나졸들 서넛이 뒤따라 쫓아왔다.

"투승!"

삼끈을 엮어 만든 올가미가 허공에서 뱀 기어가듯 지원을 향해 날아왔다. 머리를 덮치려는 순간 동수가 팔을 뻗어 올가미를 잡아챘다. 그러고는 좁은 골목을 가로막았다. 동수는 지원의 귀에 대고 날카롭게 외쳤다.

"형님, 얼른 내달아서 제용감(중국에 바치는 공물을 관장하던 호조의 부서) 뒤 소나무 다리에서 기다리시우!"

무예가 뛰어난 동수라고는 하지만 훈련받은 포교에다 포졸 서너 명을 한꺼번에 상대할 수 있을까 하는 걱정을 뒤로 하고 지원은 골목 너머로 뛰었다. 기골은 장대했지만 비둔한 몸집이어서 얼마간 뛰다 보니 온몸의 피가 얼굴에 쏠리고 숨이 막혀 왔다. 지원은 숨을 헐떡거리며 골목을 돌아 제용감을 향해 내쳐 달렸다.

동수가 송교로 온 것은 두어 식경 후였다.

"거 보슈. 내 뭐랬소. 털벙거지들이 형님을 잡으러 올 거라

잖았소. 백탑의 다른 계원들도 덮쳤을 게요."

지원은 숨을 헐떡거리면서 동수를 바라보았다.

"허, 영숙의 무예가 예사 아닌 줄은 알았지만 포교와 나졸 서너 놈을 때려눕히다니 대단하이!"

"대단이고 소단이고, 형님 때문에 이거 관원 상해죄를 덮어쓰지 않았소. 쩝……. 어쨌거나 여기서 어정거릴 시간이 없으니 얼른 피합시다."

털벙거지의 눈에 띨까 싶어 의금부와 경복궁 대로를 에둘러 민가 골목으로 도느라 시간이 지체되었는데 창의문을 지날 즈음엔 어느덧 사시(오전 9~11시) 초였다. 조지서(종이 뜨는 일을 맡은 관아)를 지나서 보현봉 중턱에 이르렀을 땐 미투리의 엄지총이 나가버렸다. 엎어진 김에 쉬어 가더라고 지원은 길가의 바윗돌에 주저앉았다.

"이보게, 영숙이. 좀 쉬어 가세나."

서너 걸음 앞서 휘적휘적 걷던 동수가 뒤돌아보더니 되돌아섰다. 헐떡헐떡하는 숨결을 고르며 지원은 투덜거렸다.

"이거야 원, 매에 쫓겨 풀숲에 숨는 꽁지 빠진 꿩도 아니고 아침 댓바람부터 무슨 짓인지 모르겠구먼."

습관처럼 허리춤을 뒤졌지만 출타할 때마다 매달려 있던 남초(담배) 쌈지가 집히지 않았다.

"급하게 오느라 남초도 못 챙겨왔구먼. 한 대 빌림세."

동수가 괴나리봇짐에 꽂힌 연죽(담뱃대)을 꺼내 연죽통에다 남초 가루를 꾹꾹 눌러 건넸다.

남초 연기를 허파 가득 채워 넣으니 비로소 한숨이 토해졌다. 동수는 나무 그루터기에 쭈그리고 앉아 말없이 산 아래 도성을 내려다보고 있었다.

"혜보나 초정이는 잘 피신했을까?"

혼잣말을 하다 보니 지원은 물색도 모르고 백동수를 따라나선 제 꼴이 우습게 느껴졌다. 담헌(홍대용의 자) 형은 달포 전 고향으로 내려가 지금쯤 농수각(천안에 있던 홍대용의 사설 천문대)에 틀어박혀 별이나 들여다보느라 서울에서 이 거조가 생긴 줄도 모르고 있을 것이었다. 『명기집략』 사건으로 조야가 뒤집어진 것은 지원도 들어 알고는 있었는데, 사춘이 의금부에 얽혀 들어갔다는 소리를 듣고선 마음이 급해져서 허겁지겁 동수를 따라나서긴 했지만 선비로선 아무래도 체모 떨어지는 노릇이었다.

"자넨, 사춘이가 잡혀갔다는 이야길 누구에게서 들었나?"

"낸들 알겠수? 새벽 댓바람에 서대문 밖 반송지 사춘 형님 댁에서 안잠자기 늙은네가 찾아와 고하길래 알게 됐지요. 서방님이 어제 출타하셨는데 밤이 새도록 돌아오지 않아 걱정하던 차에 의금부에서 참하(종9품직) 노릇 하는 내당 마님의 친정붙이가 알려왔답디다. 사춘 형님이 간밤에 잡혀 들어왔다

고. 그 말 들으니 제일 먼저 형님 생각이 떠오릅디다. 사춘 형
님과 형님이 죽마고우란 건 도성 사람이 다 아는 일 아니우."

"허!"

올해 초 무과에 급제는 했으나 아직 실직은 얻지 못한 백동
수는 무반답게 근육질의 덩치에 허우대가 좋은 데다 발이 넓
어 조정의 고관대작은 물론 시정의 소악패에 이르기까지 교
유가 넓었고 도성 돌아가는 사정엔 훤했다. 제 앞가림은 못하
는 주제에 협기가 넘쳐서 남의 어려운 사정은 그냥 들어 넘
기지 못하는 성품이라 평소에도 백탑파의 이런저런 궂은일을
도맡아 왔으므로 사춘의 아내가 안잠자기를 시켜 안면 있던
동수에게 알렸을 법하긴 했다.

아무리 생각해도 지원은 임금이 벌이는 거조가 이해하기
어려웠다. 나라가 금하는 책이야 늘 있는 법이지만 젊은 선비
들이 금서를 은밀히 돌려 읽는 눈치가 있어도 대개는 역모나
나라 기강에 연루된 사안이 아닌 다음에야 눈 감아온 것이 국
초부터의 관례가 아닌가. 세상의 다양한 학설과 신사조를 공
부하는 것은 배우는 자의 도리이기도 해서 굳이 서생의 책방
까지 뒤지는 것은, 설사 예학에 찌든 산림의 고루한 늙은 학
자라 해도 선비들의 기개를 꺾고 언로를 막는 짓이라 해서 반
대하는 아량은 있지 않았던가.

그런데,『명기집략』이란 책이 종통을 잘못 기술하고 선대왕

을 헐뜯은 무엄한 책이라고는 해도 임금이 이렇듯 조정은 물론 도성 안팎을 들쑤시고 선비들을 잡아들여 치도곤을 안길 일인지 지원은 도무지 이해하기 어려웠다. 게다가 잡혀 들어간 선비 중에는 집권 세력인 노론 벽파 권문세가의 자제들도 한둘이 아니라잖은가. 하기야 과거를 보지는 않았지만 사춘 역시 바로 뜨르르한 노론 가문의 자제이긴 했다.

남초 한 모금을 다시 빨면서 지원은 동수에게 문득 물음을 던졌다.

"그런데 말일세. 더그레들이 어떻게 알고 사춘을 덮쳤을까. 사춘이 그 책을 가지고 있다는 사실은 우리 패 말고는 아무도 모를 터인데……."

"그러게 말이우. 나도 생각해 봤지만 그 연유를 모르겠소. 그 책이야 노론 세족 놈들 장서고에도 한 권씩은 들어있을 건데 하필이면……."

지원은 남초를 끄고 곰방대를 털어 동수에게 돌려주었다. 그리고 생각을 추슬렀다.

팔순이 코앞이라 만사가 귀찮은 송장에 가까운 임금이 여항의 책 한 권에 이토록 진노해서 사대부를 가두고, 책쾌까지 줄줄이 잡아들이는 옥사를 벌였다면 예삿일이 아니다. 늙은 임금의 앞뒤 없는 분노로 치부하기엔 무언가 숨은 내막이 있지 않을까.

그때 동수가 뚜벅 한마디 던졌다.

"조정에서도 젊은 관원들이 저희끼리 모이면 수군거린답디다. 전하께서 노망에 드신 게 아니냐구요. 아닌 게 아니라 보령 일흔여덟이라면 그런 소리를 들을 만도 하지요. 요즘 전하께서 걸핏하면 화를 내시고 변덕이 죽 끓듯 해서 대전 내관과 지밀나인들이 죽을 지경이라던데요? 전하의 행동거지를 보아하니, 발광해서 사람을 죽인 죄로 뒤주에서 죽은 사도세자의 병력이 근거가 없는 게 아니라는 소리까지……."

"허, 쓸데없는 소리!"

지원은 무람한 소리를 함부로 옮기는 백동수를 나무랐다.

그러나 9년 전 사도세자가 뒤주에 들어가 죽은 그 참혹한 이야기가 자꾸만 뇌리에 들러붙는 것이었다.

*

보현봉 숲길에서 지원은 9년 전 임오화변을 떠올리면서 뭔가 실마리를 찾으려고 용을 썼다. 그때 지원의 나이 스물여섯이었던가. 그때나 지금이나 출사를 하지 못해 깊숙한 궁중의 속사정을 꿸 형편은 아니었지만, 사대부 사랑방에서 꾸물꾸물 흘러 다니던 그 참혹한 이야기를 그 역시 듣지 않을 수는 없었다. 노론의 세력가인 형조판서 윤급의 청지기인 나경언이란 자가 사도세자의 비행을 고변해 일어난 그 사건은 처음부터 얼개가 너무도 허술해 보였다. 한낱 대가댁 청지기란 자가 어찌 지엄한 세자의 일거수일투족을 알겠으며, 또 무슨 억하심정이 있어 감히 일국의 국본을 모해했겠는가. 그럼에도 노론들은 일사천리로 세자의 비행을 죽을죄로 몰아가 아비로 하여금 자식을 뒤주에 가둬 죽게 만드는 참극을 연출하지 않았던가. 다들 쉬쉬하면서 누구도 공개적으로 꺼내기를 피하는 이야기이지만 그런 만큼 그 이야기는 끈질기게 여항을 떠돌아다는데, 언제 터질지 모르는 폭탄과 같은 사건이었다.

나경언과 박필순…….

전혀 동이 닿지 않은 다른 이름인데도 또 뭔가 묘하게 비슷한 대목이 있어 보였다. 청지기와 어엿한 사헌부 지평 출신이니 신분은 천양지차라 하나 그들의 고변에 의해 사건이 시작된 게 아닌가. 그리고 두 사건의 중심에는 임금이 서 있는 것이었다. 당대 권력의 중심 노론 벽파도 연관돼 있는 것이고……. 그런데, 임오화변 때는 사건의 발단이 형조판서 윤급에서 비롯되어 세자의 장인 홍봉한과 그 동생 인한이 핵심적인 역할을 맡았으며 세자의 친모까지도 아들의 비행을 임금께 낱낱이 고발했다. 심지어 홍봉한의 딸인 세자빈마저 남편이 아닌 친정 편에 서서 사태를 방관했다는 의혹이 있는 것이다. 아들을 제 손으로 뒤주에 가둬 죽인 아버지, 제 속으로 낳은 자식의 비행을 증언해야 할 만큼 거대한 세력에 의해 막다른 벽에 몰린 어머니, 그리고 남편의 죽음을 수수방관하면서 친정의 모해에 암묵적으로 동조한 아내…….

그리고…….

이번 일도 마찬가지였다. 중국에서 발간된 지 70년이나 지났고 조선에 들어온 지도 20년이 넘은 책이 아닌가. 북학에 관심을 가진 웬만한 선비나 벼슬아치들은 한 번쯤 읽어봤을 것이고 또 서고에 꽂혀 있을 법한 책이다. 그런데 그 책이 느닷없이 새삼 문제가 된 것도 의아하고, 고변된 경위도 수상쩍다. 게다가 임금의 그 느닷없는 분노라니. 중국 조정이 펴낸 정사도 아니고 그저 한 개인이 쓴 책일 뿐인데 소지한 자는 물론 역관과 책쾌까지 잡아들여서 곤장을 때리고 유배를 보내고……. 임금이 그렇게까지 조야를 뒤흔들고 금부의 나장들이 노론 세력가에 난입해 집뒤짐을 하면서 쑥밭으로 만드는데도 평소에 그렇게 드세던 노론 고관대작은 왜 꿀 먹은 벙어리가 되어 있을까.

의문은 또 있었다. 글쎄, 백탑시사의 계원들을 콕 집어서 잡아들이려는 까닭도 알 수 없었다. 뜨르르한 시임대신 댁의 서방님짜리는 물론 하급 벼슬아치도 아닌, 무위도식으로 몰려다니며 음풍농월이나 하는 우리 같은 책상물림을 잡아다가 뭣에 쓰려고?

생각할수록 의문투성이였다. 풀리지 않는 의문에 지원은 고개를 흔들었다.

가만있자. 무턱대고 도망만 다닐 게 아니라 사춘을 빼내야 하지 않나.

임금이 진노해 펄펄 뛰는 엄중한 사안에 얽혀 있는 사춘을 구할 힘이 그들에게 있을 리 없었다. 결국은 매달릴 곳은 세손 저하뿐인데, 노론의 등쌀에 숨죽이고 있는 세손이 과연 힘이 될 수나 있을까. 그래도 세손 말고는 도와줄 사람이 없었다. 세손께서 할아버님을 알현하여 사춘을 변호해서 전하의 노여움을 푸는 수밖엔 없었다. 그러려면 덕로(홍국영의 자)부터 만나야 하지 않나.

지원의 생각이 거기까지 미쳤을 때 동수가 괴나리봇짐을 뒤져 새 미투리 한 켤레를 꺼내주었다.

"형님, 문수사가 멀지 않았수. 이 고개만 넘으면 되오. 얼른 갑시다."

지원은 끙 하고 일어섰다.

정오쯤 그들은 보현봉 등성이를 넘어 문수사에 도착했다. 절은 삼각산 꼭대기에 있는 그리 크지 않은 절이었다. 뒤로는 깎아지른 듯한 돌벽이 솟아 있었는데 절 마당에서 평지를 내려다보니 하늘의 절반까지 오른 듯 까마득했다. 불상을 모시는 감실은 큰 석굴 속에 있었다. 석굴을 지나치는데 굴벽에

맺힌 물방울이 비 오듯 떨어졌다. 석굴 끝에는 돌샘이 있고 좌우 양쪽에는 오백 나한을 벌려서 앉혔다.

"예서 잠시 기다리슈."

동수가 석굴 뒤편 요사채로 다가갔다. 그는 대나무 울타리 앞에서 요사채 마당을 기웃이 들여다보며 큰소리로 외쳤다.

"스님, 인담 스님 계시우? 야뇌(백동수의 자호)올시다."

이윽고 미닫이가 스르르 열리더니 눈썹이 허옇고 등이 굽은 늙은 중이 나타났다.

*

신묘년 오월 스무날 오후

그 시간 제가는 여전히 목멱산 먹적골 뒤편 숲에 숨어 있었다.

숲속에 드러누워 있자니 하루 종일 요기를 못 한 터라 속이 쓰려 왔고 목도 말랐다. 창졸간에 도망을 나오느라 수중에는 엽전 한 푼 없었는데 어디 숨을 만한 곳도 떠오르지 않았다. 무엇보다 지루하고 답답해서 더 버틸 재간도 없었다. 제가는 슬슬 자리를 털고 일어날 궁리를 했다.

이제는 어디로 간다?

집에는 갈 수가 없고, 백탑 계원들도 다들 마찬가지 신세일 터이니 그들을 찾아갈 수도 없었다. 그렇다고 다른 벗들을 찾아갈 수도 없는 것이 그들도 행여 불똥이 튀지 않을까 전전긍긍하고 있을 터였다. 이런저런 시회 때 만났던 사람 중에 경기도와 충청도에 집을 둔 이가 두엇 떠올랐지만 자주 만나지도 못한 터에 불쑥 찾아가 과객질 하기도 민망한 노릇이었는데, 무엇보다 아무런 행장도 차리지 못하고 먼 길을 나설 수도 없는 형편이었다.

허, 내가 세상을 청맹과니처럼 살았구나. 이런 때 숨겨줄 벗 하나 사귀지 못했으니…….

입맛이 써서 스스로에게 혀를 차는데 갑자기 어떤 생각이 떠올랐다. 그래, 급한 대로 거기에 가서 며칠 지내면 되겠구나. 제가는 자리를 털고 일어섰다.

묵정골을 빠져나왔을 때는 신시 말(오후 3~5시)이었다. 해가 서산으로 천천히 기울고 있었는데 그는 목멱산 기슭 남별영 앞으로 해서 난정동(지금의 중구 회현동)을 거쳐 창동(지금의 중구 남창동) 쪽으로 슬슬 걸어갔다. 아침에 졸경을 치른 끝이라 사람들이 저만 쳐다보는 것 같아서 행인들 틈에 묻혀 걸으면서도 뒷머리가 섬찟했다.

그는 선혜창 저잣거리를 지나 숭례문으로 다가갔다.

아직 인정 전이어서 짐을 멘 보상과 부상이며 장작이나 건어물 따위를 실은 소달구지가 문을 드나들고 있었다. 창을 든 금군들이 문 앞에서 경비를 서고 있었다. 마침 상단 무리 십여 명이 한꺼번에 출문하는 것을 보고 제가는 주춤주춤 그 뒤에 붙어 섰다. 혹시라도 제 용모파기(수배자의 인상착의를 그린 그림)를 손에 든 파수꾼이 불러 세우지나 않나 싶어 머리끝이 쭈뼛 섰다. 다행히 금군들은 보상들의 짐을 살피느라 제가를 흘끗 바라보았을 뿐 큰 관심을 두지 않았다. 때 묻고 구겨진 도포를 입은 젊은 유생 따위에게서야 인정전 한 푼 건지지 못하기 때문일 터였다. 보상 하나가 남도로 풀어먹일 원산말뚝이(황태) 반 두름을 떼어서 막걸릿값으로 바치는 모양이었다. 그는 상단의 모가비나 되는 시늉으로 보상들을 따라 뒷짐을 지고 나갔다. 성문 밖으로 빠져나와 난전이 죽 늘어선 한길을 나서니 휴 하고 한숨이 쉬어졌다.

그는 남지를 지나 칠패 어물전으로 해서 큰고개(大峴)를 넘어 쌍룡산 자락의 공덕리 옹기 막을 찾아갔다. 그곳에는 옛 집안 노복 구덜이가 살고 있었다. 구덜이는 제가의 집안 대대로 내려온 씨종이었다가 수철리에 있는 전장의 마름이 되어 외거했는데, 소작인들로부터 작료를 거두는 한편으로 이웃 마을인 공덕리에 가마를 짓고 뒷산의 황토를 벗겨내어 옹기를 구워다가 칠패로 내다 팔아 돈푼이나 모았었다. 해마다 옹기막에서 나온 수입 중 일부를 상전댁에 상납하다가 아버지가 돌아가시고 적자인 형 제도가 당주가 되자 아예 속량전을 바치고 면천된 자였다.

제가가 구덜이네 집에 도착한 것은 술시(오후7~9시) 말이었다. 옹기 막 때문인지 스무 호쯤 되는 민촌에서 조금 떨어진 산기슭에 집이 있었다. 제가는 주위를 휘둘러보고는 대문 앞에서 소리를 낮추어 거래했다.

"이리 오너라!"

두어 번 외치자 이윽고 나무 대문이 삐걱하고 열리더니 스물이 채 못 된 떠꺼머리총각 하나가 상반신을 드러냈다. 총각은 젊은 도포짜리를 보더니 뜨악한 표정을 지었다.

"누구시우?"

"주인 있느냐? 불러오너라."

"누구시냐니까요?"

"잔말 말고 불러오라는데두!"

총각 녀석이 투덜거리며 본채 섬돌 앞에 서서 뭐라는 모양이었고 얼마간 지체한 다음 미투리 끄는 소리가 들리더니 구덜이가 모습을 보였다.

"업진 애비, 날세."

"아니, 붓골 작은 서방님 아닙니까요? 여긴 웬 일이셔유?"

"……음. 내가 이 근처 벗을 찾아왔는데 돌아가다 길을 잃었네. 부득이 오늘 자네 집에 하루 유숙할까 하는데 괜찮겠나?"

구덜이가 의아한 표정을 지었다.

"그, 그야…… 쉰네야 좋습니다만 이 누추한 집에 서방님께
서 어찌 머무르시려오?"

"글쎄…… 토방이라도 좋으니 빈 방이 있으면 아무 곳에나
신세 좀 지세나."

구덜이가 "그래도 그렇지…… 이런 집에 어찌……"하고 혼
잣말을 중얼거리면서 앞장섰다. 그러고는 처마 끝에 관솔불
을 달았다. 제가가 마당을 들어서면서 보니 이엉 없은 초가일
망정 기역 자로 꺾인 집 꼴도 끼끗하고 제법 널찍한 마당 가
엔 소가 매여 있는 외양간과 창고도 늘어서 있었다. 옹기를
구워 돈냥이나 모았다더니 과연 그런 모양이었다.

"자네, 살림이 포실한 모양일세."

"웬걸입쇼. 그저 입에 풀칠이나 하고 삽지요."

구덜이가 본채에 다가가서 제 아낙을 부르는 눈치였고 곧
장지문이 열리더니 업진 어미가 "에그……서방님!" 하며 현신
했다. 아마 양주가 환갑은 실히 넘겼을 것이다. 업진 어미가
빈방을 치운다, 새 이부자리를 들인다 부산을 떨고 나서 제가
를 방안으로 맞아들였다. 늙은 양주가 옛 상전에게 허리를 숙
여 절했다. 일렁거리는 등잔불에 보니 구덜이는 상투 밑이 허
옜고 업진 어미의 쪽 찐 머리도 허옇게 세었다.

"그래, 잘 지냈는가? 생업은 여전하고?"

"……예. 그럭저럭합니다. 이게 다 면천시켜 주신 은덕입지

요. 큰 서방님은 잘 기신가요?"

"글쎄……. 나야 큰댁에는 기제사 때나 들르는 처지이지만,
형님은 별래무양하실 걸세. 업진이는?"

"예, 그 애는 옆 동네에 옹기 막을 따로 만들어 나가 삽지요.
그 아이도 작년에 며느리를 보았습니다."

"허, 세월 빠르구먼. 자네가 손부까지 보다니."

이러구러 묵은 안부가 오가는 중에 업진 어미가 제가의 꼴
을 보더니 놀란 표정이었다.

"도성 안에 계시는 서방님이 이런 시골구석에 웬일로 출타
하셨소? 도포와 버선 꼴은 또……."

어두운 밤에 논두렁길을 걷다가 헛디뎠는지 바짓말이며 버
선이며 흙탕이었고 수세미처럼 구겨진 도포 자락도 여기저기
흙물이 튀어있었다. 제가는 멋쩍은 웃음을 지었다.

"어찌하다 보니 이리되었네. 그건 그렇고…… 식은밥 덩
이라도 남은 게 있으면 좀 주게나. 종일 끼니를 에우지 못해
서……."

업진 어미가 "에그, 내 정신 좀 봐"하고 일어서더니 뒤채의
작은 며느리를 부르는 기척이었다. 부엌에서 달그락거리는
소리가 들리더니 두어 식경 후에 소반을 들여왔다.

"에그, 찬이 없어서……."

그러나 말과는 달리 잘 차린 상이었다. 새로 지은 듯 보리

가 나우 섞인 고슬고슬한 더운밥과 토란대를 넣은 토장찌개에다, 구운 비웃도 놓였고 나물 등속과 짭짤한 황석어젓에 상추까지 올라 있었다.

"허! 이거 북촌 대가댁이 부럽잖은걸."

"아, 아닙니다요……."

구덜이가 당황해서 손까지 내저었는데, 보아하니 근처 토반들의 눈이 무서워서 이엉을 얹었을 뿐 기와를 올려도 무방할 살림 규모 같았다.

종일 굶었던 터라 목구멍에서 손이 삐져나올 듯 배가 고팠던 제가는 숟가락에 밥을 듬뿍 떠서 허겁지겁 먹어 치웠다. 업진 어미가 들여 준 숭늉까지 훌훌 마시고 나니 비로소 정신이 드는 듯 했다.

"갑자기 찾아와서 번거롭게 했네. 자세한 이야기는 내일 하기로 하고 소세나 좀 하고서 일찍 자리에 누워야겠네."

요를 깔고 호롱불을 끈 다음 드러누웠지만 몸은 천근만근 무거운데도 눈만 말똥말똥할 뿐 잠이 오지 않았다. 아침에 나그네에게 쫓기던 제 꼬락서니가 떠올랐고 노모가 놀라셔서 속 태우고 계실 것에 생각이 미치자 가슴이 무지근했다. 제가는 누운 채 천장을 보고 한숨을 내쉬었다.

| 4 |

감위수

박지원은 문수사에 숨어 있었다.

문수사 석굴 뒤편 바위에 이어진 요사채의 객방에서 하룻밤 자고 일어나 미투리를 꿰고 절 안팎을 어정거리며 삐죽삐죽 암괴가 솟은 보현봉을 건너다보는데 왠지 마음이 설렁거리면서 불안해지는 것이었다. 백동수는 어제 지원을 데려다주고는 도성의 동향을 살피겠다면서 밤길을 도와 도로 산길을 타고 내려간 참이었다. 지원은 동수에게 가는 길에 홍국영을 찾아보라고 당부했다.

"사춘이 갇혀 있는 것을 세손 저하께 빨리 알려야 하네. 그러려면 덕로를 만나야 할 것이고……."

"저하께서 아신다 한들 무슨 힘이 되겠습니까. 조롱에 갇힌 새처럼 동궁에 갇혀 계신 신세인데……."

"그래도 저하께서 아셔야 하네. 덕로가 워낙 재빠른 사람이니 알아서 손을 써 줄 수도 있는 일이고……. 금성위 댁에도 들르게. 그래도 전하께 직보를 할 수 있는 사람은 그분뿐이니."

지원은 팔촌 형이자 전하의 부마인 금성위에게 쓴 척독을 동수에게 건네주었다. 사춘이 옥청에 갇힌 사실과 백탑 계원들이 관헌에 쫓겨 흩어졌다는 사실을 간략히 적고 조정의 사정을 알아보고 손을 써 달라는 부탁을 휘갈겨 쓴 편지였다.

'주역 점이나 쳐볼까.'

아무래도 마음이 가라앉지 않아 지원은 점을 쳐볼 생각을 했다. 객방에 돌아온 지원은 아침 햇살이 비쳐 드는 창을 향해 좌정했다. 의관을 갖춰 입고 갓까지 쓴 다음 눈을 감고 마음을 가라앉혔다. 그리고 허리춤에 매달린 귀주머니에서 공방(동전) 한 닢을 꺼냈다. 제대로라면야 산통과 산가지가 있어야 하겠지만 양반댁 사랑도 아니고 절의 객방에서 갑자기 구할 수는 없는 노릇이라 임시변통인 셈이었다. '상평통보'라 새겨진 앞면을 양효로 삼고 뒷면을 음효로 삼을 작정이었다. 지원은 동전을 가슴 높이까지 쳐들었다가 방바닥에 떨어트렸다. 또르르 굴러가던 동전이 등을 보이며 멈춰 섰다.

지원은 필낭에서 세필을 꺼내 손바닥에다 효를 기록했다.

──

다시 동전이 구르다가 멈춰 섰고, 이번엔 앞면이 나왔다.

一

이렇게 해서 여섯 번을 굴렸는데 마지막에 동전이 등을 보이는 순간 지원은 숨을 헉 들이켰다.

☵

감위수(坎爲水) 괘였다.

감위수는 습감(習坎)이라고 해서 주역의 사대 난괘가 아닌가.

효사에 이르기를, 물이 거듭 닥쳐 웅덩이에 빠져 헤어날 길을 모르니 흉하다. 웅덩이가 험하니 얻는 바가 적고 가운데로 빠져나오지 못한다. 이리저리 헤엄쳐 보지만 웅덩이뿐이며 깊고 험하다. 물을 상징하는 감괘가 두 번이나 겹쳤으니 소용돌이치는 물구덩이에 빠진 형국이다. 애를 써도 공이 없다. 나라라면 내우와 외환이 일어나고 군주와 신하는 불신과 혐오로 맞서며 백성은 기아와 도탄에 빠지는 괘상이다. 날은 저물고 길은 먼데 광야에서 호랑이, 늑대와 마주친 형국인 것이다.

그러나, 주역은 이렇게도 말하고 있다.

험한 곳에 이르러도 믿음을 잃어서는 아니 된다. 마음이 형통한 것은 굳세게 중심을 잡고 있기 때문이다. 행동거지에 평상심을 잃지 않으면 나아감에 공이 있을 것이다.

지원은 괘가 그려진 손바닥을 들여다보며 괘사를 곱씹었다.

구덩이에 또 구덩이가 겹쳐 있다…….

깊은 소용돌이 치는 심연 속의 구덩이. 도대체 이 구덩이는 어쩌다가 갑자기 파인 것일까. 어쩌다가 갑자기 이 허방에 발이 푹 빠지고 말았을까. 사춘은 또 왜? 이레 전 영숙, 사춘과 함께 백탑 근처의 모주집에서 술을 마시며 유쾌하게 떠들 때만 해도 이런 일이 일어나리라곤 그 누구도 생각 않지 않았나. 괘상으로 보건대 사춘에게 큰 일이 닥칠 거라는 불길한 예감을 지원은 지우기 어려웠다.

희천은 지원과 동문수학한 벗이었다. 일찍이 지원은 이제는 돌아가신 희천의 부친 단릉 이윤영 선생에게서 희천과 함께 주역을 배웠던 터였다. 단릉 선생은 사서삼경은 물론 역(易)을 오래 궁구하여 자못 미래를 내다보는 혜안을 가진 사람이었다. 시서화에 능하고 평생 풍류를 즐겨 전국을 떠돌아다닌 그는 특히 단양의 풍광을 사랑하여 단양의 구담에 작은 정자를 짓고 자호를 단릉이라 붙였을 정도였다. 희천이 포의를 자임한 것도 부친의 영향이 컸을 것이다. 지원 역시 과거에 뜻이 없었는데 역시 스승 단릉의 그림자 때문이 아닐까 스스로 생각한 적도 있었다.

단릉 선생은 지원과 희천에게 역을 가르치면서 이렇게 강조하곤 했다.

"역 속에 천변만화가 숨어 있고, 우주와 자연의 섭리가 편재하느니. 위로는 천문을 읽고 아래로 지리를 살펴 천지자연의 법칙을 궁구하여 인간에게 적용해 생각하는 것이다. 인간 세계의 흥망성쇠와 길흉화복은 천지자연의 작용에 합치한다. 자연과 인간은 끊임없이 변하는 것이니, 영달했다고 자만하지 말고 영락했다고 절망하지 않아야 하느니. 올라갈수록 떨어질 때를 생각하여 스스로를 경계하고 떨어지면 오를 때를 끈기 있게 기다려야 하느니라. 즐거움과 복락을 끝까지 누리려 들지 말며 위난에 빠지면 고요함 속에서 살길을 찾아야 하느니라. 그것이 역의 가르침이니 역에 의지하면 위태로움이 없을 것이다."

문풍지로 새어드는 햇살을 받으면서 지원은 손에 쥔 공방을 만지작거렸다. 바깥에서 우렁우렁한 목소리가 들렸다.

"선비님 계시오?"

미닫이를 열었더니 섬돌 앞에 인담이 서 있었다. 노승은 구부릴싸한 자세로 합장을 해 보였다.

"기침하셨구려. 아침 공양을 하셔야지."

"대사, 이거 천둥벌거숭이처럼 밀고 들어와선 폐가 많소이다."

"폐랄 게 있겠소. 부처님 집에 우바새가 찾아드는 것이야 항용 있는 일이지요."

한 십여 년 전에 동수는 시속도 살필 겸 공부벌레인 처남 덕무의 건강도 챙길 겸 덕무를 끌고 도성 주위의 봉우리들을 등반하면서 이 암자에 하룻밤 묵은 이래로 인담과 친해져서 가끔 들른다고 했던가. 인담은 동수에게서 대강의 사정을 들은 눈치였다.

작은 절이라 공양간도 따로 없어 지원은 인담의 방으로 갔다. 잡곡밥과 시래깃국, 고사리나물 따위 간소한 음식이 발우에 담겨 있었다. 마주 앉은 인담이 오관게를 중얼중얼 암송했다.

"이 음식에 깃든 수고로움과 그 유래를 생각하노니 부족한 내 덕행으로는 공양 받기가 송구스럽네."

인담이 숟가락 들기를 기다려 지원도 밥과 국을 입에다 떠넣었다.

공양을 마친 인담이 숭늉을 후루룩 마시더니 지원에게 빙긋 웃어 보였다.

"거, 처사님 상호가 좋소. 호랑이 상에 체구도 당당한 데다 관운장처럼 얼굴도 대춧빛이시니 일찍이 무과로 나섰다면 벌써 대장인(大將印)을 허리에 차고 삼군을 호령했을 것인데……."

지원은 쓴웃음을 지었다. 입에 담긴 밥을 목구멍으로 욱여넣고 그는 핀잔 비슷하게 한마디 던졌다.

"거 참, 대사께서 관상까지 달통했을 줄은 몰랐소. 이순풍

(중국 당의 점성가)이나 원천강(중국 당의 음양가)이시오? 아니, 달마대사가 관상학에 능했다니 혹시 달마의 현신이시오? 쫓겨 다니는 처지에 대장군이라니……."

"허! 빈도가 돌중이라도 상은 조금 볼 줄 안다오. 장군은 못 되셨으나 죽백(竹帛—사서의 별칭)에 이름을 새길 대문호가 되실 것이오. 부디 자애하시오."

지원은 대답 없이 허허 웃고 말았다.

*

백동수는 신시(오후 3~5시)에 문수사로 돌아왔다. 제 처남이자 단짝인 이덕무와 이서구와 함께였다. 서른하나인 덕무가 동수보다 두 살 연상이었지만 두 사람은 집에서나 밖에서나 어울려 다녔고 서로 허교하는 사이였다. 기질은 달라도 서얼이라는 처지가 서로를 끈끈히 묶어주는 끈이 됐는지도 몰랐다.

지원이 묵고 있는 방문이 휙 열렸다.

"미중 형님, 다녀왔소!"

지원이 고개를 들었는데, 동수의 등 뒤에 덕무와 서구의 얼굴이 보였다. 어제 아침 척독을 들려 심부름을 보냈던 종 장복이도 보였다.

"들어오게."

덕무와 서구가 지원에게 읍하고는 당혜를 벗고 방으로 들어왔다.

"어떻게 두 사람을 용케 만났구먼."

"뭐 내 처남이야 뛰어봐야 벼룩이지. 작은 처제네 집에 웅크려 있는 걸 끌고 왔수. 그리고 낙서 이 사람이야 떠르르한 노론 벌족 집안이니 피하지도 않고 제 집에 틀어박혀 있습디다. 장복이를 시켜서 데려왔수."

"아, 아닙니다. 저도 어제는 피신해 있다가 아버님이 걱정하실까 봐 첫새벽에 잠깐 들른 길에 골목에서 장복이를 만났습니다."

"그래…… 다들 모였으니 다행이다."

그때 동수가 시무룩한 얼굴로 한마디 던졌다.

"그런데, 혜보(유득공)는 피하지 못하고 좌포청에 잡혀 들어갔다 하오."

"뭐야! 어제 아침에 내가 장복이더러 척독을 들려 보내지 않았나?"

그러자 섬돌 밑에 서 있던 장복이가 뒷머리를 긁었다.

"그게…… 저, 어제 쇤네가 낙서, 여오 서방님께 쪽지를 전해드리고, 혜보 서방님 댁에도 갔는데 마침 출타 중이셔서 내당 마님께 대신 전해드렸는데 미처 못 보신 것 같습니다요. 나리 마님, 죄송합니다요."

“······.”

지원은 묵연히 앉았다가 덕무에게 눈짓으로 문을 닫으라 시켰다. 네 사람은 무릎을 좁혀 앉아 낮은 목소리로 이야기를 시작했다.

“그래, 덕로와 금성위는 만났나?”

“웬걸요. 덕로는 코끝도 보지 못했소. 어디에 싸돌아다니고 있는지······. 금성위 댁에도 갔지만 만나주지 않으셨소. 청지기가 ‘대감마님도 『명기집략』 사건에 연루돼 있어서 대죄(待罪)하고 있는 처지라 아무도 들이지 말라 하셨다’고 합디다. 승강이를 벌이다가 하는 수 없이 형님의 척독만 청지기 편에 전하고 돌아섰습니다.”

“회보(금성위 박명원의 자) 형님은 또 왜······.”

“이번 일을 고변한 박필순에게 공초를 받으면서 상께서 ‘너는 그 책을 어떻게 알았느냐’고 물으시니 박필순이 ‘집안 먼 일가인 금성위의 집에서 빌렸는데 금성위는 또 다른 데서 빌렸다고 하였습니다’ 라고 고하였다고 합니다.”

“허······. 이거 화가 형님에게까지 미치지 않았나?”

이서구가 끼어서 한마디 했다.

“금성위께서야 상께서 총애하시는 사위님이시니 별일이야 있겠습니까.”

“······.”

동수가 말을 이었다.

"더 기가 막힌 것은 어제 아침에 의금부 도사와 나졸들이 사춘 형님 댁에 몰려와 집뒤짐하느라 수라장을 만들었다고 합니다. 형수와 아이들까지 오라를 지워 묶어 갔다고 합니다."

"뭐야!"

"그런데 의금부에 아는 나장이 있어 알아보니 사춘 형님은 포착된 것이 아니라 자현했다고 합디다. 책을 지니고 자수한 사람이라면 그 죄만 물으면 그만일 것을 집을 난장판으로 뒤지는 것도 그러하거니와 식솔들은 왜 잡아간 건지 도무지 알 수가 없소."

"허! 그 사람은 또 무엇 때문에 자수를 했단 말인가. 시속 물정을 아예 모르는 청맹과니도 아니겠고 그만 일에 겁을 먹을 사람도 아닌데……. 알 수 없는 일이로다."

그때 덕무가 나섰다.

"어쨌거나 이거 일이 심상찮은 듯합니다. 사춘 선생님의 일도 그렇고 혜보가 잡혀간 일도 그러하거니와 금성위까지 연루됐다지 않습니까. 어제는 포교들이 미중 선생님 댁에까지 덮쳤으니……. 어떻게 한결같이 우리 백탑 쪽 사람들을 족집게처럼……."

동수가 말을 끊었다.

"글쎄, 반드시 그렇게 볼 일은 아닌 것 같네. 이미 삼정승 댁에서도 『명기집략』이 나왔고 노론 벌열가 자제들도 잡혀간 이가 한둘이 아니라는데……."

"그래도 이건 뭔가 이상하지 않습니까. 전하께서 책 한 권으로 이렇게 온 조야를 벌컥 뒤집어 놓으시니……. 혹시 이거 재작년의 일과 무슨 관련이……."

"!"

덕무의 말에 다들 벙찐 얼굴이 되어서 서로의 얼굴을 둘러보았다.

"설마……."

"글쎄 아직은 모를 일입니다만, 시생은 뭔가 꺼림칙한 생각이 듭니다."

*

구덜이네 집에 온 다음 날 새벽 제가는 자리에서 일어나 단정히 요를 개고 소세했다. 업진 어미가 새 버선을 들여오고 흙탕 묻은 도포를 내갔다. 제가는 아침을 먹고선 구덜에게 지필묵을 청했다. 옹기장이 집에 문방구가 있을까 했지만 구덜이가 일찍이 미곡의 출입을 기록하는 장부권이나 다룬 마름이었던지라 말라비틀어진 몽당붓과 먹, 벼루를 찾아왔다. 제가는 종이에다 간단히 척독을 휘갈겨 적었다.

“자네, 오늘 일이 바쁜가?”

“웬걸입쇼. 며칠 전 옹기를 구워내 문안으로 들여보내서 바쁜 일은 없습니다요. 오늘은 그저 논에 나가 피나 뽑을까 했는데…….”

“그럼, 안 됐지만 문안으로 심부름 좀 다녀와 주겠나?”

“예. 그렇게 합지요.”

부친이 살아계실 적에 제가는 어머니와 함께 본가 뒤채에 얹혀살았는데, 그때는 외거하지 않고 청지기 노릇을 겸하던 구덜이가 서자로 태어난 제가의 처지를 딱하게 생각해서 주전부리니, 필묵 따위를 챙겨주곤 했다. 제가의 어머니도 그런 구덜이를 미덥게 여겨 명절에는 자투리 천으로 솜저고리와 버선 따위를 만들어 주곤 했다. 아버지 박평이 세상을 뜬 뒤 제가 모자가 청교, 묵동의 셋집으로 옮겨 다닐 적에도 구덜이는 이따금 찾아와 쌀말이나 부려주곤 했었다. 제가는 서찰이든 봉투를 구덜이에게 주었다.

“수진방 사복시 옆 중학교 아랫말에 가서 책쾌질 하는 정 생원이란 자를 찾아서 이걸 좀 전해 주게. 반드시 본인에게 전해야 하네.”

구덜이는 수긋이 서찰을 허리춤에 끼고 집을 나섰다.

제가가 정 생원이라고 불리는 책쾌 정인동에게 서찰을 보낸 것은 조정 안팎과 의금부에서 돌아가는 사정을 귀동냥하기 위해서였다. 사춘 선생의 단골 책쾌가 배경도라면, 덕무와 제가의 단골은 정인동이었다. 책쾌들은 새로 나온 책을 보따리에 담아 세도가 사랑방을 제 집처럼 드나드는 자들이니 시정의 사정은 물론 조정의 동향을 훤히 꿰고 있었는데, 이번에는 책쾌들이 된서리를 맞고 있다니 더욱 귀를 쫑긋거리고 있을 터였다.

도학을 숭상하고 독서를 장려한다는 국책에도 불구하고 조선은 이상하게도 중국에는 흔한 서사(서점)가 국초부터 없는 나라였다. 책은 귀물이어서 사고파는 대상이 아니라는 관념 때문이겠는데, 서사 대신 책 거간꾼인 책쾌들이 두루마기 품에 서책을 끼고 대가댁이나 선비네 집을 방문하여 중국에서 나온 신간 따위 서책 정보도 전해 주고 원하는 책을 주문받아 건네주곤 했다. 때로는 다 읽은 책을 구문 받고 대신 팔아주기도 했다. 대개 소학권이나 뗀 자들로서 자연히 사고파는 책의 내용을 대략이나마 꿰고 있어 무료한 사대부들의 말 상대가 될 만한 자들이었다.

중묘(중종)와 명묘(명종) 연간에 조정에서 서점을 설치하려고 한 적도 있었다고 들었으나 결국 흐지부지하고 말았는데, 이 무렵 어숙권이란 이가 왕명으로 『고사촬요』(생활백과서의 일종)란 책을 엮었다. 열두 차례 걸쳐 개정, 증보돼 목판으로 찍혀나온 이 책은 나중에 민간에서 사사로이 찍어내 판매되기도 했다지만 서점을 통해 유통된 적은 없었다. 오히려 왜가 임진왜란 때 조선에서 약탈해 간 금속활자와 전적을 밑천 삼아 출판업을 일으켰는데 에도와 오사카 등지에 서점 수백여 곳이 성업한다는 이야기를 제가는 통신사에 끼여 다녀온 자로부터 들은 적도 있었다.

선묘(선조) 때 박의석이란 책쾌가 있었는데 여러 곳의 책을 모아서 팔지 않은 책이 없었다고 한다. 지금 한성에는 아현에 사는 박사억·사항 형제와 이원복이란 책쾌가 유명했는데 연행사에게서 흘러나온『율력연원』을 담헌 선생이 집 한 채 값에 가까운 120냥이란 거액을 주고 사들이는 것을 지켜본 제가는 사고 싶은 책 한 권 마음대로 못 사는 제 가난을 얼마나 한탄했던가. 즐비한 책방에서 수만 권의 진귀한 책들이 진열돼 사고 팔린다는 연경의 유리창을 구경하고 싶은 것이 제가나 책벌레 덕무의 오랜 소망이었으니.

문안으로 간 구덜이가 늦도록 오지 않아 제가는 빈방에서 홀로 앉았다 섰다를 반복했는데 종내에는 뒷짐을 지고 마당을 뱅뱅 돌기까지 했다. 미중 선생과 덕무의 안부가 궁금해 죽을 지경이었다. 한여름 긴긴 해가 설핏해졌을 때에야 구덜이가 돌아왔는데 정인동을 달고 왔다. 제가는 구덜이에게 들려 보낸 척독에 인동이 답장이나 한 장 보낼 것으로 생각했던 터라 직접 찾아온 것이 뜻밖이었다. 인동은 제가가 묵고 있는 토방을 기웃이 들여다보더니 히죽이 웃었다.

"허, 지금 한양 도성이 난리가 났는데, 우리 선비님은 여기서 이렇게 팔자 좋게 드러누워 계시오?"

제가는 인동의 손을 잡아끌었다.

"수선 떨지 말고 얼른 들어오오."

제가는 섬돌 앞에 선 구덜이에게 시선을 돌렸다.

"하, 오늘 이 양반을 찾느라 한양 도성을 종일 싸돌아 다녔습니다요. 이 댁 안주인이 바깥양반 있는 곳을 가르쳐 주려고 해야 말이지요. 아침 내내 집 밖에서 버티고 있었더니 그제야 육전 어느 구석의 담배포로 가보라고 하고는 문을 닫아거는 겁니다. 알려준 대로 육전 골목골목을 헤매다가 담배포를 찾았는데, 사람이 한가득입디다. 전기수(傳奇叟)가 책을 읽어주는 곳이더군요. 휘휘 둘러보다가 이 사람, 저 사람 옆구리 찔러 정인동이란 사람이 누구냐고 물어도 이야기 듣는 데 방해된다고 눈을 흘기기만 할 뿐 아무도 가르쳐 주질 않습디다요. 애가 닳아서 담배포를 들락거리며 수선을 피니까 누군가가 운종가의 입전(갓 가게) 뒷골목 모주집을 찾아가 보라고 넌지시 알려주더군요. 거기 갔더니 이 양반이 대낮부터 주모를 끼고 술을 마시고 있습디다요."

엎진 어미가 상을 차려 들어와서 인동이가 늦은 저녁을 먹는 걸 기다리는 시간에도 제가는 한양 소식이 궁금해서 애가 닳았다. 인동은 숭늉으로 입가심하고 꺼억 하고 트림까지 하고선 벽에 등을 기대고는 다리를 쭉 뻗었다.

"……그래, 지금 도성에선 어찌 돌아가고 있소?"

제가가 바짝 다가가 묻는데도 인동은 빙긋 웃을 뿐 말이 없다가 거듭된 재촉에 띄엄띄엄 말을 꺼냈다.

"선비님도 사춘 선비님과 우리 동패 배경도가 의금부에 갇혀 있는 건 아시겠지요? 지금 경조(서울)가 난리가 났습니다. 의금부의 의뢰를 받은 좌우포청이 포교와 포졸을 풀어 선비들과 책쾌를 포착하느라고 서캐처럼 들끓고 있습지요. 듣기로는 지금까지 붙들려 간 사대부가 쉰 명이 넘는다고 합디다."

"그런데 댁은 왜 이렇게 태평하게 도성 거리를 돌아다니고 있소?"

"말씀도 마시오. 나 같은 피라미야 뭐 조신선이나 박사억 형제들에 비하면 책쾌치고도 조무래기 아니겠습니까. 가난한 선비들 책방을 뒤져 헐어빠진 고서나 내당에 처박힌 언문 소설 따위나 거두어 구전 몇 닢 먹고 되파는 처지가 돼놔서 소문을 듣고도 설마 나까지야 어떠랴 싶어 집에 틀어박혀 있다가 아무래도 심상치 않은 것 같아서 오늘 새벽 집을 나왔지요. 딱히 갈 데도 없고 육전통 사람 많은 곳에 섞이는 게 나을 듯해서 전기수 이야기나 들을 겸 담배포로 갔는데 어디 불안해서 배길 수 있어야지요. 사람들이 전부 나를 보는 것만 같

고……. 해서 운종가 뒷골목 단골 모주집에 숨어 있었는데 저
사람이 나를 찾아와서……. 이야기를 들어 보니 얼마간은 나
도 선비님 곁에 묻어 있을 수 있겠다 싶어 불문곡직 따라나선
길이라오."

"허 참! 이 사람이……. 하여간 하던 이야기나 마저 해 보
오."

"역관 이항건, 신대창, 유한길이가 이미 노비로 떨어져 추자
도로 끌려갔고, 책쾌 조득린, 박사억 형제, 고수인 등등해서
여덟 명이 흑산도로 유배를 갔다오. 양반님네 중에서도 사서
(세자시강원의 정6품직) 심관지는 도성 추방, 동생 심항지는 제
주도 정의현 군사로 끌려갔고, 광흥창(관리의 녹봉을 맡아보던
기관) 봉사(종8품직) 서상언은 함경도 경성부, 전 참봉(종9품)
이윤신은 갑산부의 관노로 떨어졌답니다. 판서 이현석은 관
작이 삭탈됐고요. 그런데 그 와중에서도 권세 있는 놈은 날고
뛰는 재주가 있는지, 한성부 서윤(종4품) 김이복이나 기사관
(춘추관의 정6~9품) 최홍리, 의성현감 서명민처럼 가문의 뒷배
가 있는 자들은 책을 진작 태워 버렸네, 모함을 당했네, 갖은
발명으로 미꾸라지처럼 빠져나갔답디다."

"그래 앞으로 일이 어떻게 돌아갈 것 같소?"

"그거야 전들 알겠습니까만, 이미 잡혀 들어간 사대부가 오
십여 명, 역관이 또 수십 명이고 책쾌만 백여 명이니 이게 예

사 옥사가 아닐 듯싶소이다. 잘 아는 동업자가 한둘이 아니오. 이거야 원……."

정인동이 혀를 차더니 문득 목소리를 낮추었다.

"그런데, 이상한 이야기를 들었소. 전하께오서도 오래전에 이번에 문제가 된 책을 읽으셨다고 합디다."

"……『명기집략』을?"

"글쎄 그 책인지까지는 모르겠소만, 사현합(思賢閤-경희궁에 있던 왕의 임시 거처)으로 기사관을 불러 그 책의 저본이 된 주린의 『봉주강감』을 읽게 해 들으셨다더군요. 그때가…… 신사년 칠월의 일이라더군요."

"뭐라구요!"

제가는 깜짝 놀라서 소리쳤다.

신사년 칠월이라……. 그럼 십 년 전의 일이 아닌가. 문제가 된 책의 존재를 이미 십 년 전에 알고서도 묻어두었다가 이제 와서 새삼 박필순의 상소에 진노하셔서 온 도성을 뒤흔드는 옥사로 키웠다? 제가는 늙은 전하의 심중을 도저히 이해할 수 없었다. 제가는 속으로 신음을 삼켰다.

역시 뭔가가 있다!

신묘년 오월 스무이틀

　다음날 인동과 겸상으로 조반을 먹은 제가는 구덜이를 불렀다.

　"이거 전날의 인연을 핑계 삼아 폐가 많네. 게다가 군식구까지 따라붙었으니……."

　"아, 아닙니다요. 계실 때까지 편히 계십시오."

　"그래서 말인데, 내가 어제 오후에 집 뒷산을 산책하지 않았겠나. 산 중턱 소나무 우거진 골에 버려진 옹기 막이 있더구면. 거기 머무르면 어떻겠나?"

　"예?"

　"이 좁은 토방에 장정 둘이서 종일 틀어박혀 있자니 비좁기도 하고 답답하기도 해서 말일세."

　구덜이는 난처한 기색을 보였다.

　"그 가마가 쇤네 것이기는 하오나 버려진 지 오래라 습기가 차 있을 겁니다요."

　"뭐 어떤가. 장작이나 몇 개비 때서 바닥을 말리고 거적을 깔면 되지 않겠나. 한여름이라 여기 토방보다는 시원하기도 할 테고……. 무엇보다도 자네도 짐작했겠지만 내가 무슨 일로 쫓기는 처지라 드난꾼들이 드나드는 이 집보다는 남의 눈을 피하기도 좋을 듯 하고……"

구덜이는 고개를 숙인 채 무언가 잠잠히 생각하는 모양이었다.

"정 그러시다면 옹기 막을 쓰십시오. 끼니마다 내려오시기도 번거로우실 테니 하루에 한 번 반합에 밥을 챙겨다가 며느리 편에 보내드리겠습니다."

이렇게 해서 제가는 인동과 함께 뒷산 중턱의 옹기 막으로 옮겼다. 책이 없으니 글 한 줄 읽지 못한 채 어두컴컴한 옹기굴에 틀어박혀 있자니 갑갑했지만 다른 수가 없었다. 그렇게 이틀을 보냈을 때 섶자리에서 뒹굴던 정인동이 벌떡 일어섰다.

"이렇게 토굴 속에 갇혀 있자니 답답해서 죽을 지경이우. 내 도성 들어가서 사정을 좀 알아보고 오리다."

"책쾌라면 눈에 띄는 족족 잡아들인다는데 괜찮겠소?"

"걱정마시우. 내 설사 붙잡혀도 선비님 이야기는 입도 벙끗 안 할 테니……."

"거, 사람 참……"

인동은 저녁 늦게야 돌아왔다.

아침에는 농담을 지껄이며 나갔던 그의 얼굴은 공포와 분노로 일그러져 있었는데 이마에선 식은땀까지 송송 맺혀 있었다. 그는 옹기굴 바닥에 철퍼덕 주저앉더니 허공을 응시한 채 한참 동안 말이 없었다. 제가는 그에게 다가앉았다.

"왜 그러오?"

"……."

"말을 해 보오. 답답하다니까."

인동은 초점 없는 눈으로 제가를 바라보더니 뚜벅 입을 열었다.

"……드디어 선비님들이 참형을 당했소. 진사 정득환과 그 사람의 당숙인 정림, 그리고 정득환의 문객인 윤혁이란 사람이라더군요. 어의 허수의 아들 허관도 목이 잘렸다 합니다. 뿐만이 아니오. 잡혀 들어간 책쾌 백여 명을 상대로 의금부 옥청 마당에 형틀을 차려놓고 한여름 뙤약볕에 옷을 벗겨 세워놓았다가 혹심한 장형을 가하니 죽어 나가는 자가 부지기수라고 하오."

"허!"

진사 정득환이라면 제가도 안면 정도는 있는 사이였다. 자를 문천이라고 하는 그는 연암 선생보다 두 살 연상이지만 연암과 허교하는 사이여서 시회라든가 이런저런 자리에서 인사를 드리곤 하는 처지였다.

"문천 선생까지……. 이번에는 또 어떻게 된 일이라 하오?"

인동은 들은 이야기를 소상히 풀어놓았다.

임금이 건명문(建明門)에 나아가 『명기집략』을 소지했다고 자수한 정득환 등을 친히 신문하자 정득환이 공초(죄인이 신문에 응함)했다.

"몇 해 전에 우연히 책장수가 팔러 왔기에 비록 사 두었지만 눈으로 뜻을 이해하지 못하였기 때문에 당초부터 상고해 볼 수 없었습니다."

임금이 또 그의 당숙 정임을 친국하였다.

정임은 이렇게 공초했다.

"정득환의 집안에 윤혁이라는 이름을 가진 손님이 있었으며 늘 『청암집』이라는 책 이야기를 했었는데 청암은 바로 주린의 별호라고 말하였습니다."

임금이 크게 한탄하며 명하였다.

"아! 정임은 바로 정택하의 자식이고 광국원훈(光國元勳)의 후손인데, 지금 임금이 감선(근신의 의미로 반찬 가짓수를 줄임)하면서 사신을 보내어 진주하려는 때에 난적 주린의 책을 두고 『청암집략』이 어떠니, 저떠니 떠들었다니 너무나도 어이가 없다. 그리고 윤혁은 먼 지방의 서캐나 이와 같은 존재로 정득환의 집에 몸을 의탁하고 있으면서 정임과 더불어 주린의 별호를 지붕 밑에서 일컬으며 거리낌 없이 수작하였구나. 그들이 모두 지만(遲晚-죄인이 자기 죄를 자복함)하였으니 정득환, 정임, 윤혁은 모두 훈련대장으로 하여금 강변에서 참하고 즉시 머리를 장대에 달도록 하여 온 나라의 분노를 풀게 하라. 그의 처자는 먼 섬에다 노비로 삼게 하라."

이야기를 듣던 제가는 분노와 의혹으로 가슴이 터져나갈 듯했다. 임금이 도대체 왜 이러는 것일까. 제가는 침중하게 물었다.

"……그래, 그 다음은 또 어찌 될 것 같소이까?"

"전하께서 진노하시어 이번엔『청암집략』이란 책을 찾아내라는 하명이 추상같다고 하더이다. 그 책을 뒤지느라고 온 한양이 쑥대밭이 될 것 같소."

"그 책이 실제로 있긴 하오?"

"웬걸요. 소생도 그 책의 이름은 처음 들었소. 아마도 별개의 책이 따로 있는 게 아니라 청암이 주린이란 자의 별호라 하니 아마 정임이나 윤혁이『명기집략』을 잘못 알아듣고 그 책 이름을 지어내 자복한 듯싶소. 없는 책을 찾아내라 불호령이니 또 무슨 사단이 터질지 모르겠소이다."

인동이 목소리를 낮춘 것은 그때였다.

"그런데, 이상한 소리를 들었소."

"……?"

"사춘 선비님이『명기집략』을 지니고 의금부에 자현한 날 그 댁에 서강(西江)의 홍 선비님이 찾아왔다고 하오."

"……덕로가?"

서강 홍 선비라면 홍국영이었다. 국영은 제가보다 두어 살 연상으로 익히 아는 사이였다. 제가는 해사하고 오뚝한 콧날에 흰 피부, 재치 있게 반짝이는 홍국영의 눈빛을 떠올렸다.

국영은 원래 노론 권세가 출신이었다. 임진년에 왜란이 일어났을 때 임금을 호종한 공신으로서 대사헌을 지낸 홍이상, 선묘의 따님인 정명공주와 혼인한 영안위 홍주원의 직계 후손이었으며, 사도세자의 배필인 혜빈 홍 씨와도 집안 일가였다. 사도세자의 장인으로서 사위가 뒤주에 갇혀 죽을 때 영의정이었던 홍봉한과 사도세자의 죽음에 깊이 관련된 도승지 인한 형제와도 멀지 않은 일족이었다. 그러나 유독 국영의 집안만 현관이 없어 빈한했으니 아비 홍낙춘이 워낙 무능한 데다 국영의 백부 낙순과 인한이 한 집안이면서도 서로 원수처럼 지냈기 때문이었다.

국영이 소시 적에 집안 할아버지뻘인 홍봉한의 사랑을 찾아가 분경(인사 청탁)을 했는데 차마 나이 어린 자신을 앞세우지는 못하고 아비 낙춘에게 음서로 벼슬을 주라 청했다. 그나마 무던한 봉한은 "상중이니 천천히 챙겨 보자"고 타일러 보냈으나 그 말을 들은 인한이 국영을 미친놈이라고 꾸짖으며 같은 영안위 후손 중에 어쩌다 이런 물건이 나왔느냐고 한탄했는데 이 일로 국영이 할아비뻘인 봉한, 인한 형제에게 깊은 원한을 가졌다고 세간에 알려졌었다.

이후 국영은 사도세자가 죽은 후 고립무원의 처지가 된 세손께 접근했는데 등과도 하지 않은 백면서생이 어떻게 해서 구중궁궐의 지존을 알게 되었는지는 자세히 알려지지 않았다. 세간에선 3년 전인 무진년 봄 세손께서 손아래 처남이자 사도세자의 사위 흥은부위 정재화와 함께 미복으로 중촌 서린방의 일패 기방에 출입했다가 국영과 만났다는 소문이 돌았다. 궁에 갇혀 산 세손으로선 도성의 물정을 살피러 나선 길이었을 테지만, 사도세자의 죽음에 깊숙이 개입한 후 세손의 일거수일투족을 감시하던 화완옹주(영조의 아홉 번째 딸)가 풀어둔 염탐꾼에게 기방 출입이 걸려들었는데 옹주는 세손의 어머니 혜빈에게 이 일을 알렸다. 혜빈은 친정아버지 홍봉한에게 수습을 부탁했는데 봉한이 기생들을 유배를 보내는 것으로 수습했다던가.

　하여튼, 그때 누군가의 주선으로 기방에서 국영을 인견한 세손께오서는 국영의 재치와 기민함, 그리고 말재주에 깊은 인상을 받으셨다는데, 평소 색주가 출입이 잦고 창을 잘했던 국영이 "나비야, 청산 가자. 범나비야, 너도 함께 가자"하고 멋들어지게 노래하니 세손께서는 파안대소하셨다던가. 법도에 얽매이고 감시하는 시선에 갇혀 살았던 세손으로선 파락호처럼 유쾌하고 재치 있는 홍국영과 어울려 모처럼 시름을 푸는 자리가 되었던지도 모른다. 이후에도 세손께서는 백면서생 국영을 남의 눈을 피해 춘궁으로 불러 시속 돌아가는 사정도 물으시며 말동무로 삼으셨다고 한다. 그때 세손은 보령 열여덟, 홍국영은 스물둘로 둘 다 혈기방장한 청년이었으니 의기투합했을 법했다.

국영이 결정적으로 세손의 신임을 받은 것은 우연한 사건 때문이었다. 그해 구월 세손이 임금에게 문안 갔을 때였다. 문득 전하께서 요즘 무슨 책을 읽느냐고 물으셨다고 했다. 세손이 『강목』을 읽고 있습니다"하고 고하니 전하의 얼굴빛이 달라졌다. 그 책에는 한(漢) 문제가 월(越)의 왕 위타에게 보낸 편지가 실려 있는데, '나는 고황제(고조 유방)의 측실 소생이다'란 구절이 있었다. 무수리 출신 숙빈 최 씨의 소생인 전하께서는 이 구절을 몹시 싫어했다고 한다. 하기야, 즉위 초 측실 소생이란 이유로 이인좌가 "임금은 숙묘의 아들이 아니다"며 역모를 일으킨 것은 물론이고 신하들의 은근한 비웃음에 늘 칼에 베인 듯 상처 입었던 전하가 아니던가.

전하께서 용안을 찡그리시며 "그 책의 넷째 권에는 내가 가장 싫어하는 문구가 있는데 세손은 읽어 보았는고?"하고 하문하셨다. 뒤늦게 아차 한 세손은 엉겁결에 거짓말하고 말았다.

"그 대목은 가려놓고 읽지 않았나이다."

원래 누구에게나 의심이 많던 전하께서 지체 없이 내관을 동궁으로 보내 그 책을 찾아오게 했는데 춘방사서(春坊司書-동궁전의 사서)가 서고에서 책을 찾는 중에 마침 세손의 부름을 받

아 동궁에 와 있다가 세손이 전하에게 불려 간 사이에 무료를
달래려고 서고의 책을 뒤지던 국영이 그 모습을 보게 되었다.

"무슨 책이오?"

"『강목』 넷째 권인데 전하께서 찾아오라신다고 내관이 왔
소."

문득 국영의 머리에 무언가가 섬광처럼 번쩍였다.

"그 책 잠깐만 건네주오."

의아한 낯빛을 짓는 사서에게서 빼앗다시피 책을 받아 든
국영은 문제의 쪽을 펼치고는 화선지를 잘라 풀을 바르고 그
구절에 덮어 붙였다.

"왜 그러오?"

"두고 보면 알 것이오. 저하로부터 사서께 큰 상이 내릴 터
이니……."

대전 내관이 나는 듯이 달려 전하께 그 책을 바치니 바로
펼쳐 보셨는데, 부복한 세손의 어깨가 부들부들 떨렸다. 꼼짝
없이 기군망상(임금을 속이고 윗사람을 농락함)의 죄를 뒤집어쓴
대도 할 말이 없을 터였다. 세손에게 무슨 꼬투리가 없나 잔
뜩 노리는 노론이 들고일어나면 폐세손이 되지 말라는 법도
없는 일이었다. 편전에는 책장 넘기는 소리만 들릴 뿐 적막이
내리깔렸다. 상선(대전을 지키는 종2품 최고위 내관)도 시립한 채
꼼짝하지 못하고 있었다. 얼마나 시간이 흘렀을까.

"허허! 과연 내 손자로다!"

어탑에서 울려 나오는 옥음을 듣자 세손은 저도 모르게 고개를 들었다. 우레 같은 진노의 목소리 대신 전하께서 용안 가득히 웃음을 띠고 자애로운 눈빛으로 자신을 내려다보는 것에 세손은 황망 중에도 깜짝 놀랐다. 전하는 옥체를 일으켜 세손에게 다가왔다. 그리고 손을 잡고 등을 두드렸다.

"과연 너는 사려 깊고 총명하구나. 부디 그 자질을 허비하지 말고 몸을 닦고 공부하는 데 쓰도록 하여라."

천만뜻밖으로 할아버지의 칭찬을 듣고 편전을 물러 나온 세손은 꿈인가 생시인가 했다. 정신없이 동궁으로 되돌아온 세손은 춘방사서를 불러 경위를 물었다. 그리고 기다리고 있던 국영을 불렀다.

"덕로! 그대 덕에 내가 목숨을 부지했을 뿐 아니라 우악하신 전하의 옥음을 들잡았다네. 자네는 내 재생의 은인일세."

"……저하! 황공하온 하교이시옵니다. 신은 다만 집히는 바가 있어 무엄한 짓을 저질렀사온데……."

"아니야. 자네의 기지가 아니었더라면 나는 지금 석고대죄(거적을 깔고 죄를 청함) 중이었을 것일세. 나는 앞으로 자네와 생사고락을 함께하겠네. 자네가 거병범궐(군사를 일으켜 궁궐을 점령하는 반역)만 하지 않는다면 어떤 일이 있어도 자네의 죄를 묻지 않을 것을 맹세하네."

이로써 세손과 국영의 군신맹약(君臣盟約)이 이루어진 셈이
었다.
　그리고…….

5

세심당회맹

기축년(1769년 - 영조 45년) 사월 초나흘

홍국영이 탑골 전의감 뒤 박지원의 집을 찾아온 것은 재작
년 봄이었다.

"이리 오너라!"

대문 밖에서 웬 사내가 거래하는 소리에 지원은 장지문을
열고 툇마루에 나섰다. 동저고리 바람의 지원이 댓돌에 놓인
미투리를 꿰어 신는데 경첩이 닳은 대문이 삐걱 열리더니 통
영갓에 도포짜리가 들어섰다.

"미중 선생님, 기간 무양하시오이까."

"어! 덕로가 아닌가."

연배가 열한 살이나 차이 나서 어울리는 사이는 아니지만
같은 노론의 뿌리라 지원과 국영의 선대는 세교가 있어 서로
얼굴은 알고 지내는 터수였다. 지원은 국영을 제 책방으로 데

리고 들어갔다. 맞절이 끝나자 두 사람은 수인사를 나누었다.

"미중 선생님, 오랜만 올시다. 가내 두루 평안하신지요?"

"내야 늘 그날이 그날이지. 그런데 덕로는 어쩐 일로 이 누거를 다 찾아주셨나?"

"하핫. 시생이야 진날 갠 날 없이 찾아다니지 않는 곳이 있습니까. 요즘 미중 선생의 문명이 장안에 떠르르 하기에 술이나 한잔 얻어먹으러 왔습니다. 엽관이나 다닌다고 저희 일족들은 시생더러 상갓집의 개라고 손가락질한다 합디다만……."

"허허. 이 사람이 무슨 말을 그렇게……. 어쨌거나 나처럼 비루먹은 서생을 찾아온 것이 자네 말마따나 무슨 엽관하러 온 것은 아닐 테고?"

"지금 장안의 지가를 미중 선생이 다 올려놨다고 하지 않습니까. 소시 적에 쓰신 〈예덕선생전〉이니 〈민옹전〉은 물론 〈봉산학자전〉, 〈역학대도전〉 같은 패관을 전기수들이 곳곳에 돌아다니며 읊고 있다지요? 게다가 소과에서 장원급제하여 전하의 부름을 받아 어전에서 답안을 낭독한 천하 준재라는 세평이 장안에 뜨르르합니다. 그런데 왜 본과에는 응하지 않으셨습니까. 어사화를 꽂고 온 장안을 삼일유가 하실 줄 기대했습니다만."

"허허."

지원은 헛웃음으로 대답을 대신하고는 허공에 시선을 던졌다.

그 전해 지원은 감시(생원과 진사를 뽑던 소과)에 응시해 장원했던 터였다. 방이 붙자 전하께오서 지원을 불러 도승지로 하여금 답안을 낭독케 하시고는 명문이라 감탄하며 더욱 정진해 나라의 동량이 되라 당부하셨다. 그 일이 입소문을 타고 온 한양을 뜨르르하게 퍼졌던 터였다. 그랬는데, 지원은 본시에선 답안지에 노송도를 커다랗게 그려 제출하고는 과장을 물러 나왔다. 썩은 조정에 몸을 담아 시류에 휩쓸리고 싶은 생각이 없었기 때문이었다.

지원은 묵연히 창밖을 바라보다가 시선을 돌렸다.

"그래, 덕로가 내 누거를 찾은 까닭이 따로 있을 듯한데?"

국영은 재치 있게 반짝이는 눈매를 가느다랗게 좁히면서 싱긋 웃었다. 과연 도도한 일패 기생들이 오줌을 잘잘 쌀만한 미장부였다. 국영은 무릎걸음으로 지원에게 바짝 다가와 목소리를 낮추었다.

"혹시 들으셨는지는 모르지만 시생이 지금 세손 저하를 가까이에서 모시고 있소이다. 세손께오서 미중 선생을 인견하고자 하십니다. 해서 그 심부름으로……."

"허! 자네의 수완이 대단타는 것을 내 모르는 바 아니지만, 백면서생으로 구중궁궐에 계신 세손 저하를 모시다니 그 참

재주 한번 신묘하이."

"허…… 비양만 치지 마시고요. 세손께선 백탑시사에 대한 일도 자세히 알고 계십니다. 해서, 미중 선생은 물론, 사춘 선생, 그리고 무관과 초정도 차제에 보고 싶어 하십니다. 하니……."

"모를 일이로다. 나로 말하자면 누항에 뒹구는 안연(공자의 제자)이나 옹유(깨진 옹기로 낸 창)에 틀어박힌 원헌(공자의 제자) 같은 결신난윤(제 한 몸 지조를 지키느라 세상의 도리를 어지럽힘)의 무리인데 구중궁궐 지엄한 세손께서 어찌 시 따위나 지으며 허송세월하는 무리를 아시며 또 어찌 찾으신단 말인가. 죄다 자네가 허튼소리를 상주한 탓일 테지."

"허! 미중 선생님, 그렇게 말꼬리를 비트실 일이 아니라니까요. 저하께서 노론의 등쌀에 고립무원의 처지에 놓이신 것은 선생도 익히 아시는 바가 아닙니까. 저하가 아마도 선생님께 간곡히 당부드릴 일이 있는 듯하오이다. 가능하면 사춘 선생이나 무관, 초정 같은 젊은 문사들과 백탑 계원들을 함께 보셨으면 합디다. 국본께서 부르시는데 뵙는 것이 신자의 도리가 아니겠습니까."

"……."

"저하께오서는 여럿이 한꺼번에 동궁전에 들면 듣고 보는 눈이 많아 번거로울 터이니 날을 잡아 궁 밖으로 미행하시겠다 합니다. 하니……."

*

　세손과 백탑시사의 계원들이 회동한 것은 국영이 찾아온 지 보름 후인 기축년 사월 초나흘이었다. 국영은 백탑의 고문 격인 담헌 홍대용을 찾아서 그 뜻을 전하기도 하고 젊은 치로는 이서구를 따로 만나기도 한 모양이었는데 다들 처음엔 의아해했고, 그중 세손께서 미행해서 궁 밖에서 만나자는 것에 떨떠름해하는 반응을 보이는 사람도 없지는 않았다.

　갑론을박 끝에 세손께서 인견하시고자 하니 일단 응하는 것이 신하 된 도리라는 의견이 우세해졌다. 숙의(종2품 내명부) 문 씨와 홍인한이 촘촘히 깔아 놓은 염탐꾼들의 눈을 피하자면 외진 곳이 좋겠다고들 해서, 삼개(지금의 마포) 서강 강가에 호젓이 있는 금성위 박명원의 별서에서 만나기로 정해졌다. 마흔다섯인 박명원은 박지원의 팔촌 형이기도 했는데, 금상 전하와 영빈 이 씨 소생인 화평옹주의 남편이었다. 화평옹주는 돌아가신 사도세자의 동복 누나였다. 그러니까 박명원은 세손에겐 친 고모부였다. 금상께서는 화평옹주를 몹시 사랑해서 박명원과의 혼인도 국혼에 버금갈 정도로 화려하게 치러주었으며, 금상 즉위 25년(1748년)에 화평옹주께서 스물둘 애달픈 나이로 세상을 뜨자 그 누구보다도 슬퍼했다. 화평옹주는 동생인 사도세자와 우애가 각별해 동생의 비리를 아버지에게 밀고하는 자가 생기면 누구보다도 열심히 변호하고 역성을 들어주었던 터여서 "화평옹주께서 살아계셨다면 사도세자가 그런 변은 당하지 않았을 것"이라고 애석해하는 자가 적지 않았다.

그러하니, 세손께서도 고모부인 금성위를 믿고 의지했으며, 부마의 신분이라 배필이 먼저 죽어도 재혼할 수도 없고 첩도 들이지 못하는 그의 쓸쓸한 처지를 동정했다. 박명원 역시 비명에 죽은 사도세자의 아들이자 지금도 노론의 등쌀에 시달리는 세손의 처지를 딱하게 여겨 그의 안위를 위해 견마지로를 마다않았다.

세손과 백탑시사 계원들이 박명원의 별서에서 만나기로 한 것은, 만약 모임을 가진 사실이 드러난다면 세손께서 학질을 앓았던 고모부를 위문하러 미행한 길에 그곳에서 시회를 하던 서생들과 우연히 마주쳤다고 둘러댄다는 계산 때문이기도 했다.

모인 사람은 집주인인 금성위를 비롯해서 홍대용, 서상수, 박지원, 이희천, 백동수, 이덕무, 유득공. 박제가, 이서구 등 모두 열 명이었다. '세심당(洗心堂)'이란 편액이 붙은 누각에 둘러앉았는데 다들 긴장한 낯빛이 역력하였다. 집주인인 금성위가 이따금 대문 밖으로 나가 목을 빼고 길게 뻗은 오솔길을 내다보곤 했다.

유시 말(오후 7시께)이었다. 사립문 밖을 내다보던 금성위가 정자로 내달아 왔다. 그리고 낮은 목소리로 외쳤다.

"오시네!"

다들 정자에서 일어나서 당혜를 꿰어 신고 도포 매무새를 가다듬느라 부산했는데, 금성위는 다시 대문 밖으로 뛰어나갔다. 테 넓은 통영갓 진사립에 밀화갓끈을 늘어뜨리고 옥색 도포를 자줏빛 술띠로 묶은 사내가 주락상모(모숨모숨 땋은 말갈기 끝에 붉은 술을 드리운 장식)를 땋고 은등자를 늘어뜨린 헌칠한 가리온(검은 갈기의 백마) 위에 오연히 올라앉아 있었다. 평복한 계방(동궁의 경호를 맡은 익위사의 별칭)의 무예별감 세 사람이 사내의 앞뒤를 지키며 날카로운 시선을 던지고 있었는데, 부담을 등에 얹은 구렁말(밤색 털을 가진 말)의 고삐를 쥔 세마(익위사의 종9품)가 뒤따르고 있었다. 홍국영 역시 구렁말을 타고 있었다. 얼핏 유람을 떠나는 양반 세도가 자제의 행차쯤으로 보일만 했다. 사내는 익숙한 솜씨로 말에서 뛰어내렸다.

기다리던 자들이 일제히 대문으로 달려가 깊숙이 읍했다.

제가는 일행의 꽁무니에서 엉거주춤 허리를 굽히면서 흘끗 사내를 올려 보았다. 눈썹이 짙고 눈이 어글어글하며 콧대가 높고 꽉 다문 입술이 두꺼웠는데 젊은 나이에도 수염이 많고 짙었다. 어깨가 단단하고 다부져 보여서 얼핏 무반을 연상시켰는데, 열아홉이란 보령에 비해선 숙성해 보였다.

"저하! 이 사람들이 다들 백탑시사의 사원들입니다."

국영이 세손에게 한 걸음 다가가 아뢰자 세손은 보일 듯 말 듯 빙긋 웃으며 고개만 끄떡일 뿐이었다. 박명원이 허리를 굽히고 말했다.

"저하! 누추하기 짝이 없는 곳을 친히 왕림하시오니 황공할 따름입니다. 어서 안으로 납시옵소서."

세손은 가벼운 웃음을 띤 채 사랑으로 걸음을 옮겼다. 깨끗이 치워진 사랑엔 팔폭 병풍이 세워졌고 보료 앞엔 오동나무 서안이 놓였는데 세손은 박명원의 안내로 보료 위의 안석에 좌정했다.

박명원이 세손과 한 걸음쯤 떨어진 방석 위에 앉았고 홍대용과 서상수가 다음 자리에 양옆으로 나누어 앉았으며 박지원과 이희천이 그 다음 열에 자리를 잡았다. 사랑이 비좁아 제가와 이덕무, 이서구는 대청마루에 쭈그려 앉았다. 어느덧 어스름이 짙게 내려 황촉불이 켜졌고 벽에는 일렁거리는 그림자가 춤을 추었다.

환담이 끝나자 문득 홍국영이 목소리를 가다듬어 말을 시작했다.

"황공하옵게도 시생이 먼저 한 말씀 올리리다. 세손 저하께서 친히 납시어 백탑시사의 여러분을 인견하시는 것은 시생이 굳이 말씀을 드리지 않더라도 실로 우악한 광영이 아닐 수 없소이다. 아시다시피 동궁에는 조정의 권문세가와 중궁전에서 심어놓은 세작이 많아 저하의 일거수일투족을 쥐와 족제비처럼 훔쳐보고 있소이다. 해서 저하께서 이렇듯 미복으로 궁 밖을 출행하시는 것은 쉽지 않은 일입니다, 자칫하면 권신들로부터 음해를 당할 빌미가 될 수도 있는 일이오. 그럼에도 아무런 관작도 없는 그대들을 인견하러 몸소 미행하신 것은 그대들의 재능을 치하하고 분발을 당부하시려는 뜻 때문이외다."

국영은 거기서 말을 끊고 세손의 얼굴을 올려다보았다. 세손은 엷은 웃음을 띠고 주위를 한 바퀴 돌아보더니 우렁우렁한 목소리로 옥음을 내렸다.

"내 일찍이 그대들의 이야기는 들었소. 그대들이 모여 앉아 시회를 열면 한 잔 술에 구슬 같은 시가 됫박처럼 쏟아진다지? 조선 제일의 풍류객들이 모여든 곳이라 그 명성이 연경에까지 널리 퍼졌다더군. 여기 담헌의 글도 내 읽어보았소. 〈임하경륜〉이던가? 국정 개혁에 대한 그대의 견식은 귀담아 들을 내용이 적지 않더군. 전국을 경도(京道)와 9도로 나누고, 그 9도를 각각 9군으로, 그 9군을 또 9현으로 각각 나눈 다음

9현을 9사로 나누고 9사를 9면으로 나누는 행정구역 개편안
이라든지, 각 면 별로 10명의 병사를 두고, 대장, 기총, 교위,
장군, 대장군을 두어 행정구역의 책임자가 군사 지휘관을 겸
직하며, 경도 및 각 도에 10만 명씩을 두어 총 100만 명의 군
사를 갖추자는 군제 개혁이라든지……. 과거 제도를 폐지하
고 각 면에다 학교를 세워 8세 이상의 자제를 모두 교육시켜
신분에 구애됨이 없이 조정에 추천해 인재를 등용하도록 하
자는 주장은 반계(유형원의 자)와 상통하는 바가 있더구먼. 글
쎄, 100만 명의 군사를 기르고, 모든 백성을 의무 교육시키는
것이 조선의 국력으로 감당할 수 있을지, 이상론에 치우친 듯
했소만 그 뜻은 담대했소. 다른 날 기회를 만들 터이니 함께
이야기를 나누기로 하오."

뜻밖의 자상한 하교에 홍대용이 감격한 얼굴로 부복해 절
을 올렸는데, 세손은 이번에는 박지원에게로 시선을 돌렸다.

"미중의 이야기도 자주 들었소. 일세의 재사라고 하더군. 열
다섯에 『사기』를 독파하여 사마천의 문체로 충무 이순신의 일
대기를 소설로 썼다지? 그대의 문장은 굴레를 씌우지 않은
천마가 하늘을 내딛는 것 같다고들 하더군. 그대가 이미 여
러 편의 소설을 지어 도성의 호사가들이 다투어 베껴 읽는다
는 소리를 들었소. 내 그대의 〈예덕선생전〉도 읽었소만, 사대
부의 위선을 통쾌하게 찔렀더군. 하나, 성현의 높은 뜻을 본

받은 문체라기엔 지나치게 호방하달까 여항의 기담이 과도하다는 느낌은 들더군. 그리고…… 사춘의 시문도 읽은 바가 있소. 단정하고 맑은 기운이 느껴지더군. 그나저나, 미중은 등과에 관심이 없다니 그건 또 무슨 말이오? 지난해에 감시에서 장원을 하지 않았소? 전하께오서 그대를 침전으로 입시하라는 특명을 내리고 지신사(도승지의 별칭)로 하여금 그대의 답지를 읽게 하시고는 책상을 두드려 장단을 맞추시며 칭찬을 아끼지 않으셨다고 들었소. 그런데 회시(2차 시험인 복시의 별칭)에 들어가서는 답안지를 내지 않고 나왔다고 해서 모두 의아해했다고 들었소, 나 역시 '유별난 사람도 있구나' 했더랬소만. 그리고 옆에 있는 사춘도 등과에 뜻이 없다고 들었는데?"

덩치 큰 지원이 부복한 채 꾸무럭거리며 답했다.

"신 등의 무리는 배운 바가 얕고 성정이 경박하여 조정의 녹을 먹을 궁량이 되지 못합니다. 그저 여항을 뒹굴면서 규두(좁고 길쭉한 쪽문)와 옹유에서 뜬구름을 읊고 달이나 희롱하며 사는 처지이면 족합니다. 신이 회시에 응한 것은 우악하신 전하의 은덕을 차마 저버릴 수 없었기 때문이오나 아무래도 환로에 뜻이 없어……."

세손이 빙긋 웃으며 가볍게 혀를 찼다.

"허……. 나라의 기둥이 될 인재들이 그래서야 쓰나. 그대들의 재주가 언젠가는 쓰일 날이 있을 것이오. 그리고 저기 낙서 역시 준재라고 들었고, 무관은 한양 제일의 책벌레라지? 초정도 시문에 재주가 대단하다더군."

마루에 부복하고 있던 제가는 저하의 입에서 제 이름이 흘러나오자 깜짝 놀랐다. 담헌, 미중, 사춘 선생이야 그렇다 치고, 이서구도 나이는 어려도 덕흥대흥군(선조의 생부)의 후예로 종친이니 세손께서도 알만한 사이이겠지만, 서출인 덕무나 자신을 알고 있을 줄은 꿈에도 생각지 못했던 터였다. 덕무와 제가는 감격해 대청마루에 이마를 조아렸다.

잠깐의 침묵이 흐른 다음 국영이 다시 말을 이었다.

"시생처럼 재주 없고 아둔한 자가 금성위를 비롯해 강호의 여러 선배 앞에서, 특히 저하를 모신 자리에서 이런 이야기를 꺼내는 것이 실로 무엄하고 황공한 일입니다만, 저 임오년의 참변을 여러분들도 기억하시겠지요?"

국영의 입에서 돌연 임오년의 이야기가 나오자 참석했던 자들이 모두 흠칫 어깨를 떨었다. 7년 전 여름 세손의 생부이신 사도세자께서 뒤주에 갇혀 비명횡사한 일은 자금도 차마 떠올리기 어려운 흉사가 아닌가. 세손이 부마의 병문안을 핑계하여 여기까지 왕림한 뜻을 홍국영의 전언을 통해서 짐작하고 있는 그들이었지만, 국영의 입에서 맞대놓고 임오년의 화변이 끄집어내어지자 새삼스런 충격에 휩싸이지 않을 도리가 없었다. 좌중은 물을 끼얹은 듯 조용했다. 황촉에 일렁거리는 세손의 얼굴에 말로 설명하지 못할 수심과 강개의 빛이 스쳤는데 꾹 다문 입술이 파르르 떨리는 듯도 했다. 초나흘 초승달이 구름 사이로 빠져나왔는데 열린 합문으로 흘러들어온 옅은 달빛이 세손의 얼굴을 푸르스름하게 물들였다. 홍국영은 말을 이었다.

"그 일을 입에 올리는 것은 참람한 일입니다만, 글줄이나 읽어 선비라고 자처하는 자들치고 땅을 치고 발을 구르며 통분하지 않는 자가 없었는데 여기 계신 분들도 마찬가지였을 것이외다. 누대로 권력을 세습하여 국정을 농단해 온 노론의 척신들, 황공하옵게도 시생의 일족인 홍봉한, 인한 같은 서적(鼠賊)의 무리와 내명부의 위세를 업은 정후겸 따위 외척들이 그 흉사를 음모한 것은 다들 아시는 일일 것이외다. 신하로서 임금을 속이고 국본을 음해하여 흥서케 한 일은 거열(능지처참)에 처하고 삼족을 멸할 대역죄인데도 그자들의 기세는 날이 갈수록 기승을 부리고 있습니다. 그자들 스스로 후일을 두려워하여 저하께서 머무시는 존현각(尊賢閣)은 물론 궁궐 곳곳에 눈과 귀를 심어 세손 저하의 일거수일투족을 감시하는가 하면 참람하게도 틈만 나면 폐위를 운운하며 투서질을 하고 있습니다. 그뿐입니까. 자객의 무리가 동궁의 담을 뛰어넘어 저하께서는 밤에 침수를 이루지 못하시고, 환관이며 나인의 무리조차 믿기 어려워 수라조차 편히 젓수시지 못하는 형편입니다."

그쯤에서 국영은 말을 끊고 좌중을 둘러보았다. 대청에 앉아 있던 제가의 시선과 국영의 시선이 문득 마주쳤는데 국영은 제가에게 그 가늘고 붉은 입술을 비틀어 슬쩍 웃어 보였다. 부마는 팔짱을 끼고 눈을 감고 있었고, 홍대용도 고개를 수그린 채 말이 없었다.

"전하께서는 영명하시나 이제 보령 여든을 눈앞에 두셨으니 황공하옵게도 나날이 기력이 쇠하시어 등에처럼 달라붙어 세손 저하를 모해하는 자들을 물리치는 데 힘에 겨워하시는 형편 올시다. 여기 금성위와 일부 종친들이 저하를 지켜드리느라 무진 애를 쓰고 있고, 시생 따위 무능한 자도 작은 힘을 보태고는 있사오나 저 호랑이와 이리떼 같은 벌열 세족 무리와 외척의 등쌀을 막기에는 역부족입니다. 그러니, 강호의 뜻 있는 선비와 지사의 도움이 절실합니다."

세손이 조정 안팎에서 고립무원의 처지인데, 왕후나 문 숙의 같은 내명부는 물론, 홍봉한, 인한의 무리가 인사권과 병권을 장악하고 있으며 호시탐탐 세손을 끌어내리려고 기회를 엿보는 마당이었다. 세손으로서는 재야의 선비에게 손을 내밀어 연합할 생각을 전부터 가지고 있었으나, 이미 거세된 소론과 남인이 힘이 되어 줄 수는 없으니 아직은 세력이 미약하나마 조야에 그 재주로 이름이 난 북학파, 그중에서도 백탑시사에 손을 뻗쳐 도움을 얻고 후일에는 수족으로 삼겠다는 이야기였다.

세손은 허공을 응시한 채 말이 없었는데 세심당 사랑에는 침묵만 흐르고 있었다. 문득 국영이 도포 자락 안에서 여러 겹으로 접힌 도련지(표면을 매끄럽게 다듬이질한 문서용 고급 종이)를 꺼내 펼쳐 들었다.

"이것은 전하의 어제문(御製文)입니다. 사도세자의 묘지명인데 전하께서 친히 구술해 비밀리에 자기 판에 새겨 구워 사도세자의 묘광에 넣으라 명하셨습니다.[5] 그리고 얼마 전 그 원본을 세손 저하께 넘겨주셨습니다."

세손은 눈을 감고 아무 말이 없었는데 모인 자들은 모두 깜짝 놀랐다. 지금껏 전하께오서 아드님인 사도세자의 묘지명을 직접 구술했다는 사실은 알려진 바가 없었다. 다들 쉬쉬하고는 있었지만, 국본을 폐하여 뒤주 속에 여드레나 가두어 더위와 기갈로 굶어 죽게 한 비정한 임금, 아니 일흔의 나이에 후궁과 권신들의 참소에 넘어가 외아들을 죽인 잔혹하고 괴팍한 노인네라고들 생각하고 있지 않았던가. 그런데, 그 전하

____

5 서울 동대문구 휘경동 배봉산에 있는, 정조가 수원 현륭원(顯隆園)으로 옮기기 전에 조성된 사도세자의 묘에서 1968년 출토됐다. 묘지석의 외형은 가로 16.7㎝, 세로 21.8㎝, 두께 2.0㎝의 청화백자로 만든 사각형 판석 형태이다. 5장씩 2벌 모두 17장. 현재 국립중앙박물관 소장.

가 스스로 죽인 아들의 묘지명을 직접 지었다고?

어제 묘지명이 묘광에 묻혔다는 소리는 금성위도 처음 들었던지 감고 있던 눈을 번쩍 떴다. 홍대용과 박지원도 긴장한 낯빛으로 홍국영을 쏘아보았다. 국영은 펼쳐든 문건을 촛불에 비쳐가며 낭랑한 목소리로 읽기 시작했다.

어제지문(御製誌文)

유명 조선국 사도세자 묘지(有明 朝鮮國 思悼世子 墓誌)

사도세자는 이름이 훤이고 자가 윤관으로 을묘년(1735) 1월 21일 영빈의 아들로 탄생하였다. 나면서부터 총명하였고 자라면서는 글월에도 통달하여 조선의 성군으로 기대되었다.

오호라, 성인을 배우지 아니하고 거꾸로 태갑(중국 상나라 탕왕의 손자로 소시적 방탕하여 신하에게 쫓겨났으나 후일 반성하여 천자에 오름)의 난잡하고 방종한 짓을 배웠더라. 오호라, 자성하고 마음을 가다듬을 것을 훈유하였으나 제멋대로 언교를 지어내고 소인배와 어울리니 장차 나라가 망할 지경에 이르렀노라. 아! 자고로 무도한 군주가 어찌 한 둘이리오만, 세자 시절에 이와 같다는 자의 얘기는 내 아직 듣지 못했노라.

그는 본래 풍족하고 화락한 집안 출신이나 마음을 통제치 못하더니 미치광이로 전락하였더라. 지난 세월에 가르치고자

하는 바는 태갑이 일깨워주는 큰 뉘우침이었지만, 끝내는 만고에 없던 사변에 이르고, 백발이 성성한 아비로 하여금 만고에 없던 짓을 저지르게 하였단 말인가? 오호라, 아까운 바는 그 자질이니, 개탄하는 바를 말하리라. 오호라, 이는 누구의 허물인고 하니 짐이 가르쳐 이끌지 못한 소치일진대 어찌 너에게 허물이 있겠는가? 오호라, 13일의 일을 어찌 내가 즐기어 하였으랴, 어찌 내가 즐기어 하였으랴. 만약 네가 일찍 돌아왔더라면 어찌 이런 일이 있었으랴.

강서원에서 여러 날 뒤주를 지키게 한 것은 무엇 때문인가. 종묘와 사직을 위한 것이었다. 백성을 위한 것이었다. 생각이 이에 미쳐 진실로 강서원에서 여러 날 아무 일이 없기를 바랐으나 9일째에 이르러 네가 죽었다는 망극한 비보를 들었노라. 너는 무슨 마음으로 칠십의 아비로 하여금 이런 경우를 당하게 하는고. 도저히 참을 수 없어 구술하노라.

때는 임오년 여름 윤오월하고도 스무하루라. 이에 다시 예전의 호를 회복하게 하고 시호를 특별히 하사하여 사도라 하겠노라. 오호라, 30년 가까운 아비의 의리가 이것에 불과하니 이 어찌 너를 위함이겠는가? 오호라, 신축일의 혈통을 계승하는 데 대한 교시로 지금은 세손이 있을 뿐이니 이는 진실로 나라를 위한 뜻이니라.

칠월 스무사흘 양주 중랑포 서쪽 벌판에 매장하노라. 오호라, 다른 시혜 말고 빈에게는 호를 하사하여 혜빈이라고 하는 것으로만 그치노라. 이것은 신하가 대신 쓰는 것이 아니며 내가 누워서 받아 적게 하여 짐의 30년 의리를 밝힌 것이니, 오호라. 사도는 이 글월로 하여 내게 서운함을 갖지 말지어다.

세자는 임술년(1742)에 학문에 들어가고 계해년(1743)에 관례를 올리고 갑자년(1744)에 가례를 올려 영의정 홍봉한의 여식이자 영안위 주원의 오대 손인 풍산 홍 씨를 맞아들였다. 빈은 2남 2녀를 두었는데, 첫째가 의소(懿昭) 세손이며 둘째는 지금의 세손으로 참판 김시묵의 여식이자 부원군의 5대손인 청풍 김씨와 가례를 올렸다. 장녀 청연군주, 차녀 청선군주가 있으며 측실로 또한 3남 1녀의 자제를 두었다 .

숭정 기원후 135년 임오(1762-영조 38년) 칠월

다들 침도 삼키지 않고 국영이 대독하는 전하의 옥음을 듣고 있었다. 금상께서 사도세자의 비행을 논하는 대목에서 눈을 감은 세손의 눈꺼풀이 파르르 떨렸다. 제가는 아들이 죽은 지 두 달이 지나고서도 끝내 자식의 비행을 준엄하게 꾸짖었을 뿐 아니라 그것을 새긴 도기판을 무덤에 넣어 천추에 전하게 하신 전하의 뜻을 이해하기 어려웠다. 과연 전하는 비정한 분이로구나! 그런 생각이 스치자 온몸이 떨렸다. 다른 사람들

도 같은 생각일 것이었다. 그런데 하필 이 자리에서 당신의 생부를 꾸짖는 할아버지의 문장을 굳이 들추어 들려주는 저하의 의도는 또 무엇일까. 아무리 생각해도 제가는 세손의 심중을 이해하기 어려웠다.

국영이 어제 묘지명을 다 읽고 나서도 좌중은 물을 끼얹은 듯 고요했다. 도무지 7년 전의 그 참사를 어떻게 감히 입에 담을 수 있단 말인가. 국영이 읽기를 마친 후 상좌에 앉은 세손을 우러러보았다. 세손이 보일 듯 말 듯 고개를 끄덕였다. 세손에게 고개를 숙여 보인 국영이 도포 소맷자락에서 또 다른 문건을 끄집어냈다. 그리고 자신이 낭독했던 문건과 새로 꺼낸 문건을 펴서 금성위의 무릎 앞으로 밀어냈다.

"이 두 장을 비교해 가며 살펴보십시오!"

박명원이 불빛에 두 장의 문건을 갖다 대고 차례로 꼼꼼히 읽었다. 그러고는 번갈아 가며 살피는 기색이었다. 갑자기 그의 얼굴이 흙빛이 되었다.

"허!"

그는 비명 같은 외마디 소리를 내지르고는 말을 잇지 못했다.

"형님, 왜 그러십니까?"

박지원이 의아한 낯빛으로 묻자 그는 대답 없이 그 문건을 팔촌 동생 앞으로 밀어냈다. 지원도 문건을 읽었다. 그러더니 역시 놀란 표정을 감추지 못했다.

"허! 이런!"

세손은 여전히 눈을 감은 채 말이 없는데 홍국영은 금성위와 지원의 반응을 예리하게 살폈다. 두 장의 문건이 차례로 돌자 읽는 사람마다 놀란 표정을 감추지 못했다. 마침내 말석에 앉은 덕무에게 차례가 왔을 때 제가도 어깨 너머로 그 문건을 읽었다.

똑같은 필체로 된 똑같은 문안이었다.

"?"

두 장의 문건을 살피던 덕무가 손가락으로 어떤 글자를 짚어냈다.

"아!"

강서원에서 여러 날 뒤주를 지키게 한 것은 무엇 때문이었겠는가? 종묘와 사직을 위한 것이었다. 백성을 위한 것이었다.(講書院多日相守者何爲宗社也爲斯民也)

이것이 홍국영이 읽은 문안이었는데, 또 다른 문건의 문안은 이러했다.

강서원에서 여러 날 뒤주를 지키게 한 것이 어찌 종묘와 사직

을 위한 것이겠는가? 백성을 위한 것이겠는가? (講書院多日相守
者何爲宗社乎爲斯民乎)

그러니까, '야(也)'자가 '호(乎)'로 바뀌면서 앞 문장에 붙여
풀었던 어찌 '하(何)'자가 뒤 문장으로 넘어가면서 뜻이 정반
대로 바뀌어 버리는 것이었다. 다시 말하자면, 처음 문장은
'강서원다일상수자하, 위종사야위사민야(講書院多日相守者何. 爲
宗社也爲斯民也)'로 끊어 읽어야 하고, 뒤의 문장은 '강서원다
일상수자, 하위종사호위사민호(講書院多日相守者, 何爲宗社乎爲
斯民乎)'로 끊어야 한다. 그러니까 처음 글에선 전하께서 강서
원 뜰에 놓인 뒤주를 여드레나 지키게 한 것은 종묘와 백성을
위한 조치였음을 강변한 것인데 반해 뒤의 글은 반문(反問)을
동원해 아드님을 죽게 한 것이 종묘와 백성을 위한 것이 아니
었다는 강한 부정을 담은 게 된다.

제가는 저도 모르게 '아……'하고 신음을 삼켰다.

하고 보면, 종묘와 사직을 위해 자식을 죽이는 일까지 불사
한 준엄한 심정이었다면, 그 뒤에 나오는 '생각이 이에 미쳐
진실로 강서원에서 여러 날 아무 일이 없기를 바랐으나 9일
째에 이르러 네가 죽었다는 망극한 비보를 들었노라'는 문장
과도 연결이 되지 않는다.

덕무가 다시 그 앞의 문장을 짚어냈다.

'오호라, 성인을 배우지 아니하고 거꾸로 태갑의 난잡하고 방종한 짓을 배웠더라(嗚呼不學聖人又學太甲懲敗繼敗之事)'라고 시작되는, 아들의 비행을 준엄하게 꾸짖는 대목도 달랐다. 국영이 낭독한 문안과는 달리 또 다른 문건엔 '오호라(嗚呼)' 다음에 '중신들이 아뢰기를'이란 뜻의 '중신주왈(重臣奏曰)'이란 네 글자가 적혀 있었다. 국영이 읽은 문건에선 그 네 글자가 보이지 않았다.

다시 말해, 먼저 문건대로 하자면 사도세자의 비행과 악행을 전하 스스로 꾸짖는 것이 되지만, 다른 문건으로 보면 중신들이 전하에게 사도세자의 비행을 고자질했으며. 그런 신하들의 주청을 못 이겨 아드님을 뒤주에 가두었다는 뜻이 된다.

제가는 다시 문안을 읽어 보았다. 역시 이상했다. 묘지문은 고인의 학덕과 덕행을 기리는 문구로 치장하는 것이 보통이건만, 아무리 자식을 미워했기로서니 자식의 무덤에 들어갈 묘비명에까지 그렇게 모진 언사로 꾸짖을 부모가 어디 있으랴. 게다가 '나면서부터 총명하였고 자라면서는 글월에도 통달하여 조선의 성군으로 기대되었다'고 해놓고는 바로 뒤의 문장에서 아들을 소리 높여 꾸짖는 것도 자연스럽지 않은 것이다.

제가는 전하의 어제 묘비명을 곱씹어 읽었다.

오호라, 13일의 일을 어찌 내가 즐기어 하였으랴, 어찌 내가 즐기어 하였으랴……

그 문장에 전하의 심정이 응축된 느낌이어서 제가는 저도 모르게 울컥했다.

한 바퀴 돈 문건이 다시 국영의 앞으로 돌아왔다. 모두의 시선이 국영에게로 쏟아졌다. 국영이 헛기침을 하더니 문건의 전말을 천천히 설명하기 시작했다.

"임오년의 화변이 있은 지 두 달 후인 칠월 스무하룻날, 그러니까 사도세자 저하의 상례가 치러지기 이레 전에 전하께오서 심야에 예문관 대교(정8품직) 심이지를 사관도 모르게 경희궁 침전으로 부르셨다고 합니다. 그리고 이 어제 묘지문을 심이지에게 불러주시며 받아 적게 하신 후 친히 어압(임금의 자필 서명)을 두셨는데, 한 부를 더 베껴 하나는 전하께 바치게 하고, 한 부는 선공감(繕工監-토목·건축·수리를 총괄하는 기관)에 보내 청화백자 도판에 새겨 무덤에 넣으라 명하셨다 합니다. 심야에 미관말직인 대교를 불러 윤음을 받아 적게 하신 것이나 두 부를 만들어 한 부를 따로 보관하신 것은 조정에 들어찬 노론의 방해를 우려하신 듯합니다. 여러분도 읽어보셨다시피 '이것은 신하가 대신 쓰는 것이 아니며 내가 누워서 받아 적게 하여 짐의 30년 의리를 밝힌 것이다'라고 굳이 묘비명에 명토 박으신 것도 노론 대신들의 망동을 염려하신 표징입니다."

국영은 거기서 말을 슬쩍 끊고 다시 좌중을 둘러보았다. 다

들 긴장해서 국영을 바라보고 있었는데 바늘 떨어지는 소리
까지 들릴 만큼 조용했다. 국영이 다시 말을 이었다.

"……전하께오서는 심이지에게 '과인이 따로 한 부를 보관
하는 것을 함구하라' 명하셨다 합니다. 또 한 부는 밀봉하여
날이 밝는 대로 수은묘(사도세자의 묘호)의 조성을 맡은 묘소도
감 제조이자 선공감 제조 김상로에게 전하게 하시고, 도자판
에 새겨 은밀히 구워서 장례 현장에서 바로 묘광에 넣으라 명
하셨다 합니다. 전하께서 친히 묘지명을 구술하신 것도 범상
치 않은 일이지만 나아가 그 문안을 예조로 보내는 것이 보통
인데도 그렇게 전교하신 것은 필시 그 문안이 노론 중신들의
눈에서 벗어나게 하시려는 뜻이 아니었겠습니까. 그런 다음
전하께서는 따로 보관하신 묘지명을 오래 비장하셨다가 지난
해에야 세손 저하에게 넘겨주셨습니다."

국영이 다시 말을 끊었다가 마른침을 삼켰다.

"……하온데, 역시 그자들이 흉계를 꾸몄음이 드러났습니
다. 심이지가 전하의 묘비명을 받아쓰고 밀지를 받잡는 것을
대전 내관이 알아채고 좌의정 홍인한에게 밀고했사온데, 홍
인한이 집안 하인배를 시켜 다음날 이른 아침 선공감으로 가
는 심이지를 으슥한 골목에서 구타해 실신시키고 납치한 다
음 밀봉 서찰을 빼앗았다고 합니다. 홍인한은 지금 여러분이
보신 바대로 심이지를 가둔 채 죽이겠다 겁박하여 '중신주왈'

이란 문구를 빼고 호자를 야자로 바꾼 새 묘지명을 쓰게 했다고 합니다. 그리고 모필꾼을 불러 전하의 어압을 위조하게 했다고 합니다. 홍인한은 심이지를 협박하여 위조한 어제 묘지명을 선공감 제조에게 전하라고 하였다고 합니다. 지금 사도세자 저하의 묘지에 묻혀 있을 묘지명 도판은 위조된 문안대로 새겨진 것임에 틀림없습니다. 심이지는 협박에 못 이겨 위조 문안을 써서 선공감 제조에게 전했는데, 선공감 제조 김상로 역시 사도세자 저하를 모해해 돌아가시게 한 노론의 하나인지라 홍인한의 귀띔을 받고 위조인 줄 알면서도 짐짓 그대로 묘광에 안치한 것입니다. 심이지는 제가 한 짓 때문에 평생을 끙끙 앓고 있다가 지난해 병이 들어 죽으면서 결국 양심에 못 이겨 그 전말을 적은 밀서를 시생을 통해 세손 저하에게 전해 온 것입니다."

국영은 말을 잠시 끊고 다시 주위를 둘러보았다. 그리고 다시 말을 이었다.

"그러면 여기 계신 분들은 위조된 어제문을 어떻게 해서 저하께서 확보하실 수 있었는지 궁금하시겠지요. 심이지의 밀서를 읽으신 저하께서는 친히 진장각[6]에 납시어 열성조의 어

____

6 정조가 규장각(奎章閣) 산하에 설치해 역대 왕들의 어필, 어제문을 봉안한 봉모당(奉謨堂)의 전신. 현재 창덕궁 연경당(演慶堂) 자리에 있었으며 근처에 어수당(魚水堂)이 있었다.

필과 어제문을 점고하시다가 먼지를 뒤집어쓴 채 오동나무 상자에 방치된 그 문건을 찾아내셨습니다. 선공감에서는 그 문안대로 묘지 도자판을 제작한 다음 위조된 어제문을 관례대로 진장각에 보냈겠지요."

국영의 이야기가 이에 이르자 좌중에서는 강개에 찬 탄식이 여기저기서 새어나왔다. 국영은 말을 이었다.

"어제문의 어압을 자세히 살펴보십시오. 진본에는 전하가 어압으로 쓰신 글자인 '통(通)'의 책받침 부수의 끝에 작은 바늘구멍이 나 있습니다. 그러나 진장각에 있던 위조본에는 바늘구멍이 없습니다. 전하께오서 혹시의 사태를 염려하시어 어압의 먹 자국에 바늘을 찔러 넣도록 하신 것이온데, 심이지가 차마 그것까지는 인한에게 토설하지 않았던 것 같습니다. 그래서……."

두 장의 문서를 다시 꼼꼼히 살핀 금성위가 손바닥으로 방바닥을 두드렸다.

"허! 이런 역적놈들을 보았나! 신자로서 보위를 이으실 국본을 모해하여 돌아가시게 한 것만도 구족을 멸할 죄인데도 항차 어제문을 탈취하여 위조하다니 이건 기군망상의 죄를 한참 뛰어넘는 참람한 만행이 아닌가! 오장육부를 꺼내어 씹어도 모자랄 이 흉악한 역도들 같으니라구!"

홍대용의 입에서도, 박지원의 입에서도 나지막한 한숨이

흘러나왔는데 세손은 미동도 없었다. 얼마간의 사이를 둔 다음 지원이 세손께 여쭈었다.

"하오면, 이러한 정상은 전하께오서도 알고 계시는 일입니까?"

세손은 여전히 입을 굳게 다문 채 말이 없었는데 국영이 대신 답했다.

"신이 저하께 이 일을 전하에게 고하시라 아뢰었는데, 저하께오서는 전하의 보령이 이미 높으시고 갈수록 기력이 쇠하시니 이 일을 아뢰어 새삼 전하의 이목을 번거롭게 할 것은 없다고 하셨습니다. 때를 기다려 기군망상의 죄로 다스릴 것이나 지금은 은인자중할 때라 하셨습니다. 전하께오서 따로 이 묘지문을 저하께 내리신 뜻이 무엇이겠습니까. 사도세자에 대한 대처분이 어의가 아니라 신하들의 강박에 의한 것임을 밝히시고, 후일 이 문건을 근거로 사도세자 저하의 설원과 동시에 나라의 기둥을 좀먹는 저 쥐새끼 무리를 처단해 왕법을 일월처럼 비추라 하심이 아니겠습니까. 헌데, 지금 춘궁에 그자들의 세작이 서캐처럼 촘촘히 박혀 있지 않습니까. 그자들이 혹여라도 전하의 어제 묘비명은 물론, 저들이 위조한 어제문까지 저하의 수중에 있다는 사실을 안다면 탈취하려고 혈안이 될 터이지요. 하니, 오늘의 일도 다들 비밀에 붙여 주실 것을 간곡히 청하는 바입니다."

다시 긴 침묵.

시간은 술시(오후 7~9시) 말을 향해 줄달음쳐 갔는데, 초나흘 초승달이 푸르스름한 달무리를 뿌리며 중천에 떠 있었다.

6

임오화변

임오년(1762년 - 영조 38년) 윤오월 열사흘

7년 전 임오년의 그 참극은 어떻게 해서 일어났던가.

사도세자가 망극한 일을 당한 것은 그해 윤오월(양력 7월) 열사흘날 부왕의 엄명에 못 이겨 뒤주에 들어간 지 여드레 뒤였다. 상께서는 보령 마흔둘에 얻은 아드님을 못내 사랑하였으나 지나치게 훈도가 엄격하였는데, 세자가 강건하고 영명한 군주의 자질을 갖추기를 소망했기 때문이다. 그것은 자신이 보위에 오르기까지 드센 신하들 등쌀에 고난이 적지 않았기 때문이기도 했다. 그리고 그 고난은 오랜 뿌리를 가지고 있었다.

숙묘 조에 임금이 중궁 민 씨를 폐출하고 후궁 장 씨를 중궁에 봉했다가 민 씨를 복위시키면서 장 씨를 희빈으로 깎아내린 일이 빌미가 되어 조정은 장 씨를 지지하는 남인과 소론, 민후를 지지하는 노론으로 갈려 분쟁이 극심했다. 노론은 차제에 장 씨의 소생인 세자 균을 폐하고 숙빈 이 씨의 소생인 연잉군(延礽君-훗날의 영조)을 세자로 내세우려고 공작했다. 숙묘께서도 한때 병약한 균 대신 연잉군을 세자로 바꿀 것을 고려했지만 급서하는 바람에 균이 보위에 올랐으니 이분이 곧 경묘(경종)였다. 성품이 어질고 관후한 경묘는 소생이 없었는데, 노론 대신인 영의정 김창집, 좌의정 이건명, 영중추부사 이이명, 판중추부사 조태채 등의 강력한 주청을 받아 연잉군을 세제로 봉했다. 노론은 이에 그치지 않고 세제에게 대리청정을 맡기시라고 임금께 강청하니 경묘께서 어쩔 수 없이 허락했던 것이다.

그러자, 소론의 과격파인 사직(오위의 정오품직) 김일경을 머리로 한 일곱 명의 소장 신료가 세제의 대리청정을 요구한 자들과 노론 네 대신을 겨냥해 '왕권 교체를 기도한 역모'라고 탄핵하는 소를 올렸다. 이 상소로 노론 정권이 무너지고 소론 정권으로 교체되는 환국이 단행되었다. 거기에 더해, 남인 목호룡이 노론 세력이 이미 숙묘조 때 세자였던 경묘를 시해하려 했다고 고변함으로써 대옥사가 터지고 유배 갔던 노론 네 대신이 사사되는 등 노론이 결정적인 위기에 처한다.

그런 혼란한 와중에 경묘께서 재위 4년 만에 갑자기 승하하고 세제가 즉위했다. 신왕이 임인옥사에 대한 책임을 물어

김일경과 목호룡을 처단했고, 옥안(獄案)이 뒤집혀 노론이 다시 정권을 차지했다.

금상은 무수리의 소생으로 천출이란 구설에 올라 번민이 많았는데, 심지어 숙묘의 자식이 아니라는 참소를 입었던 데다, 경묘가 독살되었다는 유언이 항간에 떠돌아 마음고생이 심했다. 이인좌란 자가 경묘의 승하에 금상과 노론이 개입됐다며 청주에서 난을 일으켜 충청·경기 지경을 휩쓸기까지 했던 터였다.

노론은 신축·임인년에 소론이 일으킨 옥사에서 노론 네 대신을 비롯한 숱한 신하들이 목숨을 바쳐 금상를 보위했다는 이른바 '신임의리'를 내세워 금상 치세 50년 동안 정권을 오로지 했던 터였고, 전하는 그 의리에 코가 꿰였는데 이른바 '탕평'도 명목일 뿐 조정은 노론의 독무대였다.

그랬는데, 사도세자의 생각은 노론과 판이하게 달랐다. 그는 노론에게 휘둘리는 부왕을 지켜본 터라 삼정승에서부터 종구품 미관말직에 이르기까지 수십 년간 노론이 독차지한 조정의 지형에 의구심을 품었고, 그들의 권세 대물림과 부패를 혐오했다. 그리하여 보위에 오르면 노론의 일당 독재를 타파하리라고 다짐하고 있었다.

금상 31년(1755) 2월 4일, '간신이 조정에 가득해 백성들의 삶이 도탄에 빠졌다'는 내용의 벽서가 나주 객사에 붙었다. 연

잉군에게 사주받은 나인이 병약한 경묘께 상극인 게장과 생
감을 함께 올려 경묘가 승하했다는 세간의 풍설도 그 글에 실
렸다. 나주의 소론 강경파인 윤취상의 아들 윤지가 붙인 것인
데 서울과 지방의 소론 일부가 연루되었음이 밝혀졌다. 게다
가 윤지는 지난날 세제인 연잉군을 역모의 수괴라 상소했던
소론 강경파 김일경의 말이 옳다고 주장하기까지 했다. 금상
과 노론에게는 왕위 계승의 정당성과 노론 독재 체제를 날카
롭게 찔러 드는 비수가 아닐 수 없었다. 노론은 이 벽서 사건
을 빌미 삼아 소론 전체를 역적으로 몰아 때려잡으려 나섰고
전하는 이를 추인했다.

그러나 경묘 시절 노론의 세제 책봉과 대리청정은 문제가
있는 행위라 생각하던 사도세자는 당시 부왕에 비교적 동정
적이고 우호적이었던 소론의 온건파마저 한꺼번에 싸잡아 적
당으로 모는 데에는 반대했다. 또한 나주 벽서 사건 이후 벌
어진 토역경과(역적 토벌을 경축하는 과거) 사건에서도 온건한
입장을 취했다. 토역경과 사건이란 임금이 나주 벽서 사건의
주모자를 처단한 다음 민심을 달래기 위해 춘당에서 과거를
보였는데, 스물아홉 살 먹은 심정연이란 선비가 답지에 작은
글씨로 임금과 노론을 원색적으로 비난하는 글을 써넣어 제
출한 것이었다. 이 두 사건이 겹치면서 경향의 소론 500여 명
이 처형되는 피바람이 불었고 소론은 씨가 마를 지경이었다.

노론에게 세자는 모셔야 할 다음 주군이 아닌, 자신들을 토멸할 정적이 되지 않을까 우려가 깊어졌다. 그런 와중에 세자가 뒤주에 들어가기 한 달 반 전 이른바 '나경언의 고변'이 터진 것이다.

형조판서 윤급의 청지기인 나경언이 형조에 세자의 비행을 고변했는데, 세자가 아내인 혜빈 홍 씨를 죽이려 했고, 비구니를 궁중에 끌어들여 풍기를 어지럽혔으며, 부왕의 허락도 없이 평양으로 몰래 놀러 다닌 일 등 10여 가지가 그 내용이었다.

고변을 받은 형조참의 이해중이 세자의 장인인 영의정 홍봉한에게 달려가 고하니, 홍봉한이 "이는 청대(請對)하여 전하께 계품해야 할 일이다"고 부추겼다. 이해중이 이에 세 차례나 청대하자 상께서 입시를 명하니 이해중이 고변서의 내용을 아뢰었다. 임금이 책상을 치면서 크게 놀라 말하기를 "변란이 내 팔꿈치와 겨드랑이에서 일어난 마당이니 친국하겠다"고 했다.

임금이 즉시 태복시(궁중의 말과 수레를 관리하는 관청)에 나아가 국청을 설치하고, 시임 대신 홍봉한을 지의금으로 삼아 판의금 한익모, 동의금 윤득양, 문랑 홍낙순 등과 함께 죄인을 국문하였다. 이에 나경언이 옷 솔기에 꿰매 감춘 흉서를 내놓았다.

상께서 크게 노했다.

"오늘날 조정에서 사모를 쓰고, 띠를 맨 자는 모두 죄인 중의 죄인이다. 나경언이 이런 글을 올려서 나로 하여금 원량(왕세자의 별칭)의 과실을 알게 하였는데, 여러 신하 가운데는 이런 일을 나에게 고한 자가 한 사람도 없었으니, 나경언에 비해 부끄럼이 없겠는가?"

전하의 묵인을 얻은 영의정 홍봉한이 급히 창덕궁으로 나아가 세자에게 보고하자 세자가 크게 놀라 보련을 타고 대궐로 나오니 이때가 바야흐로 이경(오후 9~11시)이었다. 세자가 홍화문에 나아가 엎드려 대죄했다.

세자가 다시 궁 안에 입시하여 부복하자 상께서 창문을 밀쳐 열고는 책망했다.

"네가 왕손의 어미를 때려죽이려 하고, 여승을 궁으로 들였으며, 평양으로 유흥을 갔고, 북성에 나가 유람했는데, 이것이 어찌 세자가 행할 일이냐? 사모를 쓴 자들이 모두 나를 속였으니 나경언이 없었더라면 내가 어찌 알았겠느냐? 왕손의 어미를 네가 처음에 매우 사랑하여 우물에 빠진 듯한 지경에 이르렀는데, 어찌하여 마침내는 죽이려 했느냐? 그 사람이 아주 강직하니, 반드시 네 행실을 간하다가 미움을 받았을 것이다. 또 장래에 여승의 아들을 왕손이라고 일컬어 데리고 들어와 문안할 것이다. 이렇게 하고도 나라가 망하지 않겠는가?"

세자가 나경언과의 대질을 청했으나 상께서 허락하지 않았다. 세자가 울면서 말했다.

"이는 신이 본래 가지고 있던 화증입니다."

임금은 더욱 노했다.

"차라리 발광을 하는 것이 낫지 않겠느냐? 물러가라."

세자가 밖으로 나와 금천교 위에서 대죄했다.

*

금상 38년 윤오월 열사흘 상께서 창덕궁에 나아갔다. 세자에게 땅에 엎드려 관을 벗게 하고, 맨발로 머리를 땅에 조아리게 하고 이어서 자결하라고 재촉하니, 땅을 박는 세자의 이마에서 피가 흘렀다.

세손이 들어와 울며 관과 포(袍)를 벗고 세자의 뒤에 엎드리니, 임금이 환관에게 안아다가 시강원으로 보내고 다시는 들어오지 못하게 하라고 명하였다. 임금은 칼을 든 채 차마 들을 수 없는 전교를 내려 동궁의 자결을 재촉했다. 세자가 자결하려 하자 춘방(세자의 교육을 맡은 관아)의 여러 신하가 말렸다. 임금이 이어서 세자를 폐하여 서인으로 삼는다는 명을 내렸다. 임금이 경호하는 군병을 시켜 춘방 신하들을 내쫓았는데 한림 임덕제 만이 굳게 엎드려서 떠나지 않았다. 임금이 엄히 전교했다.

"세자를 폐하였는데, 어찌 사관이 있겠느냐?"

그리고 아랫것들을 시켜 붙들어 내보냈다. 세자가 임덕제의 옷자락을 붙잡고 곡하면서 따라 나오며 "너마저 나가버리면 나는 장차 누구를 의지하란 말이냐?"고 울부짖었다. 세자가 곡하면서 다시 들어가 땅에 엎드려 애걸하며 개과천선하겠다고 다짐했다. 임금은 영빈이 고한 바를 대략 되짚어 말했는데, 영빈은 바로 세자의 생모로서 임금에게 아들의 비행을 알린 터였다. 도승지 이이장이 "전하께서 깊은 궁궐에 있는 한 여자의 말로 인해서 국본을 흔들려 하십니까?"하니, 임금이 진노했다. 드디어 세자를 뒤주에 깊이 가두라고 명했는데, 세손이 다시 황급히 들어왔다. 임금이 빈궁, 세손 및 여러 왕손을 홍봉한의 집으로 보내라고 명했는데, 밤이 이미 반이 지난 때였다.

세자는 결국 통곡하며 뒤주에 들어갔고 뒤주 문엔 굳게 못이 박혔다. 그리고 여드레 뒤인 윤오월 스무하루에 세자가 훙서(薨逝)했다.

*

전하의 묘지문으로 인해 다들 울울하게 말이 없었다.

임오화변 무렵 열세 살이었던 제가로서는 당시엔 그 사건을 알지 못했으나 나이가 들면서 쉬쉬하는 가운데 조야에 떠도는 그 충격적인 사건, 부왕이 아들을 뒤주에 가두어 굶겨 죽인 그 사건의 전말을 듣게 되었고 나름의 의문과 추측도 갖고 있었던 참이었다.

제가는 백탑 계원들이 술자리에서 목소리를 낮추어 나누던 이야기를 떠올렸다. 다들 이상한 점이 한둘이 아니라고 했다.

우선 나경언의 고변 경위부터 수상했다. 대가댁 청지기에 불과한 나경언이 어떻게 세자의 행적을 그렇게 속속들이 알고 있었으며, 얼굴 한번 본 적도 없는 세자에게 그 무슨 억하심정이 있었기에 고변서를 품고 형조까지 찾아갔을까. 청지기가 임금을 직접 배알한 것도 전례가 없었으며 그자가 들키지도 않고 고변서를 옷 솔기에 꿰매고 들어와 바친 경위는 더욱 수상했다. 그의 상전 형조판서 윤급은 노론 강경파 중에도 가장 강경한 준론(峻論)의 핵심이었으니 상전에게 사주받았다는 의혹이 일지 않을 수 없었다.

나경언을 서둘러 참형한 경위도 아리송했다.

상께서 애초에 "네가 이미 여러 신하들이 하지 못하는 일을 하였으니, 그 정성이 비길 바가 없다. 그러나 하천 신분으로 국본을 고발한 죄 역시 가볍지 않다"며 형장 여섯 대만 때리게 했다. 그러자 나경언이 문득 "신이 동궁을 무함하였으니, 그 죄는 죽어 마땅합니다" 하고 실토했다.

지의금부사 남태제가 "나경언은 하찮은 자로서 이미 동궁을 무함하였다는 공초가 나왔으니, 전하께서 온전히 살려주

서서는 안 됩니다. 청컨대 대역부도의 율을 시행하소서"하고
아뢰었다. 뿐만이 아니었다. 판의금 한익모는 "죄인을 이미
결안했으니, 사주한 사람의 죄도 물어야 합니다"하고 아뢰었
다. 이리하여 나경언은 결국 급히 참형을 당했다.

나경언이 신문 끝에 모함의 죄를 자백해 버린 데 이어 그
배후를 밝히라는 조정 일각의 여론이 일자 봉한과 인한 등이
임금을 움직여 서둘러 나경언의 입을 없앤 것이 아니냐고 조
당에서 신하들이 쉬쉬하며 쑥덕거렸다는 게 제가가 들은 후
일담이었다.

뿐만이 아니었다. 다른 사람도 아닌 세자의 장인인 홍봉한
이 나경언의 고변을 임금께 직보하라고 부추겼음은 물론 그
스스로 상을 배알하여 사위의 비행을 계품한 것도 이해할 수
없는 일이었다. 세자의 배필인 혜빈 홍 씨도 마찬가지였다.
사도세자가 대처분을 당하던 당일 아드님인 세손께오서는 어
린 나이에도 전하께 나아가 아버님을 살려달라고 눈물로 호
소했지만 혜빈은 단 한번도 시아버님인 임금께 직접 나서서
남편을 살려달라고 애원하지 않았다. 남편이 죽는 절체절명
의 순간이었는데도, 며느리인 자신이 나서면 임금의 분노를
더욱 자극했을 것이어서 어쩔 수 없었다는 모호한 변명만 남
겼을 뿐이었다.

더욱 알 수 없는 노릇은 사도세자의 생모인 영빈 이씨 역시

처분 당일 아침 임금을 배알해 "옥체를 보호하고 세손을 건
져 종사를 평안히 하는 일이 옳사오니, 대처분을 하소서"하고
아들을 죽일 것을 상주했다는 대목이었다. 제가는 어미로서
자식을 죽여 줍시사고 지아비에게 청해야 하는 그 심정을 한
편 알 것 같으면서도 한편으로는 석연치 않아서 고개를 갸우
뚱했었다. 후궁인 숙의 문 씨 일파가 끊임없이 전하게 세자의
비행을 모함했다는 소리도 흘러나왔던 터였다.

결국은 세자가 보위를 잇게 되면 숙청의 칼날이 자기네에
게 향할 것을 우려한 노론 준론 일파가 나경언 고변사건을 일
으켰는데, 세자의 장인이자 노론의 중진인 홍봉한을 압박해
전면에 내세웠다는 것이었다. "남편의 구명은 이미 늦었으니
아들인 세손이라도 구하려면 입을 다물어라"는 친정 아버지
의 요구에 혜빈 홍씨도 마침내 남편을 외면했을 것이었다. 노
론과 문 숙의 등의 압박을 받은 영빈 역시 손자라도 살리자
는, 피를 토하는 심정으로 아들을 죽여 줍시사고 임금께 청하
지 않았겠느냐는 게 세간의 뒷이야기였다.

이런 일련의 과정으로 보면, 노론과 전하 사이에 세자를 폐
하고 세손을 세우는 것으로 엉킨 시국을 정리하자는 묵계가
성립하지 않았을까 하고 제가는 추측했다. 그리고 노론 중에
서 세자 제거에 적극 나섰던 벽파(僻派)와 상대적으로 온건한
시파(時派)의 대립이 격화된 것이 그 후의 정국 흐름이었다.

하여튼, 늙은 임금은 마른하늘의 날벼락 같은 아들의 비행을 접하고 분노가 하늘을 찔렀던 데다 노론 권신들의 끊임없는 모함과 끈질긴 압박, 그리고 세자의 생모까지 나서자 끝내 돌이킬 수 없는 처분을 내리지 않았을까. 그랬다가 아들이 죽고 나서 분노가 가라앉고 진상을 어렴풋이 깨닫고 나서부터는 당신의 손으로 자식을 죽인 처분에 가슴을 치지 않았을까. 삭탈한 세자의 작위를 회복시킨 것은 아들에 대한 회한에다 세손을 역적의 아들로 남기지 않겠다는 뜻도 포함됐을 것이다.

전하께서 직접 대교 심항지를 불러 구술했다는 사도세자의 묘지명은 바로 그런 임금의 한탄과 후회, 신하들에 대한 분노가 서려 있는 문장이라고 제가는 짐작했다.

대청에 부복한 제가가 그런 생각에 빠져 있을 때 백탑의 좌장인 홍대용이 문득 세손께 아뢰었다.

"하오면, 오늘 신들을 인견하시는 뜻을 하교하여 주십시오."

세손은 여전히 빙긋 웃을 뿐 말이 없었다. 말수가 드문 사람이었다.

국영이 흘끗 세손의 눈치를 보더니 말을 이었다.

"시생이 저하의 뜻을 받들어 금성위와 담헌 선생께 미리 대략 설명드렸던 대로 다른 분들도 오늘 모임의 의미를 짐작하실 줄로 아오이다. 시생이 전하의 묘지명을 읽어 드렸소이다

만, 아까 말씀드린 대로 지금 저하의 처지가 몹시 고단하십
니다. 노론의 무도한 무리가 참람하게도 '죄인지자 불위군주
(罪人之子 不爲君主—죄인의 아들은 왕이 될 수 없다)'는 여덟 자 흉언
을 만들어 조야에 조직적으로 퍼뜨리고 있는 것은 다들 아시
는 일이겠지요. 저하께오서 보위에 오르시는 날에는 살아남
을 수 없다는 사실을 저들 스스로 알고 있기 때문일 것입니
다. 거기에 더해 전하의 옥체가 미령해지시면서 저하께 대리
청정을 맡기실 의사를 보이자 저들은 더욱 극성스럽게 세손
저하를 모해하고 있습니다. 지금 여러분이 보신 사도세자 저
하의 묘지명을 세손께서 가지고 계시다는 사실을 눈치챘다면
그 음모가 더욱 거세질 것은 자명합니다."

　국영의 논변은 현하지변이었다. 그는 다시 말을 끊고 주위
를 둘러보고는 말을 이었다.

　"하여, 저하께서 이런 노론의 조직적인 흉계를 깨트리고 무
사히 보위에 오르시려면 조야의 충신열사의 보필이 절실하십
니다. 글을 쓰는 자는 글로써, 무예를 아는 자는 무예로써 종
묘사직을 목숨 바쳐 보위해야 할 때입니다. 그대들은 비록 포
의라 하나 일세의 문필과 경륜을 가진 분들입니다. 저하께오
서 위기에 처하실 때는 재야에서 상소로써 노론 권신들을 탄
핵하거나 때로는 성균관의 유생들을 격동시켜 권당(동맹휴학)
을 도모하거나 하실 일이 많을 것입니다. 뜻이 있다면 전국의

유생에게 사발통문을 돌려 만인소인들 어찌 모으지 못하겠으며 지부복궐(도끼를 들고 대궐 문에 엎드려 상소함)은 못하겠소이까. 목숨을 걸고 상소로 탄핵해 노론 정권을 일거에 무너뜨리고 정국을 반전시킨 아계(김일경의 호) 선생과 일곱 신하의 일이 어찌 남의 일이겠소."

다들 묵연히 국영의 변설을 듣고 있는데 세손은 열린 분합문 너머로 달을 올려다보고 있을 뿐이었다.

"하여, 전하께오서는 그대들과 군신 간의 맹약을 맺고자 하십니다."

군신회맹.

그 단어가 마침내 세손 앞에서 나오자 제가는 온몸을 전율했다. 세손과 백탑시사를 오가며 조율하던 국영이 처음 그 단어를 발설하였을 적에 백탑의 계원들은 격론을 벌였었다. 어떤 이는 시와 그림, 음률을 사랑하는 이들의 모임에 그런 정치적 논의가 끼어드는 것 자체를 격렬히 반대했으며, 어떤 이는 자칫 백탑이 당파싸움의 도구로 이용되었다가 화를 입을 것을 걱정했는데, 또 어떤 이는 맹약을 맺자는 세손의 진의를 알 수 없다는 이유로 주저했다.

홍대용이 중도적 입장이었다면 이미 과거에 뜻을 버린 이희천은 백탑시사가 정치적 소용돌이에 빨려 들어가는 것에 가장 격렬히 반대했고 박지원 역시 반대의 뜻이 강했다. 노론 명문가의 자손인 이서구는 세손을 보호하는 것에는 반대하지 않지만 때를 살펴야 한다고 신중론을 펼쳤다. 다만, 백동수 같은 무인은 그 단순한 협기로 세손을 적극 보위해야 한다고 주장했다. 덕무나 제가는 연배가 어리기도 했지만 근본이 서얼이어서 뭐라고 앞장서 주장하기도 난감한 형편이었다. 그렇게 논의가 갈피를 잡지 못할 즈음에 지원의 팔촌 형인 금성위 박명원이 지원을 찾아와 군신 맹약이든 무어든 일단 세손을 알현해 보고 나서 결정해도 되지 않겠느냐고 설득하는 바람에 백탑의 회주 격인 지원의 결정으로 이 자리가 성사된 셈이었다.

문득 지원이 세손을 우러러 물었다.

"신들은 원래 저자에서 뒹굴며 쌀겨를 빚은 술을 마시며 음풍농월이나 하고 야비한 골계나 주고받는 천하고 경박한 무리에 지나지 않아 조정의 큰 뜻을 알지도 못하고 알고 싶지도 않습니다. 다만 저하께오서 지존의 몸으로 이렇게 신들을 인견하시러 궁 밖에까지 거둥해 주시니 감읍할 따름입니다. 하온데……."

지원은 다음 말을 생각이나 하는 듯 말을 끊고 천장을 올려다보았다. 평소에도 검붉은 그의 얼굴이 흥분으로 더 붉어 보였다. 그는 떡메로 내리치듯 한마디를 뱉어냈다. 무엄하다면 무엄할 수 있는 물음이었다.

"저하께서 보위에 오르셔서 만드시려는 나라는 대체 어떤 나라입니까?"

"……."

좌중은 물을 끼얹은 듯 조용했다. 어느 누구의 숨소리도 들리지 않았다. 다들 세손의 답을 기다리고 있었다. 세손이 빙긋 웃으며 입을 떼었다.

"미중, 그대가 원하는 나라는 어떤 나라인가?"

"……."

"말해 보라. 그럼 내가 답해 주겠네."

지원은 그 큰 덩치를 구부려 뭔가 곰곰이 생각하는 듯했다.

"신은 원래 천학비재하여 과거도 폐한 몸이라 나라의 큰일을 깊이 생각한 바는 없습니다. 다만, 신은 문학에 종사하는 자라 나라의 문예가 융성하기를 바랄 뿐입니다. 성현의 도가 널리 퍼질뿐더러 시속의 세정을 살펴 여항 백성들의 고달픔과 기쁨을 솔직하게 드러내는 글들이 다투어 솟아나며, 방방곡곡 서원과 글방은 물론 선비들의 책방에서 밤늦도록 글 읽는 소리가 낭랑하게 들리는 세상, 내당의 아녀자들이 둘러앉아 가사를 짓고 노래하며 시름을 잊을 수 있는 그런 세상을 원할 뿐입니다."

"그럼, 그대는 성현의 말씀에 의지하여 단정하게 소회를 드러내는 순정한 고문이 아니라 내키는 대로 시속을 비판하고 골계와 해학을 입에서 나오는 대로 문자로 옮기는, 그대가 창안한 새로운 문체를 주창한다는 뜻인가?"

"추로(鄒魯:공자와 맹자)와 정주(程朱:정자와 주자)의 이치는 우주를 궁구하는 근본이며 나라를 경영하는 씨줄과 날줄이온데 어찌 일점일획을 허투로 할 수 있겠습니까. 다만, 삶의 이치는 중국의 옛 성현의 말씀에만 있는 것이 아니라 여기와 지금에도 있는 것입니다. 나무하는 아이와 물 긷는 아녀자의 고된 삶에도 진실은 깃들여 있는 것이오니 그 구구한 세정을 버리지 말자는 뜻이옵고, 또 그것을 담는 데에는 새로운 문체가 필요하다는 뜻일 뿐입니다. '법고이지변(法古而知變) 창신이능전(創新而能典)'이라, 옛것을 본받으면서도 변화를 알고, 새롭게 창조하면서도 법식을 맞출 수 있어야 한다는 뜻입니다. 말은 곧 자유이오니 옛 문체와 격식에 얽매임은 새로운 세상으로 비상하려는 자들을 조롱에 가두는 일이 될 것입니다."

세손은 말없이 고개를 끄덕이더니 나직하게 되뇌었다.

"온 나라에 선비들의 글 읽는 소리가 낭랑하게 울려 퍼지는 나라라……."

대청의 말석에 앉은 제가는 미중 선생의 말을 곱씹었다. 그렇다. 숨어서 책을 읽고 골방에서 소리 낮춰 토론하는 세상이 아니라 그 어떤 책이라도 낭랑하게 소리 높여 읽을 수 있는 세상, 그 어떤 생각이라도 종이 위에 쓰여서 책으로 찍혀 나오는 세상. 그것은 제가가 고대하는 세상이기도 했다.

세손은 다시 눈을 돌려 홍대용을 바라보았다.

"담헌이 바라는 세상은 무엇인가?"

대용은 수그린 채 한참 말이 없다가 입을 떼었다.

"신은 미중처럼 일세의 문사가 아니오니, 실용의 학을 진언하려고 하나이다. 대저 고루한 사대부들이 인묘 때 삼전도에서의 수치만 기억하여 이미 망한 명을 그리워하고 청을 오랑캐라 멸시합니다. 그 의리로 보면 아름답다 할 수도 있겠으나 나라의 내일을 위해서는 시대에 뒤떨어진 편협하고 고루한 생각입니다. 대저 효묘(효종) 때에 북벌론이 주창된 적이 있사오나 조선이 무슨 방도로 마른 들판에 불 일어나듯 한 청의 기세를 꺾을 수 있었겠습니까. 이는 세상 물정에 어두운 우물 속의 개구리들이 와글거리는 데에 지나지 않았습니다. 지금도 청에 올리는 국서에서는 청 황제의 연호를 쓰고 신하를 칭하면서도, 선비가 그 연호를 쓰면 오랑캐에 복속했다느니 비난을 퍼붓지만 가소로운 일입니다. 청은 서양과 교류하여 각종 문물과 과학이 앞선 나라입니다. 저하께서 나라의 권병을 쥐게 되시오면 마땅히 낡고 고루한 관료들을 일소하시고 중국의 앞선 법제와 문물을 받아들이셔야 할 줄 압니다. 젊고 헌걸찬 선비를 연경으로 유학 보내시어 실용의 도를 익히게 한 다음 중용하십시오. 또한 벌열의 손아귀에 들어간 비변사를 혁파하시어 병권을 튼튼히 하십시오. 병권 없이 그 어떤 개혁도 사상누각에 지나지 않습니다. 세상에 민생보다 더 큰 도가 어디 있으며, 부국강병보다 더한 경세의 이치가 어디에 있겠습니까."

처음엔 조심스럽게 말을 꺼내던 대용이 말이 길어지면서 목소리가 높아졌고 단호해졌다. 세손은 여전히 옅은 웃음을 띠고 듣고만 있을 뿐이었다. 이윽고 그의 말이 떨어졌다.

"그대들의 이야기를 잘 들었소. 큰 틀로는 그대들의 생각과 내 소신이 크게 다르지 않소. 내 국정을 친람할 기회가 생기면 그대들의 진언을 깊이 새기겠소. 온 나라에 선비의 글 읽는 소리가 낭랑하게 해 달라는 미중의 말과 부질없는 명분론에서 벗어나 중국의 신문물을 받아들이라는 담헌의 실용론도 숙고할 것이오. 오늘 시간이 모자라 무관이나 초정 같은 신진 기예들의 이야기는 듣지 못하지만 따로 자리를 만들겠소. 내 앞으로 그대들을 주위에 두고 함께 국정을 논의하며 각자의 재주에 따라 중히 쓰겠소."

세손의 말은 짧았지만 힘이 있었고 진정성이 엿보였다.

제가는 대청에 꿇어앉아 세손의 말을 듣고 있었다.

과연 저분이 이 나라의 온갖 적폐를 청소하고 새로운 문풍을 불러일으키며 백성의 고통을 어루만져 줄 미래의 명군인가. 지옥도에 빠진 이 나라를 건져내 개벽을 열 진정한 초인인가. 과연 저분은 나의 정 도령이 될 것인가.

국영이 다시 말을 꺼냈다.

"이제 군신의 맹약을 논의해야 할 듯싶소만……."

그러자 이희천이 고개를 들어 국영을 쏘아보았다.

"군주께서 어찌 신하들과 같은 반열에서 맹약을 맺는단 말씀이오. 그건 참람하기 짝이 없는 일이오. 군부께서 지엄하게 하교하시면 신자된 도리로서 목숨을 걸고 따르면 그만이지 무슨 약조와 다짐을 둔단 이야기요. 또한 여기 모인 사람들이 세손 저하를 죽음으로써 옹위하겠다는 마음이 하나이거늘 굳이 문자로 남겨 혹시 모를 뒷날의 화근을 만들 필요까지야 있겠소."

애초부터 백탑시사가 세손 옹위의 일선에 나선다는 방책에 반대했던 터라 희천의 말은 공손했지만 뼈가 숨어 있었다. 희천의 흰 얼굴이 달빛에 창백하게 빛났는데 눈알이 번득였다. 그러나 국영은 예상했다는 듯 여유 있게 웃어 보였다.

"허허. 사춘 선생께서는 하나만 알고 둘은 모르시는 모양입니다. 군신 맹약이란 일찍이 주나라 때부터 연면히 내려오던 일이었소. 『예기』에 '희생(犧牲)을 앞에 놓고 맹세하는 것을 맹(盟)'이라고 하고 '맹세할 때 희생의 피를 들이마시거나 입가에 바르는 일을 삽혈(歃血)'이라고 하지 않았소이까. 모두 죽음으로써 약속을 지키겠다는 다짐이 아니겠습니까. 『춘추좌

씨전』에도 '땅을 파서 구덩이를 만들고 그 위에 소를 죽여, 소의 왼쪽 귀를 베어 소반에 담고 소의 피를 취하여 쟁반에 담고, 맹약의 글을 읽어 신에게 고한 후 소의 피를 마신다. 이에 희생된 나머지 피를 구덩이에 쏟아 맹약의 글을 위에 놓고 매장한다'고 했고 『주례』에는 '천자의 맹약문을 사맹(司盟)이 읽고 신에게 고한다. 맹약이 끝나면 부본을 만들어 보관한다'고 되어 있지 않소. 다시 말해 회맹이란 천자가 제후들을 불러 제사에 바친 짐승의 피를 마시면서 충성 서약을 받는 자리였단 말이오. 중국의 고사에 밝으신 사춘 선생이 제 환공이 소집한 '규구의 회맹'과 진 문공이 소집한 '천토의 회맹'을 모르신다는 말씀이오이까?"

국영은 잠깐 사이를 두었는데, 이번에는 달래는 투가 되었다.

"아조에서도 군신회맹이 자주 있었음은 옛일에 밝은 여기 선비님들이 잘 아실겝니다. 일찍이 왕자의 난을 평정하여 나라를 안정시키신 태묘(태종)께오서 신하들과 함께 천신과 종묘사직 앞에서 영원한 군신 관계를 맹약한 사례가 있지요. 의안대군 이화 등 종친들과 하륜. 성석린, 조준 등이 참여했는데, 당시 잠저에 계신 정안군을 왕으로 옹립해 충성을 바치는 대신 정안군은 이들에게 공신의 훈작을 내려 생과 사를 함께 하겠다고 맹약하지 않았소. 세묘(세조)께옵서도 계유

정난으로 어린 임금을 끼고 국정을 농단했던 김종서, 황보인 등 권신을 토멸하신 후 군신회맹을 맺었고, 숙묘 때에도 보사공신(保社功臣)의 회맹제가 있었으며 선왕 때에도 부사원종공신(扶社原從功臣)의 회맹제가 있었지 않소. 뿐이오? 금상 전하께오서도 이인좌의 난을 진압한 분무공신(奮武功臣)에게 작위를 내리면서 회맹제를 올렸지 않습니까. 하니, 오늘 세손 저하를 맹주로 하여 군신이 회맹하는 것은 법도에 아무런 거리낌이 없는 일이오. 또한 중국의 예에 따라 공신들의 이름을 적은 회맹축을 만들어 보관하는 것이 상례였지 않습니까. 오늘 우리가 맹약문을 만들어 이름을 올리는 것은 그 맹약에 스스로를 구속한다는 결의의 뜻이자 생사를 같이 하며 배신하지 않겠다는 다짐의 표식이오. 인묘 때 반정을 일으킨 창의군도 세검정에서 맹약문을 만들었고 하다못해 여염에서 백성들이 관에 진정문을 올릴 때도 동그랗게 이름을 적어 사발통문을 돌리지 않더이까."

속은 어떤지 몰라도 희천은 더는 말이 없었다.

금성위가 조심스럽게 말을 이었다.

"이제 야심하니 더는 지체할 시간이 없소이다. 비록 이곳이 종묘는 아니나 바깥에 간소한 예물을 진설하여 천지신명과 열성조들께 우리의 충심을 맹약하는 자리를 가지면 어떠하겠소."

모두 묵연히 앉았는데, 바깥에서 세마가 조심스럽게 아뢰었다.

"이제 준비가 다 되었사온데……."

다들 꿈에서 깨어난 듯 주섬주섬 일어나서 바깥으로 나가 보니 서강 벼랑가에 세워진 정자 앞에 제상이 진설돼 있었다. 논쟁이 뜨거운 중에 금성위가 자리를 잠깐 비우더니 본가에서 미리 부른 찬모와 계집종에게 준비를 시킨 모양이었다.

이어 붙인 교자상에 흰 보가 깔렸고 향로와 제기들이 가지런히 놓여 있었다. 비록 종묘의 사(祀-천신에 올리는 제사), 제(祭-지신에 올리는 제사), 향(享-조상에 올리는 제사)에는 비할 바 못 되는 대로 간소하나마 격식을 갖춘 상차림이었다. 천조갑(소와 양의 내장과 돼지껍질을 담는 나무 그릇), 폐비(모시 수건을 담는 대나무 그릇), 죽변(생과실과 마른 제수 12가지를 담는 대나무 그릇) 같은 제기와 용찬(강신주인 울창주를 담는 놋쇠 그릇), 희준(소 모양으로 봄과 여름 제사의 초헌례에 쓰는 놋쇠 술그릇), 상준(코끼리 모양으로 봄과 여름 제사의 아헌례에 사용하는 놋쇠 술그릇) 따위 술그릇 대신에 집에서 쓰는 제기를 놓았는데, 오곡과 제철 과실, 익힌 고기와 생고기, 간을 하지 않은 국이 담겨 있었다.

손을 씻은 세손이 천신을 맞는 절차로 향을 피우고 지신을 맞는 절차로 울창주를 땅에 부었다. 이어서 신들에게 음식을 올리는 진찬례를 올렸다. 그는 이어서 초헌했다.

맨 앞줄의 세손과 다음 줄에 늘어선 참석자들이 무릎을 꿇은 가운데 독축관(종묘 제례에서 축문을 읽는 관리) 역을 맡은 홍국영이 품에서 종이를 꺼내어 축문을 읽었다.

유세차 기축 사월 초나흘 조선국 왕세손 이산은 삼가 신하들을 거느리고 황천상제와 종묘사직, 모든 신령들께 아뢰옵니다. 국가와 강호에 군신과 붕우가 있음과 가정에 부자와 형제가 있음이오니 마땅히 충성스러운 신뢰와 참됨으로 뜻을 합하여 사직을 여종영원하게 보존할 것을 알리라. 이에 귀신에게 요질(신하가 임금에게 굳게 약속을 지켜 충성을 다함)하여 입술에 피를 발라 맹세하나이다.

태조께서 뛰어난 무의 자질로써 하늘의 도움을 얻어 이 나라를 건국하신 지 삼백육십여 년이 흘렀사온데 수많은 환난에도 불구하고 오늘에까지 국통이 연면히 이어졌나니 참으로 황천과 사직의 우악한 은혜가 아닐 수 없나이다. 또한 영명하신 금상께오서 보위에 오르신 지 우금 사십 년, 위로는 황천을 받들고 사직을 보전하며 아래로는 창맹을 어루만지느라 조석으로 힘썼나이다.

그러하오나 오늘에 이르러 간신배들이 사욕을 채우려고 군신의 의리를 배신하며, 작당하여 국본을 모해하여 뒤주에 가두어 세상을 뜨게 하는 지경에 이르렀으니 참으로 참람한 일이옵니다. 간신배들은 지금에 이르러서도 생쥐처럼 사직의 기둥을 쏠아내고 두더지처럼 종사의 담을 무너뜨리려고 머리를 맞대 간악하게 모의함에 영일이 없나이다.

하오나 다행히 천지종사(天地宗社)의 도움으로 충현들이 분의하니 흉도들이 스스로 궤멸할 날이 멀지 않았나이다. 이에 신은 충성스럽고 용맹한 사림의 보필을 입어 참람한 역신들을 주벌하고 나라의 근본을 바로 세워 국태민안의 세상을 만들 것을 황천과 사직에 엎드려 맹세하오니 그 구구한 뜻을 굽어살피소서. 상향.

축문을 읽는 국영의 목소리는 절절하고 낭랑했다. 푸른 달빛이 쏟아지는 언덕바지에 통영갓을 쓰고 서서 소슬바람에 옥색 도포 자락을 나부끼는 그의 모습은 천상에서 하강한 한 상자(도교 팔선의 하나로 수려한 외모를 가진 젊은 신선)와 같았다.

축문을 읽고 나자 세손이 제상에서 물러났고, 금성위가 아헌관을 맡아 술을 올렸으며 종헌관은 백탑의 좌장인 홍대용이었다. 축문을 태워 하늘에 날리자 제사가 끝났고 이제는 음복이었다.

다들 제주로 입술을 축이고 깎은 밤이며 대추로 입가심하는데 문득 세마가 외쳤다.

"여러분의 노고를 위로하는 뜻으로 저하께오서 사찬하시었소. 외소주방에 술과 다담을 마련하라 명하셨습니다."

세마가 눈짓하자 금성위 댁의 하인들이 구렁말에 실린 부담을 분주하게 끌어내렸는데 이윽고 돗자리를 깐 마당에 일인상이 줄지어 놓이고 가리찜, 사태찜, 어선, 게감정, 전복초 따위가 차례로 놓였다. 모두들 뜻밖의 은혜에 감읍하며 상머리에 앉았다. 처음엔 조심하던 자리가 술이 한잔 두잔 들어가자 흥겨워지면서 차츰 웃고 떠드는 소리가 우렁우렁 대기를 퍼져나갔다. 상석에 따로 앉은 세손은 술잔만 받아놓고 입에는 대지 않은 채 일행이 떠들썩하게 술을 마시는 모습을 웃음 띤 채 바라보고 있었다.

"나라님이 젓수시는 수라상이 늘 궁금했는데, 이거 오늘 내가 나라님 수라를 포식하게 되지 않았나. 내 뱃구레가 깜짝 놀라겠는걸. 하하핫!"

백동수의 걸걸한 목소리가 거침없이 튕겨 나왔다. 세손이 시립한 홍국영에게 누구냐고 묻는 눈치이더니 이내 반가운 표정이 되었다.

"그대가 영숙인가? 내 그대의 이름도 들은 적이 있네. 장안 제일의 검사에다 활에도 능하다지? 또한 협객이고 한량이라더군. 그래 등과는 하였는가?"

"……예, 무과를 준비하느라고 활터 깨나 출입하고는 있사오나 재주가 미천한지라 아직 벼슬을 얻지는 못했습니다. 신이 칼과 활을 조금 다룬다고는 하나, 조선 제일 궁이신 저하의 활솜씨에 어찌 감히 비기리까."

그 말에 세손은 비로소 호탕하게 웃었다.

"하하. 그래 곧 환로에 들게 되겠지. 그대 또한 중히 쓰일 날이 있으리니 열심히 익히고 연마하게."

"신이야 우둔한 무부에 지나지 않아 이 자리에 있는 문사들처럼 아름답고 단정한 말솜씨를 배우지 못하였으나 용력은 쓸 만 하오니 언제건 무엇이든 하교하시면 신명을 다해 보필하겠나이다. 하하핫."

세손은 반각을 그림처럼 앉아 있다가 환궁했다. 세마가 세손이 탄 가라말의 고삐를 쥐었고, 평복 차림의 무예별감 세 사람이 세손의 앞뒤를 빈틈없이 지켰는데 바람에 날린 도포 자락 사이로 패검이 얼핏 드러났다.

다들 대문 밖까지 나서서 세손에게 읍하여 송별했다. 술자리로 되돌아오던 박지원이 큰 소리로 외쳤다.

"자, 이제부터는 늘 하던 대로 백탑시사의 시회로다. 어사주를 마시면서 밤새도록 이두(李杜-이백과 두보)가 되어 보자꾸나!"

기생의 눈썹 같은 초사흘 달이 마악 중천에서 서쪽으로 기울기 시작했는데 바람은 삽상한 사월 초순의 심야였다.

7

의혹의 그림자

신묘년 오월 스무사흘

집을 피해 도망 나왔다면서도 정인동은 날마다 문안을 드나들었다. 어두컴컴한 옹기 막에 종일 웅크리고 있자니 갑갑해서 견딜 수 없다는 것이었다. 천성이 그런지, 책쾌라서 그런지 인동은 싸돌아다니는 데 인이 박여 한군데 납죽 엎드려 있으면 좀이 쑤시는 모양이었다.

제가 역시 며칠을 숨어 있자니 갑갑하기 짝이 없었지만 관헌의 수배를 받는 처지이니 함부로 나돌아다닐 수는 없었다. 하지만 한양 소식이 궁금한 것은 매한가지여서 인동이 물어오는 소식에 목을 매는 처지라 그가 문 안으로 들어갈 때마다 조심하라고 당부할 수밖엔 없었다.

그날도 아침부터 인동이 문 안으로 들어갔는데, 오시 석 점(낮 열두 시)에 구덜이가 광주리에 점심밥을 담아왔다. 막걸리가 담긴 두루미병도 있었다.

"이거, 연일 폐가 많네."

"아, 아니 무슨 말씀이십니까요."

제가는 광주리를 덮은 삼베 보자기를 걷었다. 따끈한 밥과 국, 열무김치 따위를 보자 붓골에서 근심하고 있을 어머니와 아내 생각이 났다. 밥보다는 술 생각이 앞서서 그는 사발에다 막걸리를 그득히 따랐다.

"천천히 드십시오. 쇤네는 이만……."

엉거주춤 일어서는 구덜이를 제가는 불러세웠다.

"이보게. 자꾸 성가시게 해서 민망하네만……."

"아, 예. 말씀하십시오."

"자네 오늘 문 안에 한 번 더 다녀와 주지 않겠나?"

"아, 예."

"붓골 우리 집에 가서 어머님께 내가 잘 있다고 전해드리게나. 내가 자네 집에 있다는 소리는 빼고서……. 그리고 탑골 전의감동 지돈녕 댁 알지? 그댁 장복이를 좀 찾아보게. 장복이를 만나거든 지돈녕댁 사랑 마님 계신 곳을 은밀히 알아보게나."

탑골 지돈녕댁 사랑 마님이란 박지원을 가리키는 것이다. 장복이로 말하자면 방자처럼 지원의 심부름을 다니는 씨종이었다. 이번에도 미중 선생은 피하라는 척독을 장복이에게 들려 보내지 않았나. 미중 선생이 피신처에서도 장복이를 도성에 내보내 심부름을 시킬 터였다. 구덜이가 면천되기 전에 본댁의 청지기 노릇을 맡은 터라 둘은 서로 아는 처지였다. 양반댁 하천은 또 저희끼리 사이를 트고 사귀는 방식이 있는지라 구덜이가 이리저리 몇 다리 놓아보면 장복을 찾아낼 수도 있을 것이었다.

"예. 알겠습니다."

"아직 우리 집에 나그네들이 눌어붙어 있을지 모르니 조심하구……. 장복이도 소리 안 나게 찾아봐야 하네."

"그리합죠."

두루미병의 막걸리는 곧 떨어졌고 제가는 오후 내내 옹기굴에서 앉았다 섰다 용을 썼다. 밤이 이슥해서도 인동은 돌아오지 않았는데, 구덜이가 먼저 돌아왔다. 구덜이는 보자기를 내밀었다.

"이거, 새아씨께서 서방님께 전해 드리라면서 풀 먹인 바지저고리와 도포를 싸주셨습니다요. 큰 마님은 노상 서방님 걱정을 하시면서 눈물을 찍어내시는데, 아무래도 요즘 도성에서 무슨 책 사달이 나서 선비님들이 줄줄이 포도청에 끌려간다는 이야기를 들으신 것 같습디다요."

제가는 민망하기도 하고 할 말도 없어서 쓴웃음을 지을 수밖에 없었다.

“그래, 장복이는 만났나?”

“예……. 장복이하고 친한 교리 댁 판돌이를 찾아갔습지요. 판돌이가 안 그래도 장복이가 지돈녕댁 마님이 교리 마님께 보내는 척독을 들고 왔다가 마님이 등청하신 바람에 못 뵈었는데, 교리께서 퇴궐하신 후 답신을 받으러 다시 올 거라고 하기에 기다렸다가 만났습니다요.”

교리 댁이라면 미중 선생과 죽마고우이며 속을 터놓고 지내는 몇 안 되는 벗 중의 하나인 홍문관 부교리 유언호를 말하는 것이다.

“……그래서?”

“장복이가 제 사랑 마님이 지금 삼각산 문수사에 계시다고, 다른 서방님들도 거기 와 계시니까 차수 서방님도 속히 그리로 오시라고 귀띔하였습니다.”

“……알겠네.”

마음 같아서야 당장이라도 달려가고 싶었지만 이미 날이 어두워진 데다 인동도 보고 가야겠기에 제가는 조급한 마음을 눌렀다.

정인동은 술시(밤 9~11시) 말이 가까워서야 돌아왔다.

옹기굴로 들어오면서부터 허둥지둥하는 것이 평소와는 달랐다.

“왜 이렇게 넋을 놓았소? 늦기는 왜 이리 늦었으며…….”

"헤에이. 넋을 놓기는요. 늦은 밤에 낯선 산길을 타고 오다 보니 조바심이 나서 그렇지요. 아, 저녁에 문밖으로 나왔는데 칠패서 어릴 적 동무를 만났습니다. 이 녀석이 반갑다고 술이나 한잔하자고 끄는 바람에 늦었소이다."

그러나 입에서 술 냄새는 나지 않았는데 관솔불 아래서 보니 이마와 관자놀이에 피멍이 들어 있었다.

"얼굴은 또 왜 그러오?"

"아, 술을 한잔하고 큰고개를 넘어오다가 나무뿌리에 걸려 자빠졌는데 언덕을 구르다가 소나무 등걸에 찧어버렸소."

"……."

제가는 뭔가 이상하다 싶었지만 더는 묻지 않고 관솔불을 껐다. 삿자리에 나란히 누웠는데 인동이 잠이 들지 못하고 오래 뒤척였다.

그랬는데, 아침에 깨자마자 인동이 묘한 소리를 꺼냈다.

"저, 선비님을 만나고 싶다는 처자가 있습니다."

"처자라니?"

"올해 열네 살 먹은 아이인데 선비님을 오매불망 그리면서 소생에게 선비님을 한 번만 만나게 해 달라고 어찌나 사정하던지……."

"허어! 지금 농담이나 할 때란 말이오?"

제가가 정색하자 인동도 비로소 농담기를 지웠다.

"사춘 선비님이 의금부에 자수한 다음날 거래하던 책쾌 배경도가 잡혀 들어갔다는 이야기는 제가 했지요? 경도 형님은 같은 일을 오래 해놔서 소생과도 교분이 있습지요."

"……."

"경도 형님이 몇 년 전에 상처하고 홀아비 처지인데 열네 살 먹은 딸과 아홉 살 먹은 아들과 구리개에 살고 있지요. 그 딸이 아비를 닮아 이야기책을 좋아하고 성음이 좋은지라 어릴 적에 언문을 깨치고 지금은 대가 댁에 책비(양반가에서 안주인에게 책을 읽어주는 여종이나 책 읽어 주고 삯을 받는 여성)로 드나들고 있습니다. 저도 어릴 적부터 봐오던 아이인데, 오늘 종로 담배포에 전기수 책 읽는 데 들렀다가 그 아이와 마주쳤습니다."

"……?"

"담배포 앞을 서성거리던 그 아이가 저를 보더니 소매를 끌고 골목으로 가지 않겠습니까. 그러더니, 미중 선비님이란 분을 찾고 있는데, 아저씨가 선비들을 많이 아시니 혹 행방을 수소문해 볼 수 있겠느냐 묻더군요. 그래서, 미중 선비의 행방은 나도 모르지만, 그분의 제자 되는 젊은 선비는 알고 있다고 했더니, 그럼 그 선비님이라도 꼭 만나게 해달라고 통사정을 합디다."

"무슨 일이라 하였소?"

"그저 꼭 전해드릴 게 있다고만 하였습니다. 그게 무어냐고 물어도 고 계집아이가 입을 꼭 다물고 선비님을 만나서 직접 드려야 한다고 해서…….”

"그래서요?"

"선비님이 지금 문 안으로 출입하기가 난처한 처지이니 그 아이더러 내일 해거름에 문밖으로 나오라 하였소이다. 칠패 지나 큰고개 초입에 청풍 김씨네 제각이 있는데 거기라면 왕래하는 사람이 뜸해서 남의 눈을 피하기가 좋지 않겠소."

"……."

생면부지의 처녀 아이가 미중 선생에게 반드시 전해야 할 것이 무엇인지 도무지 감이 잡히지 않았지만, 사춘 선생에 이어 그 아이 아비까지 의금부 옥청에 갇혀 있으니 무슨 사연이 있을 터였다. 원래 계획으로는 아침을 먹고 나서, 미중 선생을 찾아가야 하니 인동더러는 앞으로 일을 알아서 하라고 이를 작정이었지만, 미중 선생에게 전할 물건이 있다니 그걸 받아 가야 할 모양이었다. 제가는 더는 묻지 않고 고개를 끄덕였다.

*

제가가 해가 지기만을 기다리며 옹기굴에 갇혀 있는 사이

문수사에서는 백탑 계원들이 모여 앉아 있었다. 박지원, 백동수, 이덕무, 이서구 등이었다. 그때쯤엔 그들도 상황의 심각성과 진행되는 사태가 가진 정치적 의미를 어렴풋이 깨닫고 있었다.

이서구가 먼저 입을 열었다.

"지금까지 사태가 흘러온 것을 보면 뭔가 좀 이상합니다. 박필순이 느닷없이 고변한 경위라든가, 전하께오서 기다렸다는 듯 불같이 진노하시며 사대부를 잡아들이시라 엄명하신 것, 그리고 사춘 선생은 물론 여러 노론가 사대부들이며 역관과 책쾌들에게 불문곡직 철퇴를 내리신 것 하며 모든 것이 우발적으로 일어난 일은 아닌 듯합니다."

이덕무가 되물었다.

"그럼…… 무슨 배후라도 있다는 소리인가?"

"아직 단언할 수는 없습니다만, 사태가 흘러온 정황을 살펴보면 연로하신 전하가 단독으로 이렇게까지 크게 일을 벌이신 것 같지는 않습니다."

"……그렇다면?"

규수가 수틀에 메운 비단에 한 땀 한 땀 바느질하듯 서구는 한 마디 한 마디 골라가며 신중하게 답했다.

"아무래도…… 이번 일을 뒤에서 주관하는 분이 따로 있는 듯하온데, 단정할 수는 없으나 아무래도 세손 저하가 아닐까 싶습니다만……."

"뭐야!"

세손이라는 말이 나오자 모두 깜짝 놀란 얼굴이 되어서 서로를 마주 보았다.

덕무가 믿지 못하겠다는 얼굴로 이서구를 바라보았다.

"그럴 리가……. 저하께서야 종일 춘궁에 앉아서 강을 듣고 책이나 읽으시는 분인데, 게다가 감시의 눈도 한둘이 아닌데 어떻게……."

그러자 이서구가 떡메로 말뚝을 박듯 한마디 던졌다.

"덕로(홍국영)가 있질 않습니까."

"허!"

이번에는 다들 말이 없었다. 좌중에는 긴 침묵이 흘렀다.

이서구가 말을 이었다.

"제가 듣기로는 덕로가 그동안 여러 가지 일을 했다고 합니다. 도성에 여러 경로로 귀와 눈을 심어 노론가의 돌아가는 사정과 그들끼리의 의논, 시중의 여론을 수집해 저하께 정기적으로 보고드렸다고도 하더군요. 하니, 필시 이번 일도……."

지원이 보일 듯 말 듯 고개를 끄덕였는데, 백동수는 여전히 납득되지 않은 표정이었다.

"그게 덕로가 꾸민 일이라고 친다면, 왜 우리에게 칼날이 겨누어졌단 말인가. 여기 미중 형님을 비롯해 백탑 계원 모두에게 포착령이 떨어졌고, 사춘은 의금부에 구금돼 있고 혜보도 좌포청에 잡혀 들어갔다 하고…….”

“글쎄 그 까닭까지는 시생도 잘 짐작되지는 않습니다만.”

그때였다.

눈을 꿈뻑거리고 있던 덕무가 뜻밖의 소리를 꺼냈다.

“만일 낙서의 이야기가 사실이라고 친다면, 혹시 재작년 금성위의 별서에서의 일 때문이 아닐까요?”

“……?”

“생각해 보십시오. 세손과 우리들이 군신회맹을 했다는 사실이 세간에 알려진다면 어떨 것 같습니까.”

“……!”

“아마 노론이 저하를 공격하는 호재로 삼겠지요. 국본의 몸으로 저잣거리에 나와서 도성의 백면서생들과 작당해서 나라의 대신들을 모해했다는 공격이 벌떼처럼 일어날 겁니다. 자칫 전하가 구존하신 터에 권력을 탐했다고 역모로까지 비화될지도 모릅니다. 사도세자를 음해한 자들이니 세손이라고 그렇게 몰아가지 말란 법이 있습니까.”

다들 얼굴이 일그러졌다. 덕무의 말대로라면, 노론이 문제로 삼는다면 아닌 게 아니라 폐세손 소리까지 나올 수도 있는 일이 아닌가. 얽기에 따라서는 역모에 준하는 사태로 비화하지 말라는 법도 없는 일.

"그렇다고, 세손께서 어떻게 우리를 하루아침에 이렇게 버리신단 말인가요!"

동수가 우렁우렁한 목소리로 외쳤다. 이서구는 잠잠이 생각하는 듯하다가 말을 이었다.

"글쎄요. 모르는 일이기는 하지만 그날의 회맹을 노론이 눈치를 챘는지도 모릅니다. 그러기에 이 사단이 생겼는지도 모르지요. 사춘 선생께서 스스로 자수한 일이나, 혜보가 붙잡혀 간 일이나, 하루아침에 우리 백탑 계원에게 관헌이 들이친 일이나 모두 우연이 아닌 듯합니다."

그때였다. 동수가 갑자기 깬 듯한 표정이 되어 "아!"하고 소리쳤다. 다들 동수를 돌아보았다.

"그러고 보니 짚이는 일이 있소. 말씀드린다는 게 경황이 없어 깜빡 잊었는데……."

모두의 시선이 쏠리자 동수가 서둘러 말을 이었다.

"왜 엊그제 내가 의금부 나장질 한다는 친구 만난 이야기를 했잖소. 어제 그 친구를 다시 불러내 모주 한잔을 나누었는데, 그 친구 말이 구선복이 야밤에 사춘 형님을 옥청에서 끌어내 따로 신문했다 하오."

"구선복이라면 금위대장(궁궐과 수도를 경비하는 금위영의 사령관으로 종2품직) 하는……?"

"그렇소."

"그렇다면…… 뒤주에 갇히신 사도세자를 감시하고 세자께 폭언과 모욕을 가한 바로 그자가 아닙니까."

"왜 아니겠나."

구선복은 현재 무장 중에 가장 현달한 자였다.

올해 쉰네 살의 구선복은 정사년(1738-영조 14년)에 무과에 급제했는데 금위영 초관으로 환로를 시작하여 황해도와 충청도 수사가 되었다. 구선복이 결정적으로 현달한 것은 임오화변 때 사도세자가 뒤주에 갇히자 선전관이던 그가 감시를 맡았는데, 뒤주 앞에서 떡을 먹고 술을 마시면서 더위와 기아로 기진한 세자에게 "그대가 배고프고 목마를 테니 떡을 주랴, 술을 주랴?"하고 능멸하고 뒤주에 가래침을 뱉은 일 때문이었다. 이 일로 홍인한의 눈에 든 그는 이후 노론의 후원을 입고 승승장구했는데 도호군, 도총관을 거쳐 통제사와 북병사로 전임되었고, 내직으로 돌아와 우포도대장, 좌포도대장을 맡았다가 훈련대장, 총융사 등 군부의 요직을 돌아가며 차지했다. 그러다가 재작년에 금위대장에 보임되면서 비변사 당상을 겸임하고 있는 터였다.

정권을 유지하자면 군부를 손에 넣어야 하는 만큼 구선복은 말하자면 노론의 사냥개 같은 자였는데, 홍봉한과 인한이 임란과 호란 이래 의정부를 대신해 행정권과 군사권을 사실상 통괄 관장하는 비국(備局-비변사의 별칭)의 당상관에까지 그

를 올린 것은 그자가 그만큼 노론의 전폭적인 신임을 받고 있
다는 뜻이었다. 비변사는 영의정이 도제조를 겸하지만 명예
직에 가깝고 사실상 실무를 지휘하는 자는 당상관이었으니
구선복은 조정의 군국기무를 손아귀에 틀어쥔 형국이었다.
병무에도 밝고 좌우포도대장을 겸은 만큼 기찰과 수사에도
정통해서 세간에선 그를 '무종(무가의 으뜸)'이란 별칭으로 불
렸고 군부 내에 그의 파벌이 거미줄처럼 깔렸다는 소문이었
다. 그런 만큼 시국과 권력의 향방에 민감했으며 눈썰미가 있
고 노회한 자였다.

"그렇다면……."

"그자에게 조야의 모든 정보가 취합되지 않소이까. 의금부
가 작성한 사춘의 근각(根脚–죄인의 신원조회 기록)을 읽다가 뭔
가 낌새챘겠지. 그래서 판의금을 찾아가 사춘을 내놓으라
고 했다더구먼. 죄인에게 역모 혐의가 있다나 어쨌다나 하면
서……."

동수가 전한 금부나장의 이야기는 이러했다.

어명으로 의금부가 수사 중인 죄인을 함부로 내놓으라니
있을 수 없는 일이었다. 며칠 전 부임한 판의금 이명식이 품
계로는 높다 하나 워낙 구선복의 위세가 당당한지라 역모 운
운 을러대는 소리에 마침내 뿌리치지 못하고 '전하가 친국하
실 죄인이니 함부로 이송할 수는 없고 대신 의금부에 와서 직

접 신문하라'고 한발 물러섰다.

구선복의 명으로 나장들이 옥청에 갇힌 이희천을 끄집어내 국청 마당에 꿇린 것은 희천이 자수한 그다음 날 밤이었다. 선복은 당하에 꿇려진 희천에게 자수한 경위를 집중적으로 캐물었다. 희천이 전하의 포고령에 복종해서 스스로 금부에 자수했다고 자복했으나 선복은 믿지 않고 주리를 틀며 호령했다.

"네가 노론 명문의 후예로서 과거에도 응하지 않고, 평소에 조정에 대한 불만이 많았다더구나. 게다가 성현의 말씀을 멀리하고 연경에서 수입된 양이의 요망한 잡서를 읽으며, 백탑 시단이니 뭐니 허랑한 자들과 동류가 되어 조정에 대한 불만을 터뜨리고 탁상공론을 내뱉기를 서슴지 않지 않았더냐? 그런 네가 조정의 타이름에 순응해서 새삼 자수를 했다? 그걸 누가 믿겠느냐? 대체 누구의 사주를 받았느냐."

우둥불이 이글이글 타는 의금부 옥청 마당에서 희천은 악형을 받으면서도 끝내 홍국영의 이름을 팔지 않았다. 일단 그의 이름을 불면 잇따라 세손을 불지 않을 수 없고, 재작년의 군신회맹을 토설하지 않을 수 없기 때문이었을 것이다. 단근질로 누린내가 등천하고 비명이 담장을 넘었는데, 희천은 온몸이 부서지는 매질에 기절하고 깨어나기를 반복하면서 마침내 걸레처럼 늘어졌다. 희천이 입을 다물고 끝내 혼절하자 구

선복은 도로 옥방에 처넣고는 평소 희천과 거래가 잦았던 책
쾌를 탐문해 그 밤으로 배경도를 잡아 오게 했다.

배경도는 처음에는 희천에게 『명기집략』을 넘긴 사실을 잡
아뗐으나 악형이 거듭되자 결국 실토했다. 4경(새벽 3~5시)까
지 계속된 고문 끝에 결국은 희천에게서 일봉 문건을 맡았던
사실까지 자백하고야 말았다.

"그 봉투 속에는 무엇이 들었더냐?"

"소인이 열어보지 않아 자세히 모르오나, 왕실의 안위와 조
정의 미래에 관련된 중대한 문서란 말은 들었습니다."

"왕실의 안위……, 조정의 미래에 관한 것이라?"

한평생 음모의 아수라장에서 살아남은 눈치 빠르고 노회한
구선복이 그 말의 의미를 잡아채지 못했을 리가 없었을 것이
었다. 이건 세손과 관련돼 있다! 그리고 노론을 공격하는 빌
미가 될 자료임에 틀림없다!

그는 급히 도사에게 나장들을 딸려 배경도의 집을 뒤지게
하고, 다른 한편으로는 희천의 집도 수색하는 한편 그 처자식
을 잡아오게 했다…….

동수의 이야기를 듣던 덕무가 나직이 말했다.

"그렇다면, 사춘 선생이 가지고 있었다는 그 문건이 바
로……. 그런데, 그걸 왜 사춘 선생이 가지고 있습니까? 세손

저하가 가지고 계실 터인데……".

지원이 무겁게 고개를 가로저었다.

"그날 중국의 고례에 따라 부본을 만들지 않았던가? 회맹제가 끝나고 연회를 하다가 먼저 자리를 뜨시던 저하께서 담헌 형과 나를 따로 부르셨네. 담헌 형이 부본을 보관할 것을 끝내 사양해서 백탑의 좌장 격인 내가 떠맡게 되었지. 그리고…… 저하께서 내게 전하의 어제 묘지명도 은밀히 건네셨다네. 동궁에는 노론과 왕후, 문 숙의의 첩자가 득실거려서 어디 숨겨놓을 데가 마땅찮다시며 내게 따로 보관할 것을 당부하셨지. 그랬는데, 자네들 알다시피 내가 성정이 조야하여 잘 보관할 수 있을지 걱정이 되어서 성격이 치밀한 사춘에게 그 문건들을 주고 보관해 달라 부탁했었네. 그건 둘만의 비밀이어서 저하나 덕로도 모르고 있었을 걸세."

"회맹문의 부본은 군신이 나눠 보관한다 치고 저하는 왜 어제 묘지명을 덕로에게 맡기지 않고 선생님께 부탁했을까요?"

"글쎄, 그건 나도 모르겠네. 하지만 노련한 투전꾼은 한 곳에 판돈을 몽땅 걸지 않고, 토끼는 굴을 팔 때 한 군데만 파지 않는 법이지. 군주는 신하를 온전히 신임하는 것처럼 믿게 만든다 할지라도 실제로는 전부를 신뢰하지는 않으시네. 그게 군주의 용인술이라는 것일세."

지원의 말에 다들 침묵했다. 이윽고 논리적이고 명석한 서구가 경과를 종합했다.

"그럼 이런 이야기가 되겠군요. 덕로가 박필순에게 벼슬자리 같은 미끼를 줘서 『명기집략』 건을 상소하도록 사주했다, 세손 저하는 전하를 독대해서 『명기집략』이 시임 대신은 물론 노론 벌열가에 널리 유포돼 있으니 단속하시라고 넌지시 품했다, 전하께서는 홍봉한과 인한의 무리를 견제할 절호의 명분을 잡았다고 판단하시고는 대신들을 불러 진노하시는 모습을 짐짓 보이셨다, 그 틈을 타서 덕로가 사춘 선생을 찾아가 자수를 권유했다. 이렇게 되는 것 같습니다."

그때 동수가 끼어들었다.

"홍국영이 왜 사춘에게 자수를 권했단 말인가?"

이서구가 설명했다.

"덕로로서는 노론 벌열 세력에게 보여줄 본보기가 필요했던 게지요. 그자들에게 겁을 주려면 아무래도 같은 노론 집안의 자제가 좋지 않겠습니까. 아마 덕로가 사춘 선생에게 이렇게 말했을 겝니다. 『명기집략』 건으로 노론 세도가를 한꺼번에 그물에 옭아넣으려면 그 책을 가진 사람이 자수해서 전하의 친국을 받는 충격 요법을 쓰는 게 효과적이다, 노론 서생으로서 친국 중에 그 책을 소지한 노론 세도가의 이름을 밝혀 공론화한다, 사춘 선생이 그 일을 좀 맡아달라, 잠깐만 고초를 겪으면 저하와 내가 책임지고 방면해 드리겠다, 그게 바로 회맹문에서 결의한 대로 세손께 충성하는 길이다.' 고지식한 사춘 선생이 그 말에 넘어가신 게지요."

좌중에는 다시 침묵이 내려앉았는데, 서구가 말을 이었다.

"그 와중에 노론의 사냥개 구선복이 냄새를 맡았던 게지요. 그래서 되치기를 하려고 사춘 선생에게 악형을 가하고 책쾌 배경도를 잡아 와서 고신을 했던 것이고…… 아마 구선복이 홍인한에게도 보고했을 겁니다. 인한은 부랴부랴 내통하는 궐내의 내관을 시켜 진장각을 샅샅이 뒤지게 했을 것입니다. 그런데, 먼지를 뒤집어쓰고 처박혀 있어야 할, 위조된 사도세자 어제 묘지명이 감쪽같이 사라진 것을 알게 됐을 것입니다. 뒤늦게 그게 저하의 손에 넘어간 것을 깨달은 인한이 몸이 달아 그 문건을 찾아내라 닦달했을 겁니다. 그런데 시생의 추측으로는 구선복이 아직 문제의 문건을 손에 넣지는 못한 듯합니다. 그러니, 그 문건이 다른 백탑 계원 손에 넘어가지나 않았나 해서 사흘 전 새벽부터 미중 선생님과 혜보 등등의 집을 염탐하거나 덮쳤던 게 아니겠습니까. 물증만 확보된다면, 우리 모두를 잡아들여 세손과의 붕당죄, 나아가 연로한 전하를 폐하고 세손을 옹립하려 했다는 역모로까지 몰아갈 작정이었을 겁니다."

이번에는 덕무가 끼어들었다.

"그런데 미중 선생님을 덮친 것은 의금부 나장들이 아니라 좌포청 포교들이라지 않았소? 혜보가 잡혀 들어간 곳도 좌포청이고……."

"구선복이 따로 좌포청을 움직였겠지요. 어명에 따른 공적인 수사는 의금부가 맡지만, 문건을 찾아내는 일은 은밀하게 해야 하니까 좌포대장을 불러 물밑에서 지시를 내렸을 겁니다. 구선복이 좌포대장을 두 번이나 지냈으니 그쪽 수하들도 적지 않을 게구요."

그때 박지원이 침중하게 입을 열었다.

"낙서의 추론이 대강 맞을 걸세. 덕로는 회맹문과 어제 묘지명이 세손 저하에게 있을 것으로 알고 뒤탈이 없을 사춘을 자수시켰는데, 그게 나에게 넘어왔다는 걸 뒤늦게 알았겠지. 구선복이 눈치를 채고 선불 맞은 멧돼지처럼 그 문건을 찾느라 날뛰고 있다는 것도 그때야 알게 됐을 걸세."

"그럼……."

"내가 구선복에게 붙잡혀서 그 문건을 빼앗기기라도 한다면 큰일이지 않겠나. 덕로가 혹을 떼려다 자칫 혹을 붙일 판이 되어서 어, 뜨거라 하고선 문건을 회수하려고 나를 찾아 헤매고 있을 걸세. 어제 묘비명은 봉한과 인한에겐 언제 목에 떨어질지 모르는 칼날이고, 회맹문은 반대로 저하께는 발목에 채인 차꼬일세. 어느 쪽 손에 들어가거나 반대편은 치명상을 입게 되겠지. 그러니, 우리는 지금 구선복과 홍국영 양쪽으로부터 협공을 받고 있는 처지란 말일세."

말하다 말고 지원은 깊은 한숨을 내쉬었다. 이래서 감위수 괘상을 내가 뽑았단 말인가.

"어떻게 되든, 사춘의 목숨이 경각에 달렸네. 전하께서 대신을 입시시켜 친국을 벌이실 때 사춘이 행여 입을 열면 어떻게 되겠나. 아직은 양쪽 모두 문서를 입수하지 못해서 살려두고는 있지만 손에 넣는 순간 입을 막으려고 물고를 낼 걸세. 이거 큰일 나지 않았나."

덕무가 나직이 중얼거렸다.

"우리는 덕로를 통해 세손 저하께 사태를 알려 사춘 선생을 빼내 주십사 부탁하려고 했는데, 우리가 순진했다는 거 아닙니까."

다시 좌중에는 우물처럼 깊은 정적이 감돌았다.

8

함정

신묘년 오월 스무사흘

제가는 해거름에 인동을 따라 옹기굴을 나섰다. 어젯밤엔 얼굴이 하얗게 질렸던 인동은 스적스적 걸으면서 이런저런 농담을 꺼냈다. 원래 책 거간꾼들이란 말도 많고 재담도 승한 법이라 제가는 빙긋 웃어주면서 고개를 끄덕이기만 했다. 쌍룡산을 넘어 큰고개 마루에 이르니 눈 아래로 푸른 벼가 촘촘히 꽂힌 너른 들판이 나왔다. 오솔길을 내려와 논둑길을 가로지르니 나지막한 야산 자락에 몇 개의 무덤이 흩어져 있었고 그 아래 기와를 올린 제각이 서 있었다.

"저깁니다."

제가는 말없이 인동의 뒤를 따랐다. 해가 마악 져서 사위가 어둑했다.

"이 시간에 처자를 이런 외딴곳으로 나오라고 했소?"

"하, 사람 눈을 피하려다 보니……."

인동이 제각 앞으로 갔다.

"진아야, 진아 왔느냐. 인동 아저씨다."

인동이 나지막이 외치자 비각 아래서 흰 무명 저고리와 검은 치마를 입은 처자가 나왔다. 탐스러운 머리채를 모아 말뚝댕기를 한 처자는 키는 크지 않았지만 호리호리한 몸매였다. 귀염성스런 동그란 얼굴에 꼭 다문 입매 하며 눈빛이 야무져 보여서 과연 대가댁 마나님 상대로 언문 소설을 읽어줄 만해 보였다. 처자는 인동에게 고개를 살짝 숙였다. 인동이 진아를 돌아보았다.

"이 어른이 미중 선생의 수제자 되시는 선비님이란다."

처자는 살피는 눈빛으로 제가를 건너보더니 허리를 꺾어 나붓이 인사했다.

"그래, 나를 보자 한 이유가 무엇이더냐?"

"……제 아비는 책쾌 배가라 하옵는데 이레 전 사춘 선비님 댁을 다녀오시면서 일봉 문서를 지니고 오셨는데, 나라의 귀한 문서가 들었으니 잘 보관하고 있다가 아비에게 무슨 일이 생기면 반드시 미중 선비님께 전해드리라 하셨습니다. 아닌 게 아니라 그 이틀 후 관헌들이 저희 구리개 집으로 들이닥쳤습니다. 아비는 오라에 묶여 끌려가고 소녀는 아비가 맡긴 봉투를 가슴팍에 끼고 담을 넘어 달아났습니다."

"흠……."

"길에서 우연히 마주친 이웃집 아주머니가 기찰포교들이 연일 저희 집을 감시하고 있고, 저를 포착하려고 눈에 불을 켜고 다닌다 하더이다. 이러하니 그 봉투를 계속 품에 지니고 다니기도 어렵거니와 소녀의 짧은 생각에도 예삿일이 아닌지라 바삐 봉투를 전해야 하겠으나 미중 선비님의 종적이 묘연하여 거리를 헤매는 중에 종로에서 인동 아저씨를 만났더니……."

"그러하냐. 어떤 문서라고 아비가 이르더냐?"

"그 내용은 듣지 못했습니다만 나라의 명운을 가르는 중요한 문서라고 했습니다."

사춘 선생에게 나라의 명운을 가르는 중요한 문서가 무어 있겠으며, 의금부에 나아가기 전에 심부름꾼을 시켜 그것을 급히 전해야 할 사정은 또 무엇일까. 알지 못할 말이어서 제가는 고개를 갸웃했다.

그때였다. 제가의 머리에 천둥 치듯 어떤 생각이 스쳐간 것은.

아, 그것이었나.

그런데, 그것을 어떻게 해서 사춘 선생이 가지고 있었단 거지?

"그래, 봉투는 가지고 왔느냐."

"오늘은 가져오지 않았습니다."

"뭐야!"

"제 아비가 미중 선비님께 직접 전해드리라 신신당부했던지라 오늘 선비님을 뵙고 미중 선비님을 뵙는 길잡이가 되어 주십사 청하려 하옵니다."

들어 보니 처자의 말이 사리에 맞고 분명하니 과연 경도가 문서를 맡길 만하다 싶었다. 제가는 하늘을 한번 올려다보았다가 처자를 똑바로 보았다.

"그런데 어떡하느냐. 우리도 지금 관헌의 추적을 피해 산지 사방 흩어져 있는 까닭에 나도 이 늦은 밤에 미중 선생님을 찾아뵙기는 어렵다."

"……."

처자의 눈에서 실망의 빛이 어렸다. 제가는 서둘러 말을 이었다.

"그럼 이렇게 하자꾸나. 너도 보아하니 쫓기는 처지인 것 같으니, 오늘은 나랑 함께 가자꾸나. 지금 내가 머무르는 곳이 예서 그리 멀지 않다. 네가 잘 방도 따로 있을 게다. 내일 날이 밝는 대로 네가 문서를 가져오면 같이 가서 미중 선생님을 뵙도록 하자꾸나."

제가의 생각으로는 하룻길이 착실히 걸리겠지만 내일 아침에 처자에게 문서를 찾아 조지서 앞으로 오라 해서 함께 산길을 에돌아 문수사를 찾아가면 될 것 같았다. 처자가 얼른 답을 못 하고 머뭇거리는데, 두어 걸음 떨어져 있던 인동이 슬금슬금 자리를 피했다.

"어, 소피가 마렵군. 얼른들 의논을 마치십쇼."

인동이 제각 뒤편 소나무 숲으로 사라졌는데, 제각 뒤에서 문득 사람 그림자가 비쳤다. 어둠 속에서 흔들리는 그림자는 넷이었다. 그림자는 두억시니처럼 천천히 다가왔다.

"누구시오?"

그를 둘러싼 검은 그림자 중의 하나가 팔짱을 낀 채 빙글빙글 웃었다.

"댁이 붓골 박 선비이시오? 우리는 좌포청 포교들인데 같이 좀 가 주셔야겠어."

"뭐냐? 네 놈들은! 포교라면 통부(의금부와 포도청의 군관 신분증)를 보여라."

장한은 웃음을 지우지 않은 채 한 발 더 다가왔다.

"허! 급히 오다 보니 통부를 빠트렸구려. 포청에 가서 보여 드리지."

이건 또 무언가.

때가 때인지라 제가는 머리끝이 곤두섰다.

"뭐냐! 신분을 밝혀라."

"하! 이 버마재비 같은 젊은 선비님이 우리가 누군지 알고 싶다신다. 애들아, 알려 드려라."

앞뒤를 막아섰던 장한 둘이 팔을 벌리고 다가섰다.

아차! 함정에 빠졌구나.

제가는 정인동이 포청의 끄나풀이 되었음을 비로소 깨달았다. 오늘 아침부터 씩둑꺽둑하더니 조금 전 핫바지 방귀 새듯 사라지지 않았나. 제가 자신이 먼저 정인동을 찾은 터였으므로 인동이 처음부터 제가를 노린 것은 아니었겠지만, 어제, 그제 한양 도성을 싸돌아다니다가 포청의 나그네에게 걸려든 모양이었다. 백탑 계원을 포착하는 데 협조하면 다른 책쾌와는 달리 매를 때려 절해고도에 노비로 박아 넣지는 않겠다고 회유했을 것이었다.

제가는 몸을 돌려 뒤도 돌아보지 않고 들판을 향해 뛰었다. 그러나 도포짜리 허약한 제가는 사내들의 적수가 되지 못했다. 엉겁결에 논으로 뛰어들어 텀벙거리고 뛰자 사내 둘이 침착하게 뒤따라왔다. 사내들의 숨소리가 귓전에 들린다 싶은 순간 슬쩍 내민 발길에 제가의 발목이 걸렸다. 앞으로 자빠지면서 속절없이 첨벙하고 무논 바닥에 코를 박았고 그 서슬에 끈이 끊긴 갓이 달아났다. 사내의 완강한 미투리가 등판을 눌렀다. 팔짱을 끼고 선 사내의 우렁우렁한 목소리가 들렸다.

"그 선비님네, 양기가 팔팔하시니 우선 잠을 재워드려라."

등판을 밟고 섰던 장한이 제가의 상투를 잡아 일으켰다. 그리고 간결하고 날렵한 솜씨로 명치에 주먹을 퍽퍽 두 번 질렀다. 제가가 헉 하고 가슴을 감싸 쥐는데 가물거리는 시야로 처자 역시 장한에게 팔을 잡혀 버둥거리는 모습이 들어왔다. 다음 순간 삼베 홑이불이 그의 작달막한 몸뚱이에 덧씌워졌다. 제가는 혼절했다.

*

제가가 눈을 뜬 것은 삼경이 가까워졌을 때였다.

"으으으……."

온몸을 비틀다가 그는 눈을 떴다. 두 팔이 뒤로 결박돼 있었고 다리도 묶여 있었다. 보쌈하듯 홑이불을 씌워 끌고 오면서 어떻게 다루었는지 목이며, 어깨며, 등판이며 삭신이 쑤시지 않는 데가 없었다.

바닥에 널브러진 채 제가는 고개를 돌려 주위를 두렷거렸다. 아무리 봐도 포청 옥사는 아니었고, 전옥서나 의금부 옥청도 아니었는데, 여기저기 쌀가마가 놓였고 쟁기, 쇠스랑 따위가 벽에 세워져 있는 것이 어디 시골 부농의 광 같아 보였다.

시간이 얼마나 흘렀을까. 문득 끼익하고 광문이 열렸고, 관솔불을 든 장한 두 사람이 들어섰다. 그들은 제가에게 다가와 발을 들어 옆구리를 툭툭 찼다.

"으으……."

어쩔 수 없이 신음이 다시 새 나왔는데, 한 놈이 쭈그리고 앉아 관솔불을 제가의 얼굴에 바투 가져다 대었다.

"흠……. 깨어난 모양이우."

"그래? 그럼. 서방님께 고해야지?"

쭈그리고 있던 놈이 광 밖으로 나갔고, 다시 얼마간 있다가 갓 쓴 사내가 들어섰다. 일렁거리는 관솔불에 사내의 그림자가 광 벽에서 춤을 추었다. 제가는 억지로 눈을 떴다. 불빛 아래 한 사내가 허리를 굽혀 제 얼굴을 내려다보고 있었다. 그 사내의 얼굴을 본 순간 제가는 저도 몰래 고함을 쳤다.

"아니, 그대는…… 덕로 아니시오?"

홍국영이었다.

국영은 옅은 웃음을 머금었다.

"여기까지 오느라 고생이 많았네. 예가 아닌 줄 알지만 잠시 권도를 썼네."

국영이 제가보다 겨우 두어 살 많은 터수에 낮춤말을 썼는데, 나지막이 속삭이는 말투가 마치 동생을 대하는 형의 태도였다.

"여, 여기가 어디요. 그리고 덕로는 무슨 까닭에 나를 이렇게……."

"글쎄, 조금만 기다리게. 내 자네에게 묻고 싶은 게 있다네.

그리 어려운 건 아닐세."

홍국영은 해사한 얼굴에 웃음을 지우지 않고서 붙어선 장한들에게 제가의 뒷결박을 풀어주게 했다. 제가는 저리고 쑤신 팔을 돌리다가 다시 저도 모르게 비명을 토해냈다.

"자네는 무슨 일로 도성을 벗어나서 옛 종의 집에 숨어 있나? 선비가 종의 집에서 기거하다니 거 별로 보기 좋은 풍경은 아니지."

"……."

제가는 이 사람이 도대체 무슨 이런 한가한 소릴 하는가 싶어서 멀거니 올려다보았다. 인동이 포청의 기찰포교에게나 걸려들어 배신한 것으로 알았더니, 국영에게 매수된 것이 아닌가.

"그것은 되었고, 자네 미중 선생이 지금 머무르시는 곳을 좀 알려주게나."

"……."

제가는 일단 잡아떼기로 했다.

"미……중 선생? 그분이야 지금 탑골 댁에 계시지 않소?"

"에이, 이 사람. 시치미 떼기는……. 나흘 전 자네가 미중 선생으로부터 척독을 받고선 집을 나서지 않았나. 그때 포교들이 집에도 찾아갔을 터인데?"

유득공이 저처럼 미중 선생의 편지를 받았다가 한발 늦어

포교들에게 잡혀 들어간 걸 몰랐고, 또 국영이 포청에 심어둔 제 끄나풀에게서 전말을 전해 들었다는 것을 짐작조차 못 했던 제가는 짙은 의혹에 사로잡혔다. 이 사람이 어찌 미중 선생이 내게 척독을 보낸 걸 알고 있을까? 포교들이 집을 덮친 것은 또 어떻게…….

"미중 선생은 무슨 일로 찾으시오?"

"시국이 하 어수선하니 근심이 되어서 찾아뵈려는 것일세. 저하께서도 걱정이 많으시고……."

국영이 저하의 말을 꺼냈을 때 제가는 하마터면 미중 선생이 숨어 있는 곳을 댈 뻔했다.

"저하께오서는 사춘 선생의 일을 알고 계시오?"

국영의 청수한 얼굴이 문득 흐려졌다. 그의 얼굴에 얼핏 괴로움의 빛이 스쳤다.

"그러게나 말일세. 저하께서 그 일을 어찌 모르실까만, 자네가 알다시피 어디 그런 일에 끼어드실 형편인가. 전하께서 진노하셔서 주관하시는 일이니 손자 된 도리로 무어라 진언을 올리지도 못하고 냉가슴만 앓고 계신다네. 게다가 지금 노론들이 자기네 자제를 잡아갔다고 눈이 벌게져서 떼를 지어 상소를 올리고 나선 판이니 저하께서 끼어드실 머리가 있겠나."

"그렇다고 책 한 권 소지한 죄로 선비를 묶어서 잡아간단 말이오? 사춘 선생이 역적질을 했소? 강상 패륜을 저질렀소?

그도 아니면 사문난적이길 하오? 수십 년 전에 중국에서 나온 책을, 그것도 도성의 선비 명색이라면 다들 읽었을 책 한 권을 가졌다고 대역죄인 다루듯 끌고 간단 말이오? 아무리 전하의 처분이라지만 도무지 그 까닭을 알 수가 없소. 게다가 저하께서는 자애로우시고 소신이 강한 분이신데, 아무리 그렇기로 아끼던 재야의 총신이 곤경을 당했는데, 한마디 구명 말씀이 없으셨단 말이오? 일이 이 지경이 되도록 덕로는 또 무얼 했소?"

국영의 얼굴에서 쓴웃음이 떠올랐다. 그는 얇은 입술을 비틀면서 중얼거렸다.

"저하의 재야 총신이라……."

제가는 내친김에 말을 보탰다.

"재야 총신이 아니고 뭐요. 사춘과 우리는 저하의 맹약지신 아니오. 그리고 그 일을 주선한 것이 덕로가 아니었소. 그래서 우리는 지난 두 해 동안 견마지로를 다했거늘……."

그때였다.

국영의 눈썹이 꿈틀하더니 눈알에서 빛이 번쩍거렸다. 희고 갸름한 얼굴이 퍼렇게 질리더니 벼락 같은 소리를 내질렀다.

"이 자가 어디서 무엄한 참언을 입에 올리는가! 세손 저하의 맹약지신이라니. 임금과 신하가 어떻게 같은 반열에서 맹약한단 말인가! 바로 너와 같은 무엄한 언사를 농했기에 희천도 기군망상의 죄로 잡혀 들어간 것이다!"

제가는 기가 막혔다. 금성위의 별서에서, 신하가 어찌 감히 인군과 같은 반열에서 맹약을 맺겠느냐. 임금은 황극(皇極)이니 명령하는 자요, 신하는 받드는 자가 아니냐, 고 사춘이 말했을 때, 중국과 아조의 사례를 들어 그 정당함을 강변했던 자가 바로 국영이 아니었던가. 그런데, 지금 와서 제 말을 정반대로 뒤집질 않나.

국영의 노한 언성에 제가의 머리가 벼락 치듯 울렸다. 그때야 사태의 전말이 어렴풋이 깨달아졌다. 역시 무언가 음모가 숨어 있질 않나. 그리고 그 음모는 바로 국영의 머리에서 나오는 것이로구나.

국영은 제가의 저고리 동정을 움켜쥐고 코를 맞댈 듯 머리를 갖다 대고는 낮게 으르릉거렸다.

"잔말 말고 얼른 박지원이 숨은 곳을 대라. 네가 아니면 도대체 누가 알겠느냐."

이젠 아예 선생이니 하는 호칭도 떼고 이름을 함부로 불러 대니 제가는 그 와중에도 분노가 치밀어 올랐다.

"이 무엄한 놈아. 미중 선생님의 함자를 어찌 함부로 입에 올리느냐!"

국영은 잡았던 멱살을 휙 밀쳐 놓더니 수하를 돌아보고 말했다.

"이놈의 버릇을 좀 고쳐놔야겠다. 치도곤을 안기고 나서 음식은 물론 물도 주지 말고 가두어 두어라."

*

컴컴한 어둠 속에서 제가는 이를 앙다물었다. 매타작을 당한 엉덩이가 해어져 속적삼이 피에 젖어 눌어붙었고 피멍 든 삭신은 뒤챌 때마다 쓰라렸다.

"으으으……."

아무리 생각해도 제가는 자신이 부닥친 횡액을 납득할 수 없었다. 홍국영 저자는 내게 무슨 억하심정이 있기에 나를 이렇게 무지막지하게 다룬단 말인가. 아니, 백탑시사와는 또 무슨 악연이 있어 미중 선생을 잡지 못해 이 거조인가. 도무지 바깥에선 무슨 일이 일어나고 있는 것인가.

홍국영의 해사한 얼굴이 어둠 속에 떠올랐을 때 제가는 이를 갈았는데, 미중 선생이 언젠가 했던 말이 떠올랐다.

"덕로의 상을 보면 주역에서 말하는 '산택손'일세. 산택손은 산(☶) 아래에 못(☱)이 있는 형국으로, 연못 바닥을 파서 그 흙을 산 위에 보태어 높이는 것일세. 얼핏 산을 높이니 제왕의 위엄을 돋우는 것처럼 보이지만, 아래에 있는 백성을 수탈하니 결국은 제왕을 파멸로 이끄는 상일세. 효사를 보자면,

초구(初九)에 '일을 마쳤으면 빨리 떠나야 허물이 없고, 지난 일은 버려야 한다(已事遄往 无咎 酌損之)'고 했고, 구이(九二)에도 '이로우나 억지로 취하면 흉하니, 덜지도 더하지도 말라(利 貞 征凶 弗損益之)'고 되어 있네. 덕로는 처음엔 임금의 위엄을 높이는 공로를 쌓는 것처럼 보이지만 끝내 해악을 끼칠 자란 말일세. 스스로 분수를 알아 처신에 조심하고 일찍 물러나는 도를 배운다면 모르겠지만 욕심을 부려 영달을 탐한다면 필경 제 몸을 망치고 함께 가던 사람까지 해치게 될 자일세. 경계를 늦추어선 안 될 사람이네."

그때 제가와 덕무는 잘생긴 얼굴에 싹싹하고 기민한 국영을 두고 미중 선생이 노파심이 너무 많아서 폄훼하시지 않나 하고 생각했는데 지금 생각해 보면 미중 선생도 뭔가 짚이는 게 있어서 그런 말씀을 하시지 않았을까 싶었다.

"어쨌거나, 우리는 세손 저하를 위해서 할 도리를 다하지 않았던가. 그런데 어째서……."

어두운 광에 널브러져서 제가는 괴롭게 중얼거렸다. 그랬다. 지난해(경인년-1770년) 이른바 '최익남의 옥사' 때만도 그렇지 않았던가.

임오화변이 일어난 후 시간이 흐르면서 노론 안에서도 미묘한 쟁투가 벌어지고 있는 게 조정의 형세였다. 사도세자의 죽음에 적극적으로 가담했던 자는 홍인한이었지만, 그의 형이면서 사도세자의 장인이자 세손의 외조부인 홍봉한도 사위의 죽음을 방조했던 사람이었다. 노론의 의심을 피하려고 그랬는지는 모르지만, 그는 사위가 뒤주에 갇혀 있을 때 한강에 뱃놀이를 간 일로 뜻있는 이들의 비난을 받았던 터였다.

세자를 물고 낸 전하는 그 여파로 풍산 홍 씨들에게 국정을 맡기지 않을 수 없었는데 임오화변 직후 사임했던 홍봉한이 좌의정으로 복직한 후 영의정을 다시 맡았고, 인한은 각 조의 판서를 번갈아 지내며 승승장구했다. 뿐만 아니었다. 봉한의 맏아들인 낙인은 대사헌, 둘째와 셋째 아들 낙신과 낙임은 승지, 사촌 상한은 병조판서, 조카인 낙성은 이조판서, 낙명은 대사간의 자리를 각각 차고앉는 등 조정 요직을 독차지했다.

그나마 봉한은 사위가 죽은 다음엔 외손자인 세손을 암묵적으로 방조하는 태도를 취했는데, 딸인 혜빈 홍씨의 뒷날을 염려했기 때문일 것이다. 후환을 없애기 위해 아예 세손까지 제거하려는 노론 강경파는 이런 봉한의 태도를 못마땅하게 여겼다. 여기에는 봉한 일문의 득세에 대한 시기심도 섞여 있었음이 물론이었다. 이렇게 되어 세간에선 봉한 일족을 시파(時派)라 불렀고, 정순왕후 김씨와 그 친정 오라비 김귀주를 중심으로 세손을 제거하려는 일파를 벽파(僻派)라 불렀다. 나아가 조정 역시 봉한, 인한에게 아부하는 부홍파(扶洪派)와 홍씨 일문을 공격하는 공홍파(攻洪派)로 쪼개졌으니 대저 권력

의 속성이 그렇기 때문이다. 그리고 그러한 노론 내부의 균열
이 지난해에 들어와서 수면으로 떠올랐던 것이다.

지난해 3월 청주의 유생 한유가 상소문을 올렸다. 한유는
제 팔뚝에다 '죽음으로 나라에 보답한다'는 글귀를 새겨 넣고
도끼를 메고 상경했다. 그는 궁궐 문 앞에 엎드려 '홍봉한 부
자와 형제가 권력을 농단하고 있으니, 청컨대 이 도끼로 먼저
나를 죽이고 뒤에 홍봉한을 처단하옵소서' 하고 상소했다. 전
하는 홍봉한 일파가 조정을 장악하고 있는 상황에서 아직 정
국을 반전시킬 때가 아니라고 판단하여 한유를 귀양 보냈다.

다시 여덟 달 후인 11월에는 이조 좌랑 최익남이 상소를
올렸다. '왕세손에 책봉된 동궁이 아버지인 사도세자의 묘소
와 사당에 성묘도 하지 않으니 정과 예가 부족하고, 벽파의
시임 영의정 김치인은 사도세자의 죽음에 책임이 있을 뿐 아
니라, 당파를 짓고 있으니 처단하라'는 내용이었다.

최익남의 상소는 겉으로는 아버지 사도세자의 성묘를 게
을리하는 세손을 공격한 것이었지만 숨은 뜻이 있었다. 금상
께오서는 세손을 후사로 세우면서 아홉 살에 요절한 사도세
자의 이복형인 효장세자의 양자로 입적시켰으므로 법통으로
는 세손은 사도세자가 아닌 효장세자의 아들이었다. 그런데,
최익남이 생부에 대한 세손의 불효를 문제 삼음으로써 함구
령 속에서 암흑 속에 가라앉아 있던 사도세자의 참극을 정국

의 중심으로 끌어올린 것이었다. 당연히 사도세자의 죽음에 연관이 있는 노론의 정치적 책임 역시 부상하지 않을 수 없게 돼 버린 것이었다.

최익남의 상소는 홍국영이 뒤에서 조종한 것이라는 걸 백탑 계원들은 짐작했었다. 거대한 권력망을 구축한 노론 세력에서 균열이 일어난 것을 기화로 노론을 견제하여 세손의 정치적 운신의 폭을 넓혀 보려는 시도일 것이었다. 홍국영은 최익남의 상소를 부추긴 외에도 재야 유생의 지지 상소를 조직했는데, 홍대용과 박지원이 이에 호응하여 도성 선비들의 연명 상소를 올려 재야의 여론을 모으는 데 결정적인 역할을 했고, 약관 17세였던 이서구는 스스로는 성균관에 입학하지는 않았지만, 동문수학한 장의(학생 대표)를 움직여 재회(성균관 학생 총회)를 열어 김치인을 책벌하라는 유소(연명 상소)를 올리게 하였었다.

뿐만이 아니었다. 제가와 득공 같은 젊은 문인들은 시회나 이런저런 당대의 젊은 유생과의 술자리에서 취기를 빙자하여 시국담을 펼치면서 사도세자에 대한 처분의 부당함과 노론, 특히 홍봉한, 인한 일파의 농단을 은근히 유포하여 세손에 동정적인 여론을 만들어 내는 데 힘썼다. 조선은 재야 유림의 공론을 중시하는 나라이고 중요한 정국의 반전은 재야의 움직임에서부터 비롯되지 않았던가. 숙묘조의 환국도 사림의 상소로부터 비롯된 것이었으니. 백동수는 또 그의 방식대로 시중의 한량들을 모아 활터에서 오가는 세정이며, 일패 색주가 기생들을 매수해 노론 권신들의 술자리 모의를 수집한 다음 국영을 거쳐 세손께 전달하곤 했던 터였다.

어쨌거나 상께서는 탕평의 도를 들어 한유와 최익남의 상소를 모두 물리쳤으며 두 사람의 당여를 귀양 보내 중립을 취하는 모습을 보였지만 어쨌거나 정치적 타격을 입은 것은 집권 세력인 노론이 아닐 수 없었다.

뿐만이 아니었다.

노론 내의 이런 갈등 상황을 타고 전하는 또 다른 일을 시도했다. 영의정 김치인과의 독대였다. 정유년(1717-숙종 43년)에 선왕인 숙묘께서 노론의 실력자인 좌의정 이이명을 편전에 홀로 불러 왕세자 교체 문제를 담판 지었던 '정유독대'를 본뜬 자리였다. 숙묘께서는 장희빈의 아들이자 병약한 왕세자(후일 경묘)를 금상인 연잉군으로 교체할 뜻을 품고 사관과 승지를 물리친 채 불러들였던 것이다.

조선은 원래 임금과 신하의 독대가 엄격하게 금지된 나라였다. 왕이 대신을 인견할 때는 반드시 승정원을 통해 패초(임금에게 입시하라는 패찰)가 하달되어야 하고 국정에 대한 논의는 사관이 배석해 그 전말을 상세히 기록해야 하는 것이다. 숙묘께서 세자 교체의 의중을 밝히자 그 일이 불러올 파장을 의식한 이이명이 세자 교체 대신 거꾸로 세자의 대리청정을 품의했다. 세자에게 대리청정을 시켜 국정 처결에 사소한 잘못이 드러나면 그것을 핑계로 세자를 교체하겠다는 복안이었지만, 숨은 의도를 눈치챈 소론의 격렬한 반대에 직면해 대리청정은 좌절되고 결국은 경묘께서 즉위했다. 그러나 그것이 신임사화의 불씨가 된 것은 틀림없는 사실이었다.

금상께서는 부왕의 전례를 본받아 올해 2월 심야에 김치인을 불렀다. 쉰여섯으로 노론의 중진인 김치인은 사도세자의 죽음에 책임이 있다고 최익남에게 탄핵을 받긴 했지만, 벽파 중에서는 비교적 온건하고 원만한 성품으로 중망이 있었고 세손에게도 상대적으로 우호적이었기 때문이다. 당대의 권신이자 시파의 핵심인 홍봉한, 인한 형제와도 말이 통하는 사이였다. 퇴궐했던 김치인을 대전 내관을 시켜 패초도 없이 심야에 전격적으로 입시시킨지라 사관도, 승지도 그 독대를 감쪽같이 몰랐다.

상께서는 입시한 치인에게 "과인이 이제 여든을 바라보고 날로 기력이 쇠해지니 세손에게 대리청정을 명할까 한다. 세손도 이제 열아홉이니 국정을 배울 때가 되지 않았는가. 봉한과 인한 형제와 은밀히 논의해 보라"고 하교하셨다. 전하로서는 세손의 불안한 정치적 토대를 굳혀주기 위한 승부수였다. 치인은 "세손이 아직 어리시고, 전하께서 국정을 감당할 만하

시니 대리청정은 시기상조입니다"하고 반대 의사를 보이기는
했지만, 결국 봉한, 인한과 은밀히 의논해 보겠다고 약속했다.

그러나, 봉한과 인한이 세자의 대리청정에 극력 반대해서
결국은 유야무야된 상태로 잠복돼 버렸다. 전하와 김치인의
독대는 '정유독대'만큼 큰 파장을 낳지는 않았고, 그 어떤 기록
으로도 남지 않았다. 세손의 대리청정 건이 표면화하면 재야
의 여론이 세손에게 쏠릴 것을 우려한 노론 권신들이 오히려
쉬쉬하면서 덮어버린 것이다. 그러나 그들은 그 일을 계기로
세손의 전면 등장에 대한 우려와 경계의 눈길을 늦추지 않고
감시의 눈길을 더하고 있는 것이 작금의 정국이었다. 일시 후
퇴는 했지만 전하와 세손으로서도 대리청정이란 화두를 정국
의 중심에 던져 놓은 효과는 거둔 셈이었다.

그리고 석 달 만에 『명기집략』의 옥사가 일어난 것이다.

제가는 깨질 듯이 아픈 머리로 지금껏 일어난 일의 인과관
계를 추리해 보려고 애썼다.

왕후와 김귀주가 한유를 사주해 권력을 독점한 홍봉한 형제
를 탄핵했는데, 세손과 홍국영이 그 틈을 이용해 최익남으로
하여금 맞상소하게 해서 노론의 분열을 꾀했다, 그런 연후에
전하가 김치인을 불러 독대했다. 그다음은? 문득 제가의 등골
이 써늘해졌다.

세손의 대리청정이란 돌멩이를 노론이 장악한 조정이란 이

름의 호수에 던져 놓았으니, 노론이 경계하고 방해 공작을 펼 것은 자명한 이치였다. 그런 마당에 대리청정을 관철하려면 다음 수순은 노론의 약점을 잡아 기를 꺾어 놓는 것일 터였다.

그렇다면…….

애초『명기집략』옥사가 터진 것은 전 지평 박필순의 상소에서부터 비롯된 것이었다.『명기집략』이란 책이 조선에 들어온 지 이십 년이 넘었고, 웬만한 선비들은 그것을 소지하거나 읽어본 바였다. 하다못해 삼정승의 집에서까지 그 책이 나왔다지 않은가. 그런데도 그 책이 새삼 문제가 된 것은 무엇 때문일까.

그때 제가에게 섬광 같은 깨달음이 왔다.

그래, 이건 모두 세손 저하와 홍국영이 만들어 낸 기획이지 않은가!

어떤 계기였는지는 모르지만 머리 회전이 빠르고 잔꾀에 능한 국영이『명기집략』을 정국 흔들기에 써먹겠다는 데 생각이 미쳤을 것이고, 그것을 세손께 진언해 허락을 받았을 것이다. 그리고 노론이라 하나 벼슬길이 막혀 울울한 처지에 있던 박필순에게 접근해 상소를 올리라고 부추겼을 것이고. 필시 박필순은 홍국영의 꾐에 응했을 것이었다. 하기야, 전하께오서 벌떼 같은 중신들의 반대에 밀려 나중엔 귀양을 보내긴 했지만 필순을 인견하셔서 크게 칭찬하시고 일약 동부승지에 임명하셨다지 않나.

어쨌거나 그리되어서 상께서는 삼정승을 불러 크게 진노하는 양을 보이시고 도성의 선비들에게 자수를 명하시고, 경화사족의 집을 서캐 훑듯이 수색하시는 한편 노론을 포함한 숱한 선비를 잡아넣어 옥청을 가득 채우신 것이다.

칼자루는 임금이 쥔 형국이었다. 인묘를 광해에게서 권력을 찬탈한 패륜아로 몰아간 것은 나라의 근본을 뿌리째 부정한 중대한 사태였는데, 그런 주장을 담은 책을 소지했다면, 솥뚜껑으로 자라 잡듯 종묘사직을 흔든 난신적자라는 누명을 덮어씌워도 할 말이 없을 터였다. 좌의정 한익모가 임금의 노여움을 달랜답시고 "주린이란 자가 개인적으로 기술하여 이익을 취하려는 밑천으로 삼으려는 것에 불과하니 믿을 것이 못 됩니다. 그런데 어찌 지나치게 번민하십니까?"하고 아뢰었다가 공박을 당한 것은 바로 그런 사정을 말해주는 게 아닌가.

전하께서 이 책 한 권으로 새삼 정국을 뒤흔든 것은 그러니까 세손의 대리청정에 반대하는 노론 세력, 특히 홍봉한, 인한에 대한 견제이자 경고인 셈이었다.

하고 보면, 임금이 책쾌를 백여 명이나 잡아들여 초주검을 시키고, 역관을 관노비로 삼아 절해고도에 귀양 보낸 거조도 같은 궤도였다는 것을 제가는 뒤늦게 깨달았다. 그 참람하고 무엄한 책을 연경에서 구입하는 것에 역관들이 거간 노릇을 했으며, 책쾌란 자들이 그 책을 옷소매에 넣어 권문세가를 찾아다니며 벼룩 옮기듯 옮겼으니 치죄해야 한다는 논리였지만, 따지고 보면 몇 푼 구문이나 받아먹으려던 것뿐이었던 역관이나 책쾌에게 그리 엄중하게 죄를 물을 일은 아니지 않나 말이다.

역관의 수를 삼분의 일로 줄이고 팔포무역도 대폭 축소하라는 전하의 전교도 마찬가지였다. 전하는 이번 일을 빌미 삼아 노론 벌열 세족의 자금줄을 죄려는 게 아닌가. 인삼을 중국과 거래하는 팔포무역은 조선이 은자를 들여올 거의 유일한 통로였다. 게다가 인삼을 넘겨주고 들여오는 중국의 약재, 물소뿔, 비단 따위 고가품은 막대한 이익을 남기는 노다지였다. 팔포무역은 한어와 만주어에 능한 역관들이 경상(서울의 상단), 송상(개성 상단), 만상(의주 상단) 등 전국의 큰 상단들과 손잡고 벌이는 것이 상례였는데, 북촌의 노론 경화세족이 그들에게 밑천을 대는 숨은 큰손이었다. 그것은 노론 집권 세력의 정치자금 줄이자 부패의 고리였다. 상단으로부터 뇌물을 받는 한편 밑천 댄 이익금을 거두어 경치 좋은 골마다 화려한 별서를 만들고, 값비싼 중국 집물을 들여와 치장하였는데, 어떤 자는 들춰 보지도 않을 만권 서를 연경에서 들여와 커다란 서고에 채우곤 하지 않았는가. 조정 고관과 거상 대고들이 팔포무역에 따른 은밀한 이권 거래를 하느라 서린방과 운종가의 청사초롱 매단 색주가가 흥청거리지 않았던가.

이 모든 일의 배후엔 홍국영의 그림자가 어른거리고 있다! 여든이 가까운 전하에게서 이 모든 지모가 나왔을 리는 없을 것이다. 아마 국영이 이 모든 일을 그려내고 세손에게 고했을 것인데, 세손은 또 전하를 은밀히 알현해 『명기집략』의 건을 아뢰고 노론의 자금줄인 팔포무역의 단속을 품했을 것이었다.

사도세자가 다소의 기행과 비행은 있었다 하나 나경언의 고변에 적시된 그 엄청난 패륜을 실제로 저질렀다는 증거는 어디에도 없지 않나. 귀하디귀한 외아들을 뒤주에 넣어 죽인 당신의 처분이 노회한 노론, 궁중 비빈과 그 결찌들의 농간에 넘어간 결과였다는 것을 깨달았을 때 전하의 심중이 어떠했을까. 분노와 후회와 자책 속에서 당신의 처분을 스스로 부정하지도 못해 노론에게 조정의 채를 맡기고 지켜보아야 했을 전하의 비애는 또 무엇이었을까. 심연을 들여다보듯 황폐한 내면을 들여다보던 늙은 임금의 마지막 과제는 무사히 손자를 보위에 앉히는 것이 아니었을까.

그러니 국영이 이번 광대놀음의 숨은 꼭두쇠라면, 세손은 모가비 노릇을 맡았으며 전하께서는 친히 창우 노릇을 마다하지 않았다는 이야기가 되는 것이다. 제가는 세손과 국영이

노론 천하를 뒤집어엎을 환국의 계책을 가동 중이라는 것, 그
리고 백탑 계원들이 그 거대한 쟁투의 장기판의 말로 쓰이고
있다는 걸 깨달았다.

정치란 것은 백성을 어루만져 배곯은 자를 배부르게 하고,
추운 자를 따습게 하고, 아픈 자를 낫게 하고, 슬프고 괴로운
자를 화락하게 하는 것이거늘 이렇게 권모술수가 난무하지
않으면 안 된다는 것인지, 그렇지 않으면 권력이란 것을 쥘
수 없다는 것인지 스물둘의 백면서생 박제가는 이해할 수 없
었다.

| 9 |

호구

신묘년 오월 스무닷새

시간이 얼마나 흘렀을까. 까무룩 정신을 놓았던 제가는 타는 듯한 목마름에 눈을 떴다. 여전히 어둠이 뒤덮고 있었는데, 굳게 닫힌 광문 아래로 가느다란 햇빛이 새어들고 있었다.

말라붙은 입술을 마른 혀로 축이면서 제가는 여기에 얼마나 갇혀 있었는지를 가늠해 보았다. 이틀? 아니면 사흘? 들러붙은 뱃구레가 어제까지는 무언가 먹을 것을 내놓으라 요동을 쳤지만 이젠 그조차 지쳤는지 배고픔도 느끼지 못했다. 다만 타는 듯한 갈증을 달랠 한 그릇의 물이 갈급했다.

홍국영은 첫날 모습을 비친 이후로는 나타나지 않고 있었다. 광 밖으로 새소리가 이따금 들리는 것으로 보아 이곳은 도성이 아니라 성 밖 어디 한적한 농가인 것 같았는데, 그렇다면 국영은 지금쯤 도성 어디에선가 백탑 사람들을 잡아내려고 혈안이 돼 돌아다니고 있을 것이었다.

미중 선생님과 무관, 낙서는 지금 무얼 하고 있을까.

장복에게 다음 날 문수사로 가겠다고 했는데 아직도 기별조차 못했으니 다들 걱정하고 있을 터였다. 그들도 조정과 도성의 동정에 귀를 기울이고 있을 테니 사태의 전말을 대강 눈치챘을지는 모르지만, 제가 자신이 지금 홍국영에게 구금돼 있는 것까지는 짐작하지 못할 것이었다. 배경도의 딸이란 처자도 떠올랐다. 함께 붙들려 왔으니 그 처자도 지금쯤 꽤나 시달릴 터인데……. 자신이 빠져 있는 함정이 다시 생각해도 어이가 없었지만 당장은 빠져나갈 방도가 떠오르지 않아 애가 탔다.

문득 삐그덕 소리와 함께 광문이 열렸다.

빛살이 눈을 찔러 와서 제가는 얼굴을 찡그리며 몸을 일으켰다. 오후의 여름 햇살이 창날처럼 날카롭게 쏟아져 들어오고 있었는데, 한 사내가 햇빛을 등지고 서 있었다. 역광에 가린 얼굴이 얼핏 보이지는 않았는데 제가는 그 사내가 홍국영임을 곧 알아챘다.

"흥, 온 도성이 난리가 났는데 세상 편하게 자빠져 있으니 세월 가는 줄 모르겠지?"

제가는 분노로 온몸이 떨렸다.

"이, 역적 놈. 도대체 무슨 꿍꿍이속이냐?"

"역적? 허, 이놈 봐라. 내가 지금 왕실과 조정을 위해 견마지로를 다하고 있거늘 역적이라니?"

국영은 이죽거리면서 다가왔다. 그는 입매를 뱅글뱅글 돌리며 얇은 입술 끝을 치올려 조소를 지었다.

"그럼 네 놈이 역적이 아니고 뭐란 말이냐? 일찍이 미중 선생님이 너를 두고 오군(誤君-임금을 오도함), 기군(欺君-임금을 속임), 무군(無君-임금을 업신여김)할 상이라고 이르셨다. 주군을 잘못된 길로 이끄니 역적이 아니고 무엇이냐?"

"허, 이놈 봐라. 서얼 주제에 주둥이만 살아서 양반을 능멸하는구나. 이 입만 산 반쪽짜리 서생 놈아."

국영이 다가와 제가의 귀쌈을 후려쳤다.

"한 이틀 굶겼으니 이젠 정신을 차렸나 했더니 맛을 좀 더 봐야 하겠구나."

제가는 타는 듯한 시선으로 국영을 노려보았다. 국영은 빙글거리면서 허옇게 말라 껍질이 인 제가의 입술에 시선을 주었다.

"목이 마르지 않으냐? 물을 주련?"

"……."

"너도 책상물림이라 하나 서권 깨나 읽었을 터이니, 여기 처박혀서 머리를 굴려 앞뒤 사정을 헤아려 보았을 테지. 내게 협조하겠느냐?"

"이, 이 역적 놈이……."

"세손 저하도 너의 재능을 아끼신다. 여기서 쥐도 새도 모르게 죽어 나가지 말고 나를 도와라. 반드시 보답이 있을 것이니."

"이, 이놈아. 선비는 목을 칠지언정 욕을 보이는 법이 아니다."

"하, 반쪽짜리 개잘량이 선비의 도리는 착실하게도 배웠구나."

국영이 뒤에 선 장한에게 눈짓하자 그자가 곧 우물에서 바가지 가득 물을 퍼 담아왔다.

"목이 되우 탈 텐데 우선 물부터 마시고……. 다른 것은 필요 없다. 박지원이 숨은 곳을 알려주면 된다."

"모른다지 않았느냐!"

국영은 다시 빙긋 웃더니 제가의 얼굴에 바가지 물을 주르르 부었다. 차가운 우물물이 흘러내려 벌어진 입술 사이로 새어들자 목구멍이 아우성을 쳤다. 국영은 다시 빙긋 웃었다.

"시간이 얼마 남지 않았다. 딱 두 각을 주겠다. 그 시간 동안 진정한 충(忠)이 무엇인지 곰곰이 생각해 보거라."

다시 광문이 삐걱 닫혔고, 어둠이 제가의 젖은 얼굴을 덮었다.

*

그 시간 배경도의 딸 진아 역시 제가가 갇힌 농가의 헛간 다른 칸에 갇혀 있었다. 그녀 역시 뒷결박이 지어져 있었는데 국영은 수하들에게 역시 물도, 음식도 주지 말고 처박아 놓으라 일렀던 터였다.

제가를 협박한 다음 국영은 광문을 열고 진아를 문초했다.

"선비님은 누구시기에 백주에 양가의 처자를 납치해서 가둬놓으시나요. 양반이면 이렇게 백성을 침학해도 되는 겁니까. 양반은 이런 짓을 해도 국법에 저촉이 되지 않나요. 내 풀려나면 제일 먼저 포청에 현신해서 발고할 테요!"

진아는 기진맥진하고 두려운 와중에도 눈을 크게 뜨고 포탈을 떨었다. 국영은 진아를 내려다보며 빙그레 웃었다.

"하, 고년 앙칼지구나. 발고 하든 말든 네 마음대로 하려무나. 허나 그건 나중 일이고, 우선 나와 해결해야 할 일이 있느니라."

진아는 이번에는 대답 없이 쌔근거리고만 있었는데 국영은 그녀에게 다가서서 쭈그려 앉았다.

"네가 박제가를 통해서 박지원에게 전하려던 문서가 무엇이냐. 그리고 그 문서는 어디에 있느냐. 정진동에게서 다 들었으니 발뺌할 생각일랑 하지 말거라."

"쉰네가 무엇 때문에 선비님께 그 일을 아뢰어야 합니까? 저는 모르는 일입니다."

국영은 냉엄한 얼굴을 지어 보였다.

"허! 네가 내가 누군지 몰라서 이러는 게다. 네가 관직 이름이나 알는지 모르겠지만 나는 비국의 낭관이다. 지금 역모 고변이 있어 기찰 중이니라. 네가 바른대로 순순히 자백한다면 모를 일이로되 끝까지 뻗대거나 거짓을 고하면 쥐도 새도 모르게 죽어 나가게 된다."

"나리가 무슨 벼슬에 계시든, 무슨 기찰을 하시든 쉰네와 무슨 상관입니까. 쉰네라고 북촌 세도가에 연줄이 없는 줄 아십니까!"

국영은 피식 웃었다.

"허! 고년. 책비 주제에 양반네 내당 깨나 드나들더니 대단한 연줄을 만들었고나! 네 이년, 범 잡아먹는 게 담비다. 내가 바로 네가 말하는 그 대단한 양반네들을 죽였다, 살렸다 하는 저승사자인 줄 정녕 모르는 게냐!"

그때서야 진아는 풀이 꺾였다. 아닌 게 아니라 양반님네가 가장 무서워하는 게 '역모'라는 단어가 아닌가. 그 일에 연루되기만 하면 뜨르르한 고관 댁이 하루아침에 풍비박산되고, 양반님네들이 오라에 줄줄이 묶여 서소문 밖에서 목이 달아나지 않았던가. 그 도도하던 정경부인, 정부인들도 절해고도의 관비로 박히는 것을 듣고 보기도 했던 터였다.

국영이 이번에는 목소리를 낮추어 부드럽게 속삭였다. 오라비가 누이동생을 타이르는 말투였다.

"이번에 너의 아비가 의금부에 끌려간 것도 이번 일과 연관이 있느니라. 네 아비가 아무 일 없다는 듯 풀려나는 것도, 청파 다리에서 까마귀밥이 되는 것도 다 네 하기에 달린 일이다. 아비를 살리고 싶지 않으냐?"

"저의 아비는 아무 잘못도 없습니다. 책쾌 주제에 역모라니요! 그런 엄청난 일은 잘나신 양반님네나 하는 게 아닙니까."

"글쎄 두고 보면 알 일이다. 아까도 말했지만 내가 저승사자이니라. 시간을 한 시진 주겠다. 그 동안 생각을 잘 하여라."

국영은 그리고 뒤에선 수하에게 말했다.

"이 아이에게 물과 먹을 것을 주어라."

차려내 온 조밥과 토장국을 허겁지겁 먹어 치운 진아는 한 시진 후에 국영에게 토설했다.

"만약 제가 그 문서의 행방을 말씀드리면 나리께서 제 아비를 살려주시는 건 확실하지요?"

"허! 그렇댔두."

"약조하십시오."

"그럼, 약조하고말고. 뜨르르한 양반들의 역모를 적발하는 게 우리 일이지 책쾌 따위야 무슨 대수이겠느냐. 걱정하지 마라. 무사 방면시켜줄 테니……."

"제 아비가 준 일봉 서류를 열어보지는 않았어요. 열어본대도 쇤네가 진서를 뜯어 읽을 수도 없구요. 다만, 도망 다니는 처지에 그 봉투를 품에 지니는 게 아무래도 섬찟해서 어떤 분에게 맡겨 두었습니다."

눈꺼풀이 파르르 떨리면서 국영이 날카롭게 물었다.

"그래 누구에게 맡겼느냐!"

"제가 평소에 드나들면서 책을 읽어주던 북촌 양반님네 아기씨에게 맡겼어요. 그 댁 마님이 언문 소설 듣기를 좋아하셔서 저를 자주 부르시다 보니 아기씨와도 친해지게 되었는데, 아무래도 양반댁 별당이면 안전하지 않겠나 싶어서……."

"누구에게 맡겼느냐니까!"

"……종묘 뒤 부응교(홍문관 종4품) 댁이에요."

"뭐야!"

홍국영은 뒷골이 쭈뼛해져서 저도 모르게 고함을 쳤다. 종묘 뒤 홍문관 부응교라면 홍용한이 아닌가. 바로 철천지원수 홍봉한과 인한의 이복동생인 것이다. 국영은 안색이 변한 채 진아에게 재우쳐 물었다.

"그래 그댁 아기씨에게 뭐라고 하고 주었느냐!"

"다른 말은 하지 않았어요. 그저 저희 집문서라고, 재산 송사가 나서 제 아비가 옥청에 갇혀 있어 잘못하면 뺏길 수 있으니까 아기씨가 잠시만 맡아주십사고……."

"허!"

국영은 벌떡 일어섰다. 이거 큰일 나지 않았나. 홍용한의 딸이 진서를 얼마나 아는지는 모르지만 만에 하나라도 그걸 읽고 아비에게 넘겨주었다면……. 생각만 해도 등판에 식은땀이 흐를 일이었다.

광문을 나서면서 그는 수하에게 외쳤다.

"말을 어디다 매어 두었나!"

*

국영이 홍용한의 집에 도착한 것은 유시(오후5~7시) 말이었다. 말에서 내리자마자 그는 솟을대문 앞에서 외쳤다.

"이리 오너라!"

"누구시오?"

서너 번을 연거푸 외치자 떠꺼머리 상노가 협문을 빼꼼 열었고 뒤이어 허수청(높은 벼슬아치의 집을 찾은 손님이 대기하는 방) 옆 골방이 열리더니 청지기가 고개를 내밀었다.

"부응교께서는 퇴청하셨는가? 잠깐 뵈러 왔네."

"누구신지요?"

"서강에 사는 관찰사댁 손자 국영이가 문안드리러 왔다고 전해 주게."

제 상전네와 국영의 집안이 오래 불화하고 있음을 아는 청지기가 천둥벌거숭이처럼 뛰어든 국영을 아연한 눈빛으로 보았다.

"저희 영감께서는 막 퇴청하여 저녁을 잡수시고 잠깐 눈을 붙이신 터라 지금은 손님을 들이지 않습니다만……. 서방님은 새날에 다시 찾아오시지요."

국영은 짐짓 소리를 높였다.

"아니, 일가붙이 손자가 집안 할아버님에게 문안드린다는데 청지기 따위가 감히 축객을 해? 얼른 가서 여쭙지 못할까!"

이러니저러니 언성이 높아지면서 집 안팎이 떠들썩해지자 사랑 퇴창이 열리면서 홍용한의 상체가 드러났다.

"무슨 일인데 이렇게 시끄러우냐!"

국영은 그 말을 듣자마자 청지기를 밀치고 뛰어들 듯 사랑으로 다가갔다.

"할아버님, 저 서강 국영 올시다. 오랜만에 문안을 여쭈려고 왔더니 청지기 놈이 들여보내질 않는 바람에 소리가 좀 높아졌습니다."

아무리 버성기는 사이라고는 하나 일가붙이가 문안드리겠다는데 대놓고 쫓아낼 수도 없어 홍용한은 소태 씹은 얼굴로 내려 볼 뿐이었다. 용한은 올해 서른여덟 살로 장형 봉한보다 스무 살 연하인데, 국영의 할아버지 창한과는 8촌이었다. 그러니 스물넷인 국영에게는 집안 할아버지였다.

국영은 섬돌 위에 가죽신을 벗어던지고 사랑으로 뛰어들어 갔다. 그리고 용한에게 넙죽 절을 올렸다. 용한은 끙하고 반쯤 외면하는 시늉이다가 겨우 한마디 던졌다.

"네가 집안 어른에게 언제 문안을 다녔다고 야밤에 난입해서 이 소란이냐."

그러거나 말거나 국영은 이런저런 너스레를 떨었다. 그리고 은근한 목소리로 본론을 꺼냈다.

"그런데 할아버님, 할머님께서 패관(조선 후기의 소설)을 즐기신다지요?"

용한은 무슨 소리냐는 듯 눈을 치뜨면서 장죽을 탕탕 재떨이에 털었다.

"아, 이 댁에 책비가 드나든다는 이야기가 있어서요."

"이놈아. 네가 무슨 까닭에 남의 내당 이야기를 입에 담느냐!"

용한이 벌컥 화를 냈다. 그러나 국영은 개의치 않고 말을 이었다.

"그런 게 아니오라, 저의 집에서 용인에 손톱만 한 전장을 마련했다가 매매인과 송사가 생겼사온데 현감이 매매인을 옥청에 가두었습니다. 그런데, 그자의 딸이 저희에게 넘겨주어야 할 토지 매매 명문을 가지고 종적을 감추었는데 최근에 그 딸아이를 붙잡아서 문초해 보았더니 이 댁에 드나드는 책비인지라 양반댁에 맡겨 놓으면 유리할 줄로 여겨서 별당에 맡겼다고 토설했습니다. 하오니 할아버님께서 고모 아기씨에게 자초지종을 하문하셔서 그 문건을 돌려 주십사고 찾아뵈었습니다."

용한은 예상대로 호통을 쳤다.

"이놈이 어디 와서 흰소리를 떠드는 게야. 네 집안 땅문서가 어찌하여 우리 집 내실에 있다는 게냐! 썩 물러가지 못할까."

"알아보고 온 것입니다. 고모 아기씨가 책비와 허물없이 지내시다 보니 무심코 문건을 맡아두신 모양이오니 할아버님은 아량을 베푸소서."

"허어! 그래도 이놈이! 네가 연전에 내 형님께 찾아와서 네 아비 엽관 운동을 했다기에 설마 했더니 그 말이 사실이었구나. 이 무엄한 놈아, 하배를 불러 쫓아내기 전에 물러가렷다!"

정자관이 흔들리도록 호통을 치는 용한에게 국영은 앉은걸음으로 다가갔다. 그리고 목소리를 낮추었다.

"할아버님, 그러하온데 요즘 『명기집략』 건으로 온 도성이 쑥대밭이 된 건 아시지요? 삼정승이 연루되어 전전긍긍하고 의금부 옥청이 노론 권세가 자제들로 꽉 찼다지 않습니까. 전하의 진노가 여간만 하셔야지요. 그런데, 이 댁의 큰 아저씨도 그 책을 탐독하셨다는 소문이 있더이다. 그런데 아저씨는 자수하여 그 책을 제출하라는 전하의 명에 따르셨는지요?"

용한의 얼굴빛이 바뀌었다. 명색이 홍문관 부응교이고 보니 조정 돌아가는 사정을 모르지 않을 터였고 사건이 터지자 아들들을 불러 모아 그 책의 소지 여부를 물어보지 않았을 리 없을 것이었다. 그러하건만 그 아들들은 백부가 영의정을 역임했고, 중부가 나는 새도 떨어트리는 세도가인지라 집안의 위세를 믿고 전하의 명을 뭉개버렸을 것이었다.

짐작으로 찔러본 것인데, 역시 반응이 왔다.

"네 이놈, 어디서 헛소문을 물고 와서 집안 어른을 욕보이는 것이냐!"

하얗게 질려 수염을 떠는 용한에게 국영은 한마디 더 보탰다.

"할아버님, 소손이 그리 생각한다는 것이 아니라, 세간의 소문이 그러하여 걱정된 김에 전해드리는 것입니다. 충심이 돈독하신 할아버님께서 그럴 리야 없겠지만, 만에 하나 사실이라면 큰 할아버님과 둘째 할아버님이 조정에서 얼마나 난처하시겠습니까. 또 혜빈 마누라께서도 친정에서 그런 사단이 생긴다면 시아버님인 전하를 뵐 면목이 없으실 것이고 세손께서도 민망해하실 일이겠지요. 아저씨가 그런 참람한 책을 소장하셨을 리가 없지요."

국영은 제가 세손과 각별한 사이라는 세간의 소문을 각인시키듯 우정 세손의 이야기를 끼워 넣었다. 떨리는 손으로 장죽에다 꿀에 잰 남령초(담배)를 꾹꾹 눌러 담아 길게 빨아들이던 용한은 그제야 나직하게 말을 꺼냈다.

"네가 어디서 그런 요망한 헛소리를 들었는지 모르겠다만,

행여 일가 어른을 음해하는 소리를 옮겼다가는 멍석말이 당해 단매에 죽을 것임을 알라. 네 집구석에서 무슨 땅뙈기를 얼마나 사들이다가 다툼이 생겼는지는 모르지만, 그깟 문서가 별당에 있다면 찾아 주겠으니 다시는 백성의 땅을 침학했다는 소리가 나오지 않도록 하여라."

그러고는 설렁줄을 당겨 청지기를 불렀다.

"별당에 가서 근자에 책비에게 무슨 문서를 맡아 보관한 게 있다면 가지고 오라고 하여라."

얼마간의 짬을 두고 용한의 딸이 사랑으로 왔다.

"아버님 찾으셨습니까."

장지문 밖에서 딸의 말소리가 들리자 용한은 얼굴을 찌푸린 채 장죽을 빨다가 마지못한 듯 말을 꺼냈다.

"너, 내당을 드나드는 책비로부터 무슨 땅문서인가를 맡아 둔 게 있느냐?"

"……예."

"여사서(女四書)를 읽고 자수나 배울 규수가 방정치 못하게 천것들을 불러 패관잡설이나 듣고 있단 말이냐!"

"어머님이 무료하실 때 가끔 안잠자기를 시켜 부르시는지라 소녀도 어쩌다……."

"네 어미에게 차후에는 다시는 잡인을 집안에 들이지 말라 하더라고 전하여라. 그리고 그 문건일랑 이리 들이고 가거라."

장지문이 열리며 청지기가 봉투를 용한에게 바치고 나갔다. 용한이 밀봉된 봉투를 뜯으려는 것을 국영이 황급히 말렸다.

"할아버님, 지체 높으신 몸으로 천류가 작성한 토지명문 따위를 친히 보시려 하십니까. 그냥 주시지요."

용한이 꿇어앉은 국영을 흘끗 노려보다가 봉투를 내던졌다.

"옛다, 당장 가져가거라. 그리고 다시는 얼씬도 말라."

솟을대문을 나서면서 국영은 급히 봉투를 뜯어서 속엣것을 등롱 불빛에 비추어 보았다. 낯익은 석 장의 문서가 얌전하게 접혀 있었다. 이 문건을 찾으려고 눈에 불을 켜고 있을 홍인한과 구선복이 떠오르자 국영은 범의 아가리에 손을 넣어 목구멍에 넘어간 토끼를 집어낸 느낌이었다. 글쎄, 이게 인한의 손에 들어갔더라면……. 생각만 해도 아찔한 일이었다.

"하마터면 큰일 날 뻔하지 않았나."

중얼거리며 봉투를 도포 안에 넣어 술띠로 단단히 매고는 대문 앞 대추나무에 매어 둔 말을 타고서야 국영은 비로소 이마에 흥건히 흘러내린 땀을 닦아냈다.

10

부대시참

신묘년 오월 스무엿새

이희천과 배경도가 참형을 당한 것은 그다음 날이었다.

전하의 재촉에 의금부가 당일 결안(수사종결서)을 올렸고 친국이 벌어졌다.

임금은 그날 건명문에 나아가 책 거간꾼을 끌고 오도록 해 책자를 사고판 곳을 심문한 다음 김이복·심항지 등의 죄를 차례로 다스렸다. 그리고 또 이희천을 심문했다. 희천이 "비록 『명기집략』을 사서 두기는 하였습니다만 실제로 일찍이 상고해 보지는 못하였으며, 박필순의 상소 내용을 들은 뒤에 그대로 즉시 자수했습니다"하고 공초했다.

임금이 이렇게 하교했다.

"아! 지금 상국에 진주하려고 하는 때에 우리나라에 들여온 자를 법대로 다스리지 않는다면 무너져 내리는 마음의 아픔과 박절함을 어떻게 이루 말할 수 있겠는가? 차례대로 자세히 묻도록 하라."

이희천과 배경도에 대한 악형이 벌어졌는데 단근질과 압슬이 가해져서 두 사람의 살이 타는 누린내가 국문장에 떠돌았고 정강이가 무거운 돌에 눌려 바스러졌다.

마침내 전하의 처분이 떨어졌다.

"이희천과 책 거간꾼 배경도는 망칙한 책을 서로 사고판 것이니, 듣고서 마음이 섬뜩하고 뼈에 멍이 든 것 같아 전례를 따라 처리할 수가 없다. 그러니 희천과 경도는 장전(왕이나 왕비, 세자 등이 잠시 머물 수 있도록 한 천막)에서 세 차례 회술레한 뒤에 청파교에서 참하여 강변에 사흘 동안 머리를 달아 놓도록 하고, 그들의 처자는 흑산도에다 관노비로 영원히 속하게 하라."

온몸이 피투성이가 되어 걸레처럼 찢긴 이희천과 배경도는 금부나장들에게 양팔이 잡혀 건명문 앞을 세 차례나 질질 끌려다녔는데 흙 마당에는 흘러내린 피와 떨어져 나간 살점이 엉겨 붙었고 마침내 허벅지와 장딴지가 너덜너덜해졌으니 보는 사람들이 모두 고개를 돌렸다. 임금이 두 사람을 장전에 회술레시킨 것은 배석한 노론 중신들을 위협하기 위함이었다. 이희천이 비록 벼슬은 하지 않았다 하나 엄연한 노론 명문가의 자제인 만큼 너희들도 언제든 이렇게 당할 수 있다…….

오후에 숭례문 너머 청파 배다리 백사장에서 희천과 경도의 참형이 집행되었다. 참관하라는 관의 명령에 동원된 인근 촌민들로 처형장 주변 백사장은 인산인해였다. 구름 한 점 없이 쨍한 하늘에는 한여름 태양이 높이 솟아 지상의 초목을 태울 듯이 이글거렸고 강물 위엔 금빛 윤슬이 눈부시게 번쩍였다.

목에 칼을 차고 뒷결박을 당한 채 나귀에 태워져 와서는 백사장에 내팽개쳐진 두 사람은 이미 인사불성이었는데, 흰 띠 세 개를 두른 조단령(깃을 둥글게 만든 검은색 관복)을 입은 금부 나장이 두 사람을 금줄 안으로 질질 끌고 갔다. 집행관인 금부도사와 입회관인 형조 좌랑(정6품관) 앞에 꿇려지자 검은 전립과 철릭에 흑피화를 신은 도사가 두 사람의 신원을 간단히 확인하고 결송입안(판결문)을 낭독한 다음 집행 명령을 내렸다.

나장들이 이미 대기하고 있던 함거에서 희광이를 끌어냈는데, 이들은 대시수(사형집행을 기다리는 죄수)들로서 희광이 짓을 십 년간 하면 죽음을 면하게 되는 자들이었다. 나졸이 희광이들 앞에 막걸리 동이를 놓았고 그들은 기갈 들린 듯 연거푸 표주박으로 술을 퍼마셨다.

술에 취한 희광이들이 희천과 경도의 얼굴에 회칠하고 귓밥에 화살을 꽂아 금줄 주변을 회술레시켰는데, 히쭉 입을 찢

어 웃으며 월도를 허공에 휘두를 때마다 부녀자와 아이들이
비명을 지르며 피하곤 하였다. 희광이들이 두 사람을 꿇어앉
혀 놓고 상투를 풀어 장대 끝에 매달고는 칼을 들고 경중경중
춤을 추었다. 한여름 뜨거운 햇살이 칼날에 부딪쳐 번들거렸
는데 희광이들은 얼른 집행하지 않고 칼날을 죄수의 목덜미
에 댔다 뗐다 하며 희롱했다.

"빨리 집행하지 않고 뭐 하느냐!"

마침내 도사의 호령이 떨어지자 희광이들은 칼을 높이 치
켜들었다. 햇빛을 반사한 칼날이 번쩍하는 순간 두 사람의 목
이 달아나 장대에 매달렸고 몸뚱이는 짚단처럼 내려앉았는
데, 잘린 목에서 피가 분수처럼 뿜어져 나왔다.

*

문수사의 박지원이 이희천의 죽음을 들은 것은 그날 저녁
이었다.

조정과 도성이 돌아가는 소식을 알아본다고 이덕무를 동반
해서 도성으로 나간 백동수가 황급히 돌아왔다. 얼굴이 벌겋
게 달아올라 있었는데 눈알이 시뻘겋게 충혈돼 있었다. 곁에
선 덕무는 얼굴이 납빛이 돼 있었는데 풍 맞은 늙은이처럼 온
몸을 와들와들 떨고 있었다. 동수가 미투리를 벗는 둥 마는

둥 우르르 방안에 뛰어들어 지원의 앞에 자빠지듯 주저앉았
다. 여유 있고 담력이 넘치던 평소의 모습이 아니었다.

"형님, 저……저……."

"무슨 일인데 그러나?"

"……저, 저……사춘 형님이 죽었소!"

"뭐야!"

지원은 저도 모르게 외마디 소리를 질렀다.

"……저기 오늘 낮에 청파다리에서 참형을……."

지원은 입을 벌린 채 멍하니 동수를 바라보았다. 귀에서 윙
하고 이명이 울렸다.

소용돌이치는 심연에 빠져드는 느낌이 들면서 지원은 숨이
막혀 가슴을 부여잡고는 방바닥에 모로 자빠졌다.

지원이 의식을 되찾은 것은 유시 말이었다. 날이 이미 저물
어 어둑한데 머리맡의 호롱불이 가물거렸다. 힘겹게 눈꺼풀
을 밀어 올리자 천장에 박힌 서까래가 죄인을 효수하는 장대
처럼 시커멓게 떠올랐다.

"선생님, 이제 정신이 드십니까?"

백동수는 우두망찰 지원의 얼굴만 내려다보고 있었고 지원
의 손발을 주무르던 이서구가 나직이 소리쳤다. 기골이야 장
대하지만 천성이 술과 고기를 좋아하는 데다 움직이는 것을
싫어해서 비둔한 지원이었는데 그래 그런지 평소에도 자주

혈맥이 오르고 숨이 차곤 했다. 지원은 아무 말 없이 몸을 일으켰다.

"형님, 의원에게 안 보여도 되겠소?"

동수가 물었는데 지원은 고개를 흔들었다.

"물이나 좀……."

이서구가 얼른 나가서 샘에서 물을 떠왔다. 사발을 건네받아 들이켜니 지원은 비로소 숨통이 틔는 느낌이었다.

다들 침울하게 말이 없었는데 지원은 손을 내저었다.

"나는 이제 괜찮으이. 지금은 좀 혼자 있게 해주게."

다들 지원의 눈치를 보더니 슬금슬금 자리에서 일어섰고. 덕무가 말했다.

"한잠 더 주무시렵니까? 불을 꺼드릴까요?"

지원이 고개를 끄떡이자 덕무는 후 하고 호롱불을 껐다. 그리고 조심히 문을 닫고 나갔다.

지원은 희끄무레한 어둠이 내려앉은 방에 홀로 앉아 있었다.

그의 망막 위로 청수하고 단정한 이희천의 모습이 내려앉았다. 열다섯에 처음 만나 이십 년 동안 서로의 속을 털어놓고 사귀어 온 친구였다. 일찍 부모를 여읜 지원이 아버지처럼 믿고 의지했던 형님이 세상을 떠난 후 불면증과 신경쇠약증으로 죽음에 가까운 염세의 수렁에 빠졌을 때 그를 건져내 준 것도 희천이었다. 희천은 대낮에도 골방에 틀어박힌 지원을 찾아 호리병에 술을 담아 오기도 했고, 싫다는 그를 억지로 끌어내어 피맛골에서 밤늦도록 대작도 했다. 벗이 다녀간 다음 그의 책상 위에는 어음이 담긴 봉투가 놓여 있곤 했다. '적은 돈이나마 책이나 사 보시게. 마음뿐이네.'라는 쪽지와 함께.

관례를 치를 무렵 희천과 더불어 김이소, 황승원, 홍문영, 한문홍 같은 벗들과 북한산 봉원사 등을 찾아다니며 공부했을 적에는 얼마나 패기만만했던가. 서로가 뒤질세라 밤새워 책을 읽어 성현의 말씀을 논구하던 시절이었다. 때로는 날카롭게 논쟁하면서도 또 얼마나 다정했던가. 윤영(憚榮)스님을 만나서 허생이라는 기인의 이야기를 듣고 언젠가는 소설로 써보리라 마음속에 깊이 새기게 된 것도 봉은사 시절이었다.

무인년(1758년) 섣달이었던가 그때도 함께 북악산 대은암에서 시회를 열었었다. 사춘의 두 당숙부 국지 이구영과 의지 이서영과 함께 원례 한문홍이 공부하던 암자를 찾아 밤에 백악(白岳-북악산) 동쪽 기슭에 올라 대은암 아래 계곡에서 마주앉아 시를 짓고 노래를 했었지. 국지는 희천의 당숙부이기는 했지만 지원 보다 두 살 연상이어서 친구나 다름없었다. 엄동설한 야밤에 산을 기어올라서 시회를 열었으니 지금 생각하면 어처구니없는 일이지만 그때 지원은 약관 스물둘, 희천은 스물하나였으니 세상 무서울 것 없던 나이였다. 밤새도록 시

를 짓고 낭송하던 그 시권들을 묶어서 『대은암창수시』란 합동
시집을 묶었고 지원이 서문을 붙였었다.

여기는 옛날 남곤 사화(南袞 士華)가 살던 곳이다. 박은 중열
(朴誾 仲說)은 온 나라에 이름난 선비였는데 중열이 술을 마시려
면 반드시 이 대은암으로 왔으며, 그가 시를 지을 적에는 사화
와 더불어 짓지 않은 적이 없었다. (……)
지금 그 무너진 담장과 황폐해진 집터 사이에서 감개하여 서
성대는 것은, 성쇠가 때가 있음을 슬피 여김과 동시에 선악은
민멸될 수 없다는 것을 아는 때문이다. 그런데 지금 원례가 이
곳에 잠시 거처하여 시를 노래하며 즐겁게 놀면서 흉금을 털어
놓는 것이 거의 중열과 맞먹을 정도인 데다, 시냇물과 솔바람에
는 여전히 여운이 남아 있다. (……)
이로 말미암아 본다면 문장과 특별한 교유도 진실로 하나의
나머지일 따름이니, 그것이 어찌 그 사람의 어질고 어질지 못함
에 관계되는 것이겠는가. 그러나 군자인 경우에는 뒷사람이 그
자취를 사모하고 후세에까지도 그 전하는 시가 많지 않음을 한
스러워하며, 소인인 경우에는 오히려 자기 손으로 글을 없애 버
리기에 바빴는데, 하물며 다른 사람들에 있어서랴. 중미(박지원)
가 서문을 썼다.

사춘은 그날 이런 시를 썼던가?

은둔하는 데 하필 영해(瀛海) 동쪽이랴?
초가집에서도 일마다 세속 인연을 끊었네.
늦은 밤 옛 기물 앞에 두고
밝은 달 아래 기이한 글 크게 읊조리네.

그날의 대은암은 젊은 그들의 해방구였다. 충역을 논하고, 인의와 도덕을 따지며 군자와 소인의 행적을 살피던 그들의 논쟁은 또 얼마나 뜨거웠던지. 그때 술에 얼근히 취한 사춘은 이렇게 말했었다.

"나는 벼슬 따윈 하지 않으려네. 평생을 은일처사로 살겠어. 관인을 허리에 찬다는 것은 앙화를 부르는 부적이 아니겠나. 오늘 밤 우리가 시를 노래하며 즐겁게 놀면서 흉금을 털어놓는 것이야말로 진정으로 우리가 살아있는 증거가 아니겠는가. 임금이라든가 종묘사직은 내 알 바가 아니야. 핏발이 진 눈으로 골방에 틀어박혀 썩어 부스러진 성현의 말씀 따위를 암송하는 과거 공부 따위는 폐하고 고문이든 패관이든 자유롭게 읽고 자유로운 시를 짓고 낭랑하게 읊는 삶을 고를 거야.

나는 도성과 방방곡곡에서 반상을 막론하고 들창마다 낭랑하게 책 읽는 소리가 울려 퍼지는 세상을 위하여 투신하려네.

대저 노자가 '자기가 먹은 것을 달게 여기고 자기가 입는 것을 아름답게 여기며 자기의 거처를 편안해하고 자기의 풍속을 즐기게 하라. 이웃 나라가 서로 바라보이고 닭소리 개소리가 들려도 백성들은 늙어 죽도록 왕래하지 않는다'고 하지 않았나. 나도 그런 나라에서 살고 싶으이. 닭소리 개소리 틈에 소리 높여 노래하고 책을 읽고 시를 짓는 그런 나라를 만들고 싶네."

낙화 분분한 사하촌 막걸릿집에서 술잔을 기울이면서 함께 나눈 그 숱한 정담들. 김이중이 나귀를 팔아 마련해준 돈으로 유언호, 신광온 등과 함께 금강산을 유람하던 그 기억. 삼일포에서던가, 흘러가는 냇물에 동동 떠내려가는 단풍잎을 보며 문득 쓸쓸한 표정이 되던 스물아홉 사춘의 그 청수한 표정도 떠올랐다.

"이제 우리 함께 금강산 올 일은 더는 없겠지?"

그래, 그 친구의 예언대로 함께 금강산 유람 갈 일은 더는 없게 되었다. 불경한 책을 가졌다고 선비의 목을 베는 세상이라면, 사춘이 그토록 원했던, 닭소리와 개 짖는 소리 사이에서 선비가 낭랑하게 책을 낭독하는 세상은 사라진 것이다. 지원은 서른여섯에 이미 호호백발 노인이 된 느낌이었는데, 어두운 방에서 제가 사는 세상의 문이 끼익하고 닫히는 소리를 들었다. 지원은 벽을 향해 오열했다.

*

신묘년 오월 스무이레

문수사의 지원 일행이 금위영의 내습을 받은 것은 오후였다.

이희천의 죽음을 접한 이후 백동수는 아무래도 불안하다며 활터에서 함께 놀던 제 수하 둘을 데려와서는 문수사로 올라오는 길목에 숨어 경계를 서게 했는데, 신시(오후3~5시) 초에 졸개가 헐레벌떡 뛰어왔다.

"선다님!"

객방에 앉아 있던 동수가 장지문을 열어젖히며 날카롭게 외쳤다.

"무슨 일이냐!"

"헉……헉. 보현봉 쪽에서 군사들이 몰려오고 있습니다요."

"몇 명이나 되더냐?

"세어보진 않았지만 한 스물은 실히 되는 것 같습디다요."

"포도청 군졸이더냐?"

"더그레가 아니라 군복을 갖춰 입은 꼴이 아무래도 훈국(훈련원의 별칭)이나 금위영 같습니다. 철총이(검푸른 무늬가 박힌 말)를 탄 구군복짜리가 환도를 빼들고 등채를 휘두르며 군사들을 이끌고 있습니다. 군사들도 당파창과 창포검을 든 놈에서부터 사수(화살 든 병사)까지 네댓 놈 끼었던뎁쇼."

저잣거리에서 치고받던 왈짜패라 해도 무장한 군사가 몰려오니 예삿일이 아니라 싶었던지 졸개는 눈을 화등잔처럼 뜨고 있었다.

"창포검에 사수까지 동원됐다면 금위영 군사로구나. 아마 그 스물 뿐은 아닐 게다. 다른 놈들도 산등성이 좌우를 에둘러 협공해 올 거다."

동수가 아직 실직은 받지 못한 명목상의 선달이라 하나 올해 초 무과에 급제한 터라 침착하게 고개를 끄떡였다. 그리고 옆방의 지원에게 달려갔다.

"미중 형님, 탈이 났소. 금위영 군사들이 기습했소이다. 아마도 구선복이 보낸 듯합니다. 포착되면 역모로 몰릴 판이니 당장 산으로 피하시오."

지원이 놀라 벌떡 일어섰고, 이덕무와 이서구도 하얗게 질렸다. 서구가 나지막이 이를 갈았다.

"허, 이놈들, 선비를 잡으려고 군사를 동원해? 이건 우리를 아예 화적떼 취급을 하는 게 아닌가."

동수가 침착하게 지시했다.

"산길은 양쪽으로 협공하는 자들이 이미 점령했을지도 모르오. 길로 뛰지 말고 숲 사이로 가로질러 올라가시오. 가다가 군사가 바투 뒤쫓는다 싶으면 무리하게 도망을 치지 말고 어디 으슥한 덤불이나 굴 구멍 같은 데 은신하는 게 나을 거요. 나는 내 수하들과 잠깐이라도 시간을 벌어보겠소. 보현봉을 에둘러 원각사 쪽으로 내달렸다가 상창(총융청에 딸린 관성소의 네 창고 중 하나) 지나 진국사 뒷산에서 만납시다.”

다들 어리벙벙하게 서 있는데 맨상투 바람으로 예도를 찾아든 동수가 수하를 데리고 방문을 나서며 제 큰 처남이자 무람없는 벗인 덕무에게 꽥 고함을 쳤다.

“형님은 뭘 하고 있소. 어서 미중 형님 모시고 튀지 않구선!”

동수는 수하들과 함께 칼을 빼 들고 마주 오는 군사들과 대적하는 자세를 취했는데, 검술로는 장안 최고라는 소리를 듣는 처지여서 검을 치켜든 자세에 살기가 뿜어져 나오고 법세가 엄연했다. 군사를 이끈 금위영의 종사관(종6품 무관직)이 구선복에게서 명을 받은 상관으로부터 죽이지 말고 살려서 끌고 오라는 지시를 받은 터라 군사를 일단 멈췄다. 칼잡이들끼리는 또 서로 트고 지내는 길수가 있는 법이어서 그는 왕년에 활터에서 어울리던 동수를 알아보고 외쳤다.

“어! 영숙 아닌가. 거기서 왜 그러고 있나? 칼은 왜 치켜들었나?”

“그러는 형님이야말로 이 깊은 골에 웬 군사를 이끌고 이렇게 몰려오셨소?”

“낸들 아나, 내야 박지원 무리를 잡아 오라는 안전의 명령이 득달같아 달려왔네만, 자네도 지원의 무리인가? 아직 출사는 않았지만 명색 무과에 급제한 무관인데 나라의 장수에게 칼을 빼 들어서야 쓰겠나? 당장 칼을 던지게."

"참, 모기 보고 칼 빼 든다더니, 버마재비 같은 선비 서넛 잡자고 명색 금위영의 정병들이 수십 명이나 출동했단 말이오? 군사를 물리고 기다리시면 내가 설득해서 데리고 오리다."

그렇게 엄벙덤벙 말로 때우며 시간을 끌고 있는데 종사관의 눈짓을 받은 별무사 두 사람이 칼을 뽑고 달려들었다. 동수가 두 사람의 칼을 맞받자 또 군사 네댓 명이 몰려와 에워쌌다. 멀리서 화살을 메긴 사수들이 차마 쏘지는 못하고 시위만 당기고 있는 꼴이 눈에 보였다. 이리저리 춤을 추듯 엇갈려 칼을 막으며 동수는 그중 덩치가 작은 군관의 가슴팍을 발로 차고 포위망을 깨고 나와선 아름 굵은 소나무 뒤에 몸을 숨겼는데, 뒤늦게 화살이 날아와 소나무 둥치에 박혔다. 그 와중에 흘끗 보니 왈짜패 수하 두 놈은 진작에 오금이 저려 칼을 던진 채 무릎을 꿇고 포박을 받는 중이었다.

동수가 양각적천세(羊角弔天勢)로 칼을 양손으로 옮겨 쥐는 동작을 되풀이하면서 기회를 엿보는 한편 날아드는 화살을 피해 소나무 뒤에서 나왔다 숨었다 하는 사이에 나머지 군졸들이 문수사를 향해 뛰어들어 갔다.

웬만큼 시간을 벌었다 싶자 동수는 군사들에게 더는 미련을 두지 않고 칼을 허공에 날카롭게 싸악 베어 보이고는 몸을 돌렸다. 그리고 솔숲 사이를 이리저리 엇갈려 가며 산으로 뛰는데 귓전에 화살이 핑핑 날아왔다.

지원과 덕무, 서구는 허겁지겁 보현봉 등성이를 바라고 뛰었는데, 비둔한 지원과 허약한 덕무가 뛰어본들 얼마나 뛰겠나. 비탈길을 일각도 채 못 뛰어 가슴이 벌렁거리고 땀이 비 오듯 쏟아졌다.

"에휴, 더는 못 뛰겠네."

안 그래도 붉은 얼굴이 대춧빛으로 달아오른 지원이 숨을 씨근거리며 바위 턱에 주저앉자 그래도 젊은 서구가 다가왔다.

"선생님, 여기서 멈추시면 안 될 듯합니다."

그러고는 어깨를 부축해 일으키니 지원은 금세라도 자빠질 듯 허둥지둥 산길을 올랐다. 노루사냥 하는 몰이꾼 같은 군사들의 함성이 멀리서 들리더니 점점 가까워졌다. 허둥지둥 보현봉 모롱이 하나를 돌아드는데 풀섶에 가려진 작은 석굴이 서구의 눈에 띄었다. 서구는 생각할 것도 없이 지원을 끌고 덤불을 헤치고 뛰어들었다. 두 개의 바위가 합쳐지는 틈이 만든 옴팡한 구덩이였고 억새와 산죽이 구덩이를 가리고 있었다. 뛰어들고 보니 덕무는 어디로 갔는지 보이지 않았다. 두 사람이 바위틈에 숨어서 숨을 죽이고 있는데, 창과 칼을 든 군사들이 눈앞을 스쳐 지나갔다.

산굴에 숨어 있던 지원과 서구가 날이 어스름해지기를 기다려 이십 리 가까운 산길을 달빛에 의지해 엎어지고 깨지며 진국사 뒷산에 도착한 것은 자시(11시~새벽1시) 말이었다. 동수는 진작 와서 기다리고 있었다. 동수가 기대선 덩치 큰 소나무에 다가선 지원이 쓰러지듯 주저앉았다. 어둠 속에서 동수가 빙긋 웃었다.

"미중 형님, 오늘 큰 고생하셨구려. 아마 형님 태어나고 나서 가장 먼 길을 걸었을 게요."

동수가 두 사람을 둘러보더니 물었다.

"무관(이덕무의 자) 성님은?"

"모르겠습니다. 군사들이 몰려와서 선생님과 저는 산 구덩이에 뛰어들었는데 그 와중에 헤어졌습니다."

동수의 얼굴이 흐려졌다.

"설마 관군에 붙잡힌 건 아니겠지?"

"……글쎄요. 좀 더 기다려 보십시다."

셋이서 가슴을 태우고 있는데 덕무는 두어 식경이 지난 후에야 나타났다. 책을 읽느라 일찍이 눈을 상한 덕무는 안경조차 잃어버리고 어디서 자빠졌는지 다리를 삐어 기다시피 엉금엉금 왔는데 갓은 진작 날아가고 도포 자락이며 바지춤이

찢겨 너덜거렸다. 하여간에 승냥이 같은 금위영 군사들의 아가리에서 벗어났으니 천행이랄 밖에.

"휴, 이젠 어디로 가야 하지요?"

덕무가 긴 한숨을 내쉬었는데, 동수가 특유의 낙관적인 목소리로 명랑하게 외쳤다.

"걱정 마슈. 내가 일찍이 전국 산천을 유람하면서 이럴 때를 대비해 봐둔 장소가 있소. 송도(개성)에서 금천으로 삼십 리쯤 가다 보면 연암(燕巖)이라는 골짜기가 있소. 두메산골이고 바위틈으로 외줄기 협로가 있어 숨기엔 맞춤한 곳이외다. 고려 때 목은(이색)과 익재(이제현)가 숨어 살았다는데 지금은 황폐해져서 아무도 살지 않소. 중묘 때의 풍수가 격암 남사고가 피난처로 십승지(十勝地)를 꼽았다지만 그곳도 십승지 못지않은 곳이오. 오늘은 여기서 노숙하고 거기 가서 당분간 초막이나 짓고 숨어 삽시다. 니미럴, 조변석개하는 세상인데 오래야 걸릴라구."

*

일행은 사흘 후에 연암골에 닿았다.

지원 패는 처음에 장단 보봉산에 있는 화장사에 올랐다. 동쪽으로 아침 해를 바라보니 산봉우리가 하늘에 꽂힌 듯 험하고 빼어났다. 동수의 안내를 받아 산길을 걸었는데, 초목이 우거지고 길이 없어 시냇물을 따라 거슬러 올라가니 문득 기이한 땅이 나타났다. 언덕은 평평하고 흰 깁을 깔아 놓은 듯 산기슭이 반짝였으며 바위는 희고 모래가 깨끗했다. 검푸른 절벽이 깎아지른 듯 마주 보고 있어서 도연명의 무릉도원이 그곳인가 싶었다. 시냇물은 맑아 속이 비쳤고 너럭바위도 편 편했는데, 평평하고 잡초 우거진 빈터가 널찍하여 집을 지어 살 만했다.

지원은 마침내 이곳에 은거하기로 마음을 정했는데, 후일 가족을 데리고 들어와 살기도 했다. 그는 이곳의 지명을 따서 '연암'이라 스스로 호를 지었다.

*

신묘년 오월 스무여드레

이희천이 죽어 청파 배다리에 효수된 이틀 후, 그러니까 박지원 일행이 금위영 군사에게 쫓겨 연암으로 달아난 다음 날 밤 홍국영은 춘궁에서 세손을 알현했다.

주위를 물린 다음 국영은 세손 앞에 무릎을 꿇고 그간의 경위를 소상히 아뢰었다.

"……희천이 지녔던 문서는 어찌하다 보니 홍용한의 여식에게 가 있었는데 무사히 회수하였습니다. 또한 구선복이 금위영 군사를 동원하여 지원의 무리를 덮쳤으나 백동수가 날뛰는 바람에 놓쳐버렸다 합니다. 문서를 신이 회수했으니 봉한과 인한은 닭 쫓던 개가 된 게 아닌가 합니다.”

안석에 기댄 세손은 말없이 듣고만 있었는데, 국영은 품에서 봉투를 꺼내 상 위에 올려놓았다. 세손이 봉투를 집어 문서를 꺼내 일별하고는 회맹문을 접어 황촉불에 갖다 댔다. 종이는 소지처럼 스르르 연기를 피우며 타오르더니 이윽고 재가 되었다. 세손은 두 장의 어제 묘비명을 접어서 펼쳐놓은 책갈피에 끼워 넣었다.

“이건 전하의 윤음이시니…….”

“이번에는 쓰지 않으시렵니까?”

“급하면 탈이 나는 법일세. 지금 꺼내놓았다가 그자들이 떼를 지어 전하께 몰려가 야료를 부리면 오히려 되잡힐 수가 있네. 언젠가 쓰일 날이 있겠지.”

세손은 뭔가를 골똘하게 생각하는 것처럼 보였는데 창백한 얼굴에 황촉불 그림자가 음울하게 일렁거렸다. 문득 한숨처럼 혼잣말을 내뱉었다.

“사춘의 일은 아무리 생각해도 지나쳤어. 그대가 사춘을 설득해서 자현시키겠다고 할 때만 해도 사춘에 대한 처분은 천리 유배쯤으로나 생각했지 사태가 그리 급박하게 돌아갈 줄은 몰랐네. 그렇다 해도 전하께 아뢰어 목숨만은 거두지 않게 했어야 하는 것인데……."

"전하께서 친국하시자마자 부대시참을 명하셨으니 언제 구명을 탄원할 틈이 있었겠습니까. 저하, 대국을 바라보는 자는 작은 일에 구애되지 않는 법이오니 지나치게 마음을 쓰지 마십시오."

"허! 군주된 자가 권도를 써야 할 때도 있는 법이지만, 따르던 신하를 사지로 옭아 넣어서야……. 그렇게 해서 내가 세우려는 왕도가 과연 무엇이겠나."

"저하! 심약하셔서는 아니 됩니다. 지금 서적(鼠賊) 같은 봉한과 인한, 그리고 노론의 무리가 저하를 위해 하려고 호시탐탐하는 것을 잊어서는 아니 되십니다. 지금 저하께오서는 죽고 죽이는 전장의 한가운데 서 계심을 유념하소서."

"……."

국영은 잠시 뜸을 들였다가 다시 아뢰었다.

"하오면, 앞으로의 일은 어찌 처결하시렵니까."

"……중동무이할 수는 없으니 지금까지 벌여온 것은 마무리해야겠지. 그러나 일을 더 확대하지는 않겠네."

"하오나 이번 기회에 저 노론의 무리를 확실히 눌러놓으셔야……."

"아닐세. 이만하면 저들도 당분간은 오금이 저릴 것이야. 자고로 지나치게 누르면 튀어 오르는 법인데, 지금은 저들을 뿌리까지 뽑을 수 있는 때는 아니야."

"……."

"그리고, 사춘의 처자를 흑산도의 관노비로 보낸다 했던가? 사춘의 일만 해도 미안하기 짝이 없는 일인데, 죄 없는 처자까지 괴롭혀서야 되겠나. 그 처분은 취소하시라 전하께 아뢰겠네. 그리고…… 문건을 회수했으니 미중의 무리도 더는 쫓지 말게나. 때가 되면 내 저들에게 차분히 설명하겠네."

11

책비

신묘년 오월 그믐

제가가 풀려난 것은 그 이틀 후였다.

광문이 열리더니 국영이 들어섰다. 처음 잡혀 왔을 때처럼 그는 제가에게 다가와서 쭈그리고 앉았다. 그리고 냉소하는 표정으로 빙글거렸다. 제가는 대거리할 기운도 남지 않아서 헐떡거리고만 있었다.

"여기 갇혀서 돌아가는 물정을 헤아려 보았느냐? 내가 네게 이렇게 박절하게 할 이유는 없다마는 사세가 부득이해서 그리되었다. 원망은 말아라. 그리고…… 사춘은 사흘 전 청파 배다리에서 참형을 받았다. 글쎄, 생각해 보면 안 된 일이기는 하다만, 그것도 운수소관이니 어쩌겠느냐."

제가는 기력을 짜내어 꺽꺽 목쉰 소리를 뱉어냈다.

"이 역적 놈아! 순정한 선비를 사지로 몰아넣어 끝내 목을 치다니 네 놈은 무사할 성싶으냐!"

국영의 눈썹이 꿈틀했다. 다음 순간 그는 손바닥으로 제가의 뺨을 모질게 쳤다. 제가의 입술에서 피가 튀었다. 국영은 허리에서 패도를 빼 들어 제가에게 겨누었다. 칼끝이 목울대를 지긋이 파고들어 흘러내린 핏방울이 저고리 앞섶을 적셨을 때 제가는 말도 하지 못하고 입만 뻐끔거렸다. 국영은 씹어뱉듯 으르렁거렸다.

"이 버러지 같은 서얼 놈이 누구더러 볼 때마다 역적이라느냐. 내 여기서 당장 네 목을 날릴 수도 있다만 저하의 당부가 그렇지 않으시니 목숨은 붙여 두겠다. 가서 박지원에게 전해라. 앞으로 숨도 쉬지 않고 납작 엎드려 있으면 굳이 죽이지는 않겠지만 입을 벙끗하는 날이면 도륙이 날 것이라고⋯⋯."

그러고는 광을 획 나가버렸다. 곧 장한 둘이 들어오더니 아무 말도 없이 제가의 입에 재갈을 물리고 홑이불을 덮어씌웠다. 그리고 명치를 질러 기력을 뽑아 놓고는 어깨에 들어 메었다.

제가가 깨어났을 때는 한밤중이었다. 야기가 얼굴에 선뜩하게 닿는 것을 느끼면서 눈을 떴을 때 맨 처음 보인 것은 밤하늘에 총총히 뜬 별 무리였다. 제가는 꼼짝도 않고 하늘을 올려다보았는데 뜨뜻한 액체가 관자놀이를 타고 흘렀다. 아무런 생각도 나지 않았고 아무런 생각도 하고 싶지 않아서 그는 그저 하…… 하고 한숨만 흘렸다.

이윽고 주위를 두리번거렸는데 어둠 속에 희끄무레한 기왓집이 보였다. 처음 장한들에게 붙잡혀 갔던 그 제각이란 걸 제가는 깨달았다. 그러니까 홍국영의 수하들은 제가를 납치했던 바로 그곳에 버려두고 간 것이다.

문득 몇 발짝 떨어진 곳에서 '아……아……' 하는 신음이 들렸다. 여인의 소리였다. 제가는 반사적으로 상체를 일으켰다. 재갈 물린 채였고 두 발목도 묶여 있었으나 손을 묶은 뒷결박은 풀려있었다. 그는 재갈을 잡아떼고 발목의 결박을 풀었다. 그리고 엉금엉금 기는 시늉으로 여자에게 다가갔다. 여자는 코를 땅에 박고 버둥거리고 있었다.

제가는 여자의 재갈을 풀고 발목 결박도 풀어준 다음 몸을 뒤집었다. 제가는 그 여인이 함께 납치됐던 책비 처자임을 알아챘다. 손과 발을 주물러주자 처자는 긴 한숨을 토해냈다. 힘겹게 눈을 뜬 처자는 제 얼굴을 내려 보고 있는 사내를 보자 반사적으로 벌떡 일어났다.

"정신이 드느냐?"

처자는 마치 누군가를 찾으려는 듯 주위를 두리번거리더니 제가와 시선을 마주쳤다.

"아…… 그때 그 선비님……."

"그래 네 이름이…… 진……."

"진아입니다."

"그래, 그랬었지."

"……조금 전 깨어나기 전에 아비의 꿈을 꾸었어요. 얼굴에 피멍이 진 아비가 저를 걱정스런 눈으로 내려다보셨는데…… 눈을 떠보니 선비님이었어요."

그래, 이 아이의 아비 배경도도 사춘 선생과 같이 참수되었다지. 그리고 지금 청파 배다리 앞에 효수돼 있을 테지. 사춘 선생에 생각이 미치자 제가는 다시 가슴이 미어졌다.

"네 아비의 이야기는 들었느냐?"

"……?"

진아는 무슨 말이냐는 듯 고개를 들어 제가를 바라보았다. 어둠 속에서 아이의 눈동자가 별빛처럼 반짝거렸다. 어떡해야 하나. 그는 망설였다. 그러나 어차피 이 아이도 알아야 할 일.

"……네 아비는 세상을 떴다."

"네?"

천만뜻밖의 이야기에 진아는 눈을 동그랗게 치떴다. 그녀의 얼굴에 의혹의 빛이 서렸다.

"사흘 전에 청파 배다리에서 참형을 당했다고 하더구나. 내 스승 한 분과 같이……. 우리를 잡아 가둔 자의 이야기이니 아마 틀림없을 게다."

그녀는 무슨 말인지 못 알아들었다는 듯 고개를 두렷거렸

다. 그러더니 다음 순간 무릎에 얼굴을 묻고 흐느끼기 시작했
다. 제가는 말없이 내버려두었다. 흐느낌 속에서 진아의 말이
토막토막 새어 나왔다.

"흐흑…… 그 사람이…… 선비님께 드리려던 봉투를……
얻게 해주면 아버지를 풀어준댔는데…… 흐흐흑."

그때야 제가는 전말을 완전히 이해했다. 세손과 국영은 목
을 겨누는 비수였던 그 회맹문과 가장 큰 무기인 어제 묘지명
을 회수한 이상 더는 나를 붙잡아 둘 필요가 없었을 테지. 사
춘 선생을 서둘러 참한 이유도 알 만했다. 제가는 착잡한 어
조로 처자에게 말을 건넸다.

"진아야. 오늘은 밤이 이미 늦었으니 내가 머무는 곳으로
가자. 그리고…… 날이 밝으면 내 스승과 네 아비의 시신을
수습하러 가자꾸나."

*

밤늦게 진아를 데리고 구덜이네 집에 당도했을 때 구덜이
는 흩어진 상투에 온 얼굴에 피멍이 들어 파김치 꼴이 된 제
가를 보고 대경실색했으나 토를 달지 않고 저녁을 내온다, 새
옷을 가져온다, 부산스레 움직였고 진아에게도 작은 토방을
내주었다. 그날 제가는 옹기굴 대신 구덜이네 토방에 자리를

펴고 누웠지만 심란해서 한잠도 이루지를 못했다. 제가는 생각하고 또 생각했다.

『명기집략』의 건을 이용해서 노론 세력을 견제하겠다는 전하와 세손 저하의 의도는 알겠다. 하지만 선비를 잡아다 모진 고문을 하고 목을 쳐 효수하고 그 처자를 노비로 박고……. 이게 선비를 대하는 인군의 도리인가. 그뿐이 아니다. 책쾌를 백여 명이나 잡아들여 어떤 자는 목을 날리고 어떤 자는 뙤약볕에 벌거벗겨 초주검을 시키고, 역관을 관노비로 삼아 절해 고도에 귀양 보내고…….

그런데…….

어둠 속에서 제가는 괴롭게 중얼거렸다.

"그래, 다 좋다 하자. 그러면 사춘 선생의 일은 무엇인가. 그 난장판에서 사춘 선생은 왜 죽어야 했던 거지?"

다음 순간 어떤 생각이 엄습하자 제가는 얼음을 뒤집어쓴 듯 전율했다. 그럴 리가, 설마 그렇기야……. 설마한들 저하께오서……. 그러나, 한번 달라붙은 그 생각은 떨어져 나가지 않고 무서운 의혹으로 굼실굼실 커지며 제가의 머리를 연신 두드려댔다.

아, 전하에겐, 아니 저하에겐 희생양이 필요했던 것이다.

노론에게 가장 위협이 될 만한 자는 노론이어야 할 것이었는데, 반격을 피하려면 또 너무 힘센 자가 되어선 안 될 일이었다.

사춘으로 말하자면 선대에 현관을 여럿 낸 노론의 명문가 자제였지만, 아버지 대에서부터 과거에 나서지 않고 처사를 자처하는 가문이었다. 임금은 사춘에게 부대시참의 형을 내려 제신들 앞에서 조리돌림을 시키고, 그리고 백성의 눈앞에서 목을 잘라 효시했다. 아, 왕법의 잔인함이여.

내 이번 일로 노론가 자손의 목을 치니 너희도 잘 보았으렷다. 알겠느냐, 봉한, 인한의 무리들아. 내 이번에는 이쯤으로 그치나 다음에는 바로 너희의 목에도 칼을 내려 서릿발 같은 왕법을 보일 것이다.

사춘이 자수하기 전 국영이 찾아간 것도 예사롭지 않다. 국영은 사춘 선생에게 무슨 말을 했을까. 무슨 말을 했기에 그 꼿꼿한 사춘 선생이 스스로 의금부에 나아갔을까. 모르긴 몰라도 국영은 그 청수한 얼굴에 수심을 드리우며 이렇게 말하지 않았을까.

"군주의 곤경에 목숨을 초개처럼 내놓는 것, 그것이 충신의 운명이 아니겠습니까. 연 태자 단의 밀명을 받은 자객 형가가 진왕 정의 멱을 따기 위한 알현의 미끼로 삼으려고 진왕의 원수로서 연에 망명한 장군 번어기에게 목을 달라 청했습니다. 그러자 번어기는 스스로 목을 찔러 형가로 하여금 제 목을 진왕에게 바치게 하지 않았습니까. 세손께서 번민이 깊으시니 선생께서 번어기가 되어 주시오. 그렇다고 저하께서 사춘 선생을 그대로 두시기야 하겠습니까. 잠깐만 고생을 해 주시오. 빠른 시일 안에 도로 모셔내리다."

세손은 이 모든 계획을 알고 있었을까, 아니 이 모든 계획을 승인했을까. 알고도 사춘의 목이 날아가는 것을 외면했단 말일까. 아니, 어쩌면 국영이 아니라 세손 스스로 이 일을 도모한 건 아닐까.

제가는 제 생각이 스스로 무서워져서 거세게 머리를 흔들었다. 금성위의 별서에서 만났을 적에 상석에 앉아 자신을 내려다보던 단호하면서도 신중하고, 침울하면서도 따뜻한 세손의 시선이 떠올랐다.

아니야. 설마…… 저하는 그런 분이 아니야.

마침내 제가는 이렇게 한숨처럼 내뱉었다.

아! 무서운 분이로다.

생각이 그에 미쳤을 때 제가는 벽을 마주 보고 누워있었는데 걷잡을 수 없는 눈물이 양 볼을 타고 내렸다.

인군의 길이란 그렇게 냉엄해야 하는 것인가. 왕법을 세우는 칼은 그렇게도 잔혹해야 하는 것인가. 치국의 길은 무엇이며, 군신의 도리는 또 무엇인가.

그날 국영은 세손께서 우리를 만나러 오신 것을 두고 '절절하사(折節下士)'라 일컬었지. 귀한 분이 큰 뜻을 품고 선비에게 머리 숙여 가르침을 청하는 것이라고. 그자는 '홍범구주(洪範九疇)'도 지껄이지 않았던가.

홍범구주는 우 임금이 낙서(신령스러운 거북의 등에 그려진 45개의 점으로 이루어진 그림)를 보고 창시한 치국의 도가 아닌가. 주 무왕이 기자를 찾아가 치국의 도를 물었을 때 기자는 천하를 다스리는 아홉 개의 큰 법을 전했다.

이르되, 첫째로 수 화 목 금 토의 오행의 천지 질서를 따르며, 둘째로 공손한 외모와 조리 있는 말과 밝게 봄과 분명한 들음과 지혜로운 생각이란 오사(五事)로 삶의 지침을 삼으며 셋째로 양곡, 재정, 제사 관리와 백성의 교육과 범죄의 단속, 빈객의 접대, 양병과 토지의 관리라는 팔정(八政)을 행정의 벼리로 삼아야 한다. 또한 넷째로 해(歲), 달, 날(日), 별, 역법의 오기(五紀)로 하늘의 뜻을 헤아리고 다섯째로 왕법은 곧 상제(上帝)의 교훈이며 천자는 백성의 부모가 되어 천하를 다스리는 것이니 이것이 황극(皇極)인 것이다. 여섯 번째로 평화스럽고 안락할 때에는 정직을, 강하고 굴복하지 않을 때에는 강극(剛克)을, 화합할 때에는 유극(柔克)을 써야 하나니 이것이 곧 삼덕(三德)이며, 일곱 번째로 복(卜)과 서(筮)의 점을 치는 사람을 임명해 점을 치게 하는 것이니 이것이 곧 계의(稽疑)이며 여덟 번째로 비, 맑음, 따뜻함, 추움, 바람과 계절의 변화를 헤아려 백성을 어루만지는 것이 서징(庶徵)이다. 아홉 번째로 수, 부, 강녕, 유호덕, 고종명의 오복을 누리고 횡사요절, 질병, 근심, 빈곤, 악, 약함이란 육극을 다스리는 것이다.

국영이 홍범구주를 들먹일 때 제가는 얼마나 가슴이 설레었던가. 아, 세손 저하야말로 흐려진 왕법의 거울을 닦아내고 무너진 국가의 기강을 곧추세우며, 도탄에 빠진 백성의 삶을 돌보실 초인이 아닐까. 황폐한 세상에 황극을 우뚝 세우실 진인이 아닐까.

그런데…….

세손 저하는 사춘 선생을, 그리고 우리를 바둑판의 사석으로 생각하셨단 말일까. 인군의 도가 제아무리 엄중하단들, 권력의 생리가 아부리 냉엄하단들 이러실 수는 없는 일이다.

주자(朱子)께서도 "황(皇)은 임금이요, 극(極)은 지극함, 표준을 뜻하는 것"이라고 하여 결국 임금이 그 지극한 표준을 천하에 세우는 것이라고 하지 않으셨던가. 그래서 『서경』〈홍범편〉에서도 '무편무당 왕도탕탕 무당무편 왕도평평(無偏無黨 王道蕩蕩 無黨無偏 王道平平)이라, 편벽됨이 없고 편당함이 없으면 왕의 도가 넓고 아득하며, 편당함이 없고 편벽함이 없으면 왕의 도가 고르고 가지런하다' 하지 않았던가. 내 그 말을 금과옥조로 여겨 지극함을 다해 세손 저하를 보필하려 했거늘…….

내가 원했던 나라는 다른 게 아니지 않은가. 백성들이 격양가를 부르는 나라, 새로운 문물이 가뭄에 타들어 가는 논에 봇물처럼 밀려 들어와 날로 윤택해지는 나라, 임금은 신하를 어루만지고 신하는 임금에게 충성을 다하는 믿음의 나라, 구습의 억압에서 벗어나 새로운 사조를 마음껏 표현하고, 선비들의 책 읽는 소리가 밤늦도록 온 나라에 낭랑하게 울려 퍼지는 나라. 그런 나라를 만들어 줄 사람이 세손 저하라고 믿지 않았던가.

제가는 제 순진한 믿음의 탑이 밑동에서부터 와르르 굉음을 내며 속절없이 무너지는 소리를 들었다.

*

다음 날 오후 느직이 제가와 진아는 구덜의 집을 나섰다. 구덜과 그 아들인 업진이도 지게를 지고 따라나섰는데, 지게 위에는 얼기설기 짠 나무관이 하나씩 얹혀 있었다. 아침에 구덜이가 마을의 목수에게 송판으로 급히 짜 달라 부탁한 것이었다. 그들은 쌍룡산을 지나고 큰고개를 넘어서 칠패 어물전 너머 청파 배다리로 길을 잡았다.

이희천과 배경도의 시신을 거두러 가는 길이었다. 나라 법에 사흘 동안 효수한 연후엔 유족들이 시신을 수습해서 장례를 지낼 수 있게 되어 있지만, 희천은 그 처자가 의금부에 간힌 데다 그 일족들도 나라의 눈이 무서워 나 몰라라 하는 판이었다. 형제처럼 지내던 백탑 계원들도 추적을 피해서 산지사방 흩어져 있으니. 배경도야 원래 상것인데다 일찍 상처했으니 장례를 치러 줄 사람이라고는 딸인 진아 말고는 달리 있을 리 없었다.

사람이 북적이는 칠패 어물전 거리를 지나면서 진아는 야무지게 입을 닫고 제가에 한 걸음 뒤처져 따라오고 있었다. 간밤 밤새도록 진아의 방에서 흐느끼는 소리가 문풍지 너머로 새들어왔는데 새벽에 문밖을 나온 그 아이의 얼굴은 부석하게 부어 있었고 말이 없었다.

그들은 밥전거리(요즘의 동작나루 일대), 돌모루(지금의 남영역 근처)를 지나 무악재에서부터 흘러오는 만초천(청파 일대를 흘러 한강으로 들어가는 샛강) 뚝에 올라섰다. 강바람에 풀어진 진아의 머리카락이 창백한 볼을 휘감았다. 저만치 청파 배다리가 보이자 그들은 걸음을 서둘렀다.

집행 때엔 사람이 넘쳤을 백사장은 텅 비어 있었고, 금군도 보이지 않았다.

백사장 한복판 금줄 안에 장대를 엇갈려 세운 두 개의 삼각대에 잘린 머리가 걸려 있었다. 상투를 풀어헤쳐 머리카락을 삼각대 가로대에 잡아끌어 묶어 놓았는데, 늘어진 머리가 흔들리고 있었다. 잘린 목에서는 피딱지가 굳어 있었고 모래엔 검붉은 핏자국이 엉겨 있었다. 효수된 머리 옆에는 '능멸선원 대역부도(凌蔑璿源 大逆不道-왕통을 능멸한 역적의 죄) 이희천'과 '참서모리배(讒書謀利輩-헐뜯는 책으로 이익을 취한 장사꾼) 배경도' 라고 커다랗게 쓴 방도 붙어 있었다. 장대 두어 걸음 떨어진 곳에 둘둘 말린 거적이 놓여 있었는데 그것은 머리가 잘려 나간 몸뚱이일 터였다.

희천의 얼굴은 퍼렇게 질려 있었고 이를 앙다물고 있었는데 모진 국문의 끝인지 이마와 관자놀이엔 피멍이 맺혀 있었다. 두 눈은 생시처럼 부릅뜨고 있었다. 그 눈엔 납득할 수 없는 죽음에 대한 의문과 분노가 사무치게 맺혀 있었다. 사춘의 눈과 시선이 마주쳤을 때 제가는 빈 자루처럼 풀썩 백사장에 주저앉았다. 생기 잃은 저녁 해가 뉘엿뉘엿 넘어가고 있었다.

구덜이와 업진이가 지게를 벗어 소나무 관을 모래 위에 내려놓았다. 그들은 무명천을 넓게 펴고는 장대에 묶인 사자들의 머리카락을 풀어서 잘린 머리를 무명천 위에 조심스럽게 내려놓았다. 구덜이가 홉뜬 희천의 눈꺼풀을 쓸어내렸다. 이어서 거적을 풀어헤쳐 목이 잘린 시신의 어깨와 두 다리를 맞들어 잡고는 무명천 위 머리와 맞추어 내려놓았다. 겨드랑이 사이로 광목천을 끼운 다음 목을 둘둘 말고 정수리로 감아올려 매듭지어 머리와 몸뚱이를 고정하고는 새 저고리와 바지로 갈아입혔다. 그러고는 넓게 펴진 무명천을 시신에 둘둘 감아서 관 속에 안치했다. 염습할 터수도 아니었다. 제가와 진아는 서너 발 떨어져 구덜이가 관 뚜껑에 나무못을 박는 것을 지켜보았다.

"서방님, 이제 가시지요."

관을 지게에 올린 구덜이가 그렇게 말했을 때 제가는 고개만 끄덕였는데, 지게를 진 채 끙하고 몸을 일으키는 구덜이의 검게 그은 이마에 주름이 깊게 파였다. 그들은 말없이 길을 되짚어갔다.

*

"서방님, 산역(무덤을 만듦)이 다 끝났는뎁쇼."

그리 깊지 않게 파헤쳐진 구덩이에 관을 내려놓고 흙을 되부어 발로 다지던 구덜이가 조심스럽게 말을 건네왔다. 구덜이네 집 옹기굴 뒤편 소나무 숲이었고 봉분 없이 편편한 평토장이었다. 바위에 엉덩이를 붙이고 앉았던 제가가 일어서며 진아에게 일렀다.

"저 소나무 아래가 네 아비의 무덤이다. 잘 보아두었다가 세월이 평안해지거든 좋은 곳으로 이장하도록 해라."

업진 어미가 챙겨 준 막걸리를 무덤 위에 휘휘 뿌린 제가는 구덜이와 업진에게 다가갔다.

"이번 일로 여러 가지로 폐를 끼쳐서 미안하네. 두 사람 덕에 이나마 묘를 썼으니 참으로 고마운 일이고……. 내 언제가 될지 모르지만 자네들 신세는 꼭 갚음세."

구덜이의 얼굴에서 당황스러움과 황공함이 엇갈려 스쳤다. 면천했다고는 하나 상전에게서 미안하다든가, 고맙다든가, 신세 갚음이라는 말을 들은 건 육십 평생에 처음이었을 것이었다. 구덜이는 연신 허리를 구부리며 말을 더듬었다.

"아…… 아이고, 무슨 말씀을요. 쉰네야 서방님이 시키시면 당연히……. 저, 이제 내려가셔서 저녁 진지 드시고 좀 쉬셔야지요."

"아닐세. 나는 이제 내 집에 돌아가 봐야지. 벌써 열흘이 넘었으니 어머님께서 노심초사하실 게야."

"괜찮으시겠습니까요."

"별 탈이야 있겠나. 그자들이 제 손으로 나를 풀어주었으니……. 나는 그렇다 치고 저 아이는 오갈 데가 없을 테니 당분간 자네가 좀 거두어주었으면 하는데……."

구덜이가 말없이 허리만 굽히는데, 진아가 나섰다.

"아닙니다. 저도 문 안으로 들어가겠습니다."

제가는 진아를 물끄러미 바라보았다. 그 애는 살짝 외면하며 말을 이었다.

"제게는 아홉 살 난 오랍 동생이 있습니다. 그날 아비가 잡

혀가고 제가 도망가는 통에 그 아이가 며칠째 굶고 있을 겁니
다. 옆집 아주머니가 돌보아 주셨는지 모르지만……. 그 애가
밤에 어둔 방에서 혼자 울고 있을 거예요."

제가는 말없이 고개를 끄덕였다. 그리고 구덜이와 업진에
게 일렀다.

"나는 여기 앉았다가 날이 좀 더 어두워지면 바로 떠나려
네. 자네들 먼저 내려가게."

머뭇거리던 두 사람이 다시 깊이 고개를 숙이고 산길을 타
고 내려갔다. 제가가 바윗돌에 엉덩이를 걸치자 진아가 다가
와서 쪼그리고 앉았다. 한참 동안 말이 없었는데, 해가 건너
편 산마루에 걸리더니 천천히 어스름이 내렸다.

"너는 이제 아비도 죽고, 어린 동생만 남았다니 앞으로 무
엇을 하려느냐?"

"……."

진아는 바람에 날리는 머리카락을 귀 뒤로 쓸어 모으면서
말이 없었다.

문득 진아가 나지막이 울음을 터뜨렸다.

"제가 어리석었어요……. 제가 끝까지 버텼으면…… 제 아
비와 저 선비님은…… 죽지 않았을까요. 흐흐흑."

제가는 가만히 진아의 어깨를 두드려 주었다.

"네 잘못이 아니니라. 그 사람들이 너만큼 선하지 못했을

뿐이다."

진아는 질기게 울었는데 제가는 스스로 울음을 그치도록 내버려두었다. 울음을 수습한 진아는 눈매를 가느스름하게 좁히고는 산 아랫마을을 내려다보고 있었다.

"그래 책비 노릇은 계속할 작정이냐?"

"……아직은 모르겠습니다. 달리 배운 것도 없고……. 대가댁 노마님들이 제 목청이 맑고 또랑또랑하며 장단을 잘 넣는다고 칭찬하기는 하셨지요. 저도 책 읽는 것이 좋습니다."

"무슨 책을 낭독했더냐?"

"여러 가지를 읽었습니다. 〈구운몽〉, 〈사씨남정기〉, 〈숙영낭자전〉에 〈박씨전〉, 〈숙향전〉이라든가……."

"그래, 권세가들이나 장안 부가옹들의 안주인에게 책을 읽어주러 다녀보니 어떠하더냐?"

"그분들의 댁은 참으로 크고 화려하더군요. 솟을대문을 지나면 너른 마당에 곡식 창고가 줄지어 있고 마방엔 윤나게 솔질 받은 말이 여러 필이었는데, 검은 기와지붕이 시루떡처럼 켜켜이 겹쳐 있었고요. 내당이나 별당엔 사철 꽃이 피는 화단이랑 연못도 있었고, 윤이 반질반질 나는 대청마루를 지나 안방으로 들어가면 모감주나무로 만든 커다란 장롱 속엔 이름도 모를 중국 비단이 몇 필씩 들어있었어요. 뿐인가요. 부엌엔 옻칠이 잘 된 나주반, 해주반도 많았고요, 그릇들은 또 어찌나 예쁘던지……."

"……."

"비녀들은 또 얼마나 많던지요. 안잠자기에, 침모에 찬모에…… 아기씨를 모시는 교전비도 있고요. 안잠자기를 따라서 내실로 들어가면 노마님들은 부드러운 비단 보료에 누워 잠이 들어있거나 안석에 기대 장죽으로 담배를 피우시거나 했는데 시키는 대로 책을 읽어 드리곤 했지요. 마음씨 좋은 분도 있고, 인심이 박한 분도 있었어요, 장죽에 남초를 쟁여드리거나 어깨와 다리를 주물러 드리면 책 읽는 삯에 웃돈을 얹어주시기도 했고, 찬모를 시켜 약과나 인절미를 싸주시기도 했지요. 책을 읽다가 마님이 잠이 드시면 살며시 차렵이불을 덮어 드리고 나오곤 했지요. 비단옷을 차려입고 자수틀을 손에 쥔 양반댁 아기씨들은 또 얼마나 곱던지……."

"그래서 부러웠더냐?"

"가끔은 부러울 때도 있었어요. 하지만 그분들은 겉으로는 안락하고 유복한 삶을 누리는 것 같아도 새장에 갇힌 꾀꼬리 같아 보였어요. 항상 행실도 조심해야 하고 목소리를 높여서는 안 되고, 큰 소리로 웃지도 못했어요. 그리고 늘 불안해하는 것 같았어요. 바깥어른이 언제 어떻게 되실지 모르니까요. 자주 다니던 북촌 양반댁 중에 성균관 대사성을 하던 분이 있었는데, 이분이 무슨 상소를 잘못했다나 해서 오라에 묶여 가시는 걸 봤어요. 양반댁은 역모에 휘말리면 집안이 풍비박산 난다지요. 그 곱고 귀하던 안방마님들도 비녀가 되어서 절해고도로 끌려가기도 하고요. 저는…… 그렇게 살고 싶지 않아요."

"그럼, 어떻게 살고 싶으냐?"

진아는 쑥스러운지 살짝 외면했다.

"……모르겠어요. 저는 책 읽는 걸 좋아하니까 책을 읽으며 살고 싶어요. 아니, 그것보다는 재미난 이야기책을 직접 지어보고 싶어요. 양반댁 마님들이 투기하는 이야기라든가, 악독한 첩에게 마음씨 착한 정실부인이 쫓겨나는 그런 이야기 말고, 돌아가신 엄마 이야기라든가, 이웃 아줌마 이야기 같은 거……. 가끔 일을 나가지 않는 날엔 저녁에 이웃집 아주머니들이 모여서 바느질하거나 다듬이질하는 방에 가서 이야기책을 읽어 드리면 좋아하시거든요. 그런 분들의 이야기를 재미나게 꾸며서 책을 만들고 싶어요."

"네가 글은 아느냐?"

"언문은 일찍 깨우쳤고, 아비에게서 천자문과 소학을 배웠어요."

"그랬겠구나. 네 아비가 책쾌였으니까."

제가는 잠시 침묵했다가 웃는 얼굴로 진아를 내려다보았다.

"너, 네가 낭독한다는 이야기책 한 대목을 들려줄 수 있겠느냐?"

"지금 말이어요?"

"그래, 괜찮다면 한번 들려줬으면 좋겠구나."

"……아이, 남정네 앞에선 한 번도 읽은 적이 없는데……."

진아는 부끄러운 듯 두 볼에 홍조를 올리더니 이윽고 목청을 가다듬었다. 그리고 낭랑히 암송하기 시작했다. 〈숙향전〉의 한 대목이었다.

……집안에 가산은 풍족하였으나 다만 일점혈육이 없어 매양 차탄하여 명산대천에 정성으로 기도드리더니 칠월 보름에 김생 부처가 완월루에 올라 달을 구경하는데, 홀연 하늘로부터 흰 꽃 한 가지가 떨어져 장 씨 앞에 내려오거늘 자세히 본즉 행화도 아니요, 매화도 아니더라. 맑은 향취가 웅비함으로 장 씨 부부가 이상히 여기고 있노라니 문득 광풍이 크게 일어나 그 꽃이 흩어졌더라. 장 씨가 차탄하고 들어와 자더니 그 밤 꿈에 달이 떠오르며, 금두꺼비가 장 씨 품에 들었더니라. 장 씨가 놀라 깨어 꿈 얘기를 생더러 이르니 생이 말하기를, "나의 꿈에도 계화가 그대 앞에 떨어지고 금두꺼비가 품에 드는 게 보였으니 얼마 안 있어 자식을 낳을 것이오" 하였더라

과연 그달부터 잉태하여 십삭이 차니 때는 사월 초파일이었다. 이날 밤에 오색구름이 집을 두르고 향내 진동하며 선녀 한 쌍이 촉(燭)을 들고 들어와 김생더러 말하기를, "이제 부인이 오

십니다” 하고 부인의 방으로 들어가더니 이윽고 상서로운 기운이 집안에 가득하였더라. 생이 기이하게 여겨 내당에 들어가 보니 장 씨는 이미 순산하였고, 선녀가 유리병의 향수를 기울여 아기를 씻겨 누이며 말하거늘 “이 아기는 월궁 소아로서 상제께 죄를 짓고, 태을 선군과 인간 세계에 적강하였으니 귀히 길러 하늘이 정하심을 어기지 마십시오, 이 아이의 배필은 낙양이 상서집 아들이니 이는 태을입니다. 저희 이제 그리로 가오니 이 아기의 이름은 숙향이라 하고 자는 소아라 하소서.”

과연, 진아의 목청은 청아했다. 높일 곳은 높이고 낮출 곳은 낮추어, 구름에 달 가듯 천천히 읊었다가 바람이 휘몰듯 빨리 외웠다가 천둥 치듯 호령했다가 잔물결 치듯 속삭였다가 음조와 장단을 능숙히 구사하며 구성지게 읊는 것이 어린 나이에도 제법 관록이 엿보였다.

제가는 진아가 낭송하는 언문 소설을 듣다가 문득 코끝이 찡해졌다.

그래, 내가 원한 세상이 대단한 것은 아니지 않았는가.

서얼에 대한 차별이 없는 나라, 상국에 대한 의리니 오랑캐니 이런 소리 대신 편견 없이 앞선 문물을 받아들여 백성의 일상을 돌보는 나라, 성현의 말씀에 어긋나니 어떠니 고루한 소리 대신 선비가 마음 놓고 보고 싶은 책을 보고, 쓰고 싶은 글을 쓰는 나라. 선비의 골방에서, 시골의 서당에서, 향교에서, 성균관에서 책 읽는 소리가 낭랑하게 울리는 나라. 패관이면 또 어떠랴. 부녀의 도리가 어떠니 하는 소리 대신 아름다운 사람의 이야기가 노래가 되어 규방과 내당에서 청명한 웃음과 함께 낭랑히 퍼지는 나라. 아니, 진아가 말하는 대로 씨 뿌리고 고기 잡고 길쌈하는 백성들이 한데 모여 제 살아가는 이야기에 귀를 기울이는 나라……. 그런 나라를 원했던 것이 아닌가.

그런 나라를 만들어 줄 진인이라고 믿었기에 나는 세손 저하를 따랐던 것이 아닌가. 그래서 책 읽고 난이나 치며 시를 짓고 술을 마시던 저 백탑의 사람들이 정치와 권력의 소용돌이에 빠져드는 것을 감수하며 세손을 지키기로 맹약했던 게 아닌가.

이제 세상은 『명기집략』 이전과 이후로 나뉘리라. 조선은 원래 낭독하는 나라였다. 시강원과 경연에 이르기까지 경전을 소리 내어 강하는 나라였다. 과거 준비하는 선비들이 경전을 읽는 소리가 골목마다 집집마다 울려 퍼지지 않았던가. 이제 문사들도 시회를 열어 시를 읊거나, 큰소리로 우국담을 나누는 대신 뿔뿔이 흩어져 음습한 골방으로 숨어들리라. 누군가가 자신이 무슨 책을 읽는지 염탐하지나 않나 하는 악몽에 시달리며 식은땀을 흘리리라. 낭랑한 낭독 대신 입을 우물거리며 눈으로만 책을 읽는 답답하고 음울한 묵독의 시대가 도래하리라.

대저 들숨과 날숨을 번갈아 내며 목청을 울려 소리 내 읽는다는 것은 우주와 자연과 교합하는 행위이다. 밝고 열린 세상을 향한 다짐이요, 외침이며, 서로의 가치와 생각을 공유하고 확인하는 행위가 아닌가. 청명한 아침 햇살처럼 낭랑한 소리가 퍼져나가는 낭독의 시대가 이제는 끝이 난 것이다.

그리고…… 때로는 서로의 지식과 재능을 겨루고, 때로는 통분하며, 때로는 골계담에 킬킬거리고, 때로는 술에 취해 진창 길바닥에 뒹굴던 저 천진난만한 백탑의 시대가 끝났음을 제가는 소스라치게 깨우쳤다.

"……다시는 그런 아름다운 시절은 오지 않을 것이다."

그렇게 중얼거렸을 때 제가는 괴물처럼 아가리를 벌린 세상의 목구멍 안을 들여다본 것 같았다. 그는 자리를 털고 일어났다.

"날이 어두워지기 시작하는구나. 숭례문을 닫기 전에 얼른 가자꾸나."

제가와 진아가 숭례문에 닿은 것은 막 인정을 치려는 술시말이었다. 어느새 도성은 캄캄해져 있었고 민가에는 호롱불이 켜져 있었다. 숭례문을 지나 선혜청 앞에 이르렀을 때 진아가 멈춰섰다.

“이제 쇤네는 가보겠습니다.”

“집 앞까지 데려다 주련?”

“아닙니다. 이젠 문 안인걸요.”

홀로 남은 동생 때문인지 그 아이는 마음이 바빠 보였다.

“그래…… 내가 도움이 될지는 모르겠다만 혹시 어려운 일이 생기면 찾아오너라. 훈도방 붓골 외교서관(경서의 인쇄와 교정을 보던 관청) 뒷말에 와서 박 지평 댁 작은 서방을 찾으면 되느니라.”

“예. 그리고…… 선비님께 너무 큰 은혜를 입었습니다. 덕분에 죽은 아비를 잘 거두었습니다. 이 은혜 갚을 수 있을지 모르지만 잊지 않겠습니다.”

제가는 말없이 고개만 끄덕였다.

진아는 공손히 허리를 굽혀 절을 하고는 몸을 돌려 구르는 공처럼 어두운 거리를 달려갔다. 그 아이의 좁은 등에서 자줏빛 댕기가 찰랑거리더니 곧 어둠에 묻혔다.

*

신묘년 유월 스무하루

조정은 『명기집략』과 비슷한 내용의 『황명통기』를 소지한 혐의로 의금부에 압송되었던 선천부사 이응혁, 어의 허수, 역관 계덕해를 방면하는 것으로 『명기집략』 사건을 마무리했다. 박필순이 상소한 지 꼭 한 달 만이었다.

참형을 당한 자는 이희천, 배경도 외에도 정득환, 정림, 윤혁, 허관 등 사대부와 책쾌 6명이요, 절해고도에 노비로 떨어진 자가 12명이며, 군문에 배속된 자가 3명, 이미 죽어 관직이 삭탈된 자가 3명이었는데, 의금부 옥청에 갇혔다가 석방된 자가 10명이었다. 또한 역관 50여 명이 곤장 수십 대를 맞았고 염천에 벌거벗겨져 고문을 받느라 쓰러진 책쾌가 수십 명이었다.

그 와중에도 삼정승을 포함한 일부 노론 고관들의 책 소지는 쉬쉬하며 덮었고, 애초 책을 소지한 것으로 드러났던 금성위 박명원도 불문에 붙여졌다.

예문관 제학 채제공이 임금의 명에 따라 청에 올리는 진주문을 지어 바쳤는데, 내용은 간절하고 문장은 장려했다.

삼가 아뢰는 일이 선계(先系)에 관계되기 때문에 감히 지극한 정성을 드러내면서 불쌍히 여기고 허락받기를 바랍니다. 가만히 소방을 살펴보면 번복(속국)으로서의 도리를 조심스럽게 지키면서 대대로 황제의 은혜를 받아 아뢰는 일이 있으면 반드시 응답해 주셨기 때문에 소원을 이루지 못한 적이 없었습니다. 지금 신이 뼈를 끊는 듯한 아픔과 가슴이 썩는 듯한 원통함이 있는데도 한갓 분수에 넘친다는 두려움만 품은 채 그 원통함을 드러내어 씻어버릴 계책을 생각하지 않는다면 이는 인애로 포용해 주는 하늘 같은 은혜를 스스로 막아버리는 것입니다.

신이 근간에 처음으로 성조 인황제 병자년 무렵에 주린이 지은 『명기집략』을 보니, 그 가운데 신의 국조 강헌왕 휘 성계의 종계 및 신의 4대조 장목왕 휘 종의 사적이 기재되어 있는데, 잘못되고 사리에 어긋나기가 유례가 없을 정도이며, 명예를 손상함이 한이 없어 오내(신체의 오장)가 놀라고 서글퍼 차라리 죽고 싶은 심정입니다. (……)

돌아보건대 이 『명기집략』은 주린이 사사로이 편찬한 것에 불과하니 국승(國乘·국사)으로 영구히 전하는 책에다 견주어 의논할 것은 아닙니다만, 와전된 것 때문에 잘못된 부분을 답습한 내용이 아직도 남은 채 시장에서 퍼뜨려지고 있으니, 신의 가슴이 무너질 정도로 절박하며 원통하고 분함이 어찌 다함이 있겠습니까? (……) 그런데 지금 주린의 글을 가지고 보면 대체가 『황명통기』에서 주워 모은 것이었으니, 또 이 뒤에 주린을 답습하여 이런 말을 하는 자가 없다는 것을 어떻게 알겠습니까? 이것이 신이 기필코 근본을 뽑아버리고 근원을 막아야겠다고 하면서 아울러 거론하고 우러러 주청하게 된 까닭입니다.

신이 가만히 삼가 생각하건대 바로 이런 무망(誣罔)한 책이 공공연하게 매매가 되며 고려하거나 꺼리는 바가 없으니, 그것이 당대 돈사(두터운 덕을 기록한 역사)의 규정을 무너뜨리고 어지럽히게 되어, 하나로 통일하여 문자를 같이 하는 뜻에 크게 어긋난 것이 또한 어찌 작은 일이겠습니까? 신이 이 책을 보면서부터 분한 생각이 마음에 가득하여 먹을 때를 당해서도 먹는 것을 잊어버릴 정도이며 잠잘 때를 당해서도 잠자는 것을 잊어버릴 정도입니다. 만약 이 책을 하루라도 천지 사이에 머물러 두게 된다면 신이 장차 무슨 낯으로 신의 선조에게 돌아가 뵙겠습니까? 이에 감히 눈물을 흘리며 목욕재계하고 정성을 다하여 호소하오니, 몸은 비록 해동에 머물고 있지만 마음은 천자의 궁궐에 붙좇고 있습니다.

삼가 바라건대 황상께서 소방의 인륜과 의리에 관계된 바를 굽어살피시고 특별히 성조 사례의 지극히 중대함을 진념(軫念 -임금이 신하의 사정을 헤아려 살핌)하시어 위의 항목에 진달한 『황명통기』. 『명기집략』 두 책 가운데 사리에 어긋나는 내용으로 소방에 관계된 것은 빨리 명지(明旨)를 내려 모두 삭제해 버리도록 하여 보잘것없는 신의 원통하고 억울한 심정을 위로해 주신다면, 해동의 신민들은 삼가 살아서는 목숨을 바치고 죽어서는 풀을 묶어 천지 같이 곡진하게 이루어 주시는 은혜를 갚겠습니다. [7]

---

7 영조실록 116권, 영조 47년 5월 27일 기사.

좌의정 김상철을 정사로 한 진주사는 그해 9월 청 예부의 답서를 가지고 왔다. 답서에는 "주린의 『명기집략』을 조사해 보았으나 판본과 서본은 이미 녹고 부서졌으며 시중에 팔리는 것도 없었다. 정사에는 조선 역대 왕의 세계가 바로잡혀 있고, 특히 광해군이 폐출된 일도 극도로 상세하게 제대로 기재되어 있다. 그러므로 그대의 나라에서 『명기집략』을 스스로 조사하여 금하거나 태워 없애어 영구히 의심스러운 곳을 막아야 할 것이다"라 적혀 있었다. 실로 허무한 결과였다.

12

응징

병신년(1776년 - 정조 즉위년) 삼월 스무이레

세손께서 보위에 오른 것은 병신년 음력 3월 27일이었다. 『명기집략』 사건이 일어난 지 5년 후였다. 그때 신왕의 보령은 스물다섯이었다.

그 전해 11월 20일 여든두 살의 영묘께서 집경당에 나가 세손을 배석시키고는 대신을 불러 모아 윤음을 내렸다.

임금은 "근래 나의 신기(神氣)가 더욱 피로하여 한 가지의 공사를 펼치는 것도 제대로 하기 어렵다. 이와 같고서야 만기를 처리할 수 있겠느냐?"고 말하며 세손에게 대리청정을 맡기겠다고 선언했다.

임금은 이어서 이렇게 덧붙였다.

"어린 세손이 노론, 소론, 남인, 소북을 알겠는가? 국사를 알겠는가? 조정의 일을 알겠는가? 병조판서와 이조판서를 누가 할 만한지 알겠는가? 나는 세손에게 그것들을 알게 하고 싶다."

홍인한이 나섰다.

"동궁은 노론이나 소론을 알 필요가 없고, 이조판서나 병조 판서를 누가 할 수 있는지도 알 필요가 없습니다."

실로 신하로서 무엄한 소리였다. 배석했던 세손은 입술을 깨물었다.

인한은 "차라리 도끼에 베여 죽는 한이 있더라도 결코 받들 어 행할 수 없습니다"라고까지 아뢰었다. 영돈녕 김양택과 영 의정 한익모, 판부사 이은도 벌떼처럼 반대했다. 늙은 임금은 기둥을 두드리며 흐느끼다가 대신들을 내보냈다.

그러나 5년 전 봄 영의정 김치인과의 심야 독대에서 세손 의 대리청정을 떠보았다가 노론의 격렬한 저항에 부딪혀 물 러섰던 그때의 전하가 아니었다. 이제 하루라도 빨리 세손에 게 보위를 물려주어야 할 처지가 된 것이다.

전하는 대신을 물리친 자리에서 세손에게 순감군을 수점 (2품 이상 관원을 뽑을 때 임금의 낙점을 받음)하라고 명했다. 이조 에서 문관을, 병조에서 무관을 뽑을 때에도 수점하라 시켰다. 사실상 세손에게 인사권과 병권을 넘긴 조치였다. 대신들이 격렬히 반발하자 임금은 상군(거둥 때 임금을 호위하는 군대)과 협련군(임금의 연을 메는 병사)을 불러들였다. 그때야 겁을 먹은 대신들이 물러섰다.

　노론 벽파는 사도세자를 죽일 때 썼던 방법을 다시 동원했으니, 화완옹주의 양자 정후겸, 숙의 문씨의 오라비 문성국, 정순왕후의 오라비 김귀주 등이 세손의 일거수일투족을 손금 보듯 감시했다. 금주령 중인데도 세손이 술을 마셨다는 음해도 퍼뜨렸다.

　홍국영이 이때도 나섰는데, 소론인 행 부사직(오위에 소속된 종5품 문관직) 서명선에게 홍인한을 탄핵하는 상소를 올리게 했던 것이다. 서명선은 세손이 국사를 알 필요가 없다고 진주한 좌의정 홍인한의 무엄함과 방자함을 탄핵하는 한편 인한의 눈치나 살피며 우물쭈물한 전 영의정 한익모도 비난하면서 이들을 죄주라고 주청했던 것이다.

　임금으로서는 가뭄에 단비 같은 상소였으니, 재야의 뜻이 자신에게 있음을 확인시키는 것이었기 때문이다. 임금은 이에 12월 22일 세손의 대리청정 절목을 마련케 하여 그 뜻을 관철했다.

　그리고 이듬해 3월3일 임금은 "전교한다. 대보(옥새)를 왕세손에게 전하라"는 유조를 내리고 승하했다. 드디어 신왕의 시대가 열린 것이다.

*

신왕은 울면서 면복을 갖추고 유교(遺敎)와 대보를 빈전(왕이
나 왕비의 관을 모시던 전각) 문밖에서 받고 숭정문에서 즉위했다.

대행대왕의 왕비인 정순왕후를 왕대비로, 생모 혜빈 홍씨를
혜경궁으로 높이고 빈을 왕비로 책봉했다. 면복을 벗고 다시
상복을 입은 다음 윤음을 내려 조정 안팎에 유시했다. 신왕의
첫 마디는 이러했다.

"아, 과인은 사도세자의 아들이다."

대행대왕께서 임오년의 처분을 내린 이후 사자(嗣子)로서의
세손의 지위는 그대로 두면서 요절한 첫아들 효장세자의 적통
을 잇게 했는데, 신왕은 즉위하자마자 천둥처럼 자신이 사도
세자의 아들임을 조야에 천명한 것이다. 이것은 임오년 자신
의 생부가 뒤주에 갇혀 죽도록 모해한 자들을 중벌에 처할 것
임을 선언한 것이기도 했다.

임금의 조치는 빠르고 단호했다.

그해 여름이 가기 전에 신임사화에 죄가 있는 이광좌, 조태
억, 최석항 등의 관작을 추탈했으며, 재상으로서 문 숙의의 아
우 문성국과 결탁하여 선왕과 사도세자를 이간하여 참화가 일
어나도록 만든 김상로를 뒤늦게나마 역률로 다스려 군신의 대
의를 바로잡아야 한다고 하교했다. 또 이덕사, 조재한, 박상로,

최재흥 등을 친국하면서 "이는 선왕을 무함한 역적이다"라 하
교한 후 모두 처형했다.

가을에는 문 숙의를 사사했다. 대신들과 삼사는 인한과 후
겸 모자의 죄를 바로잡을 것을 청했는데, 이에 따라 인한과
후겸은 귀양을 보내고, 후겸의 어미는 성 밖으로 내쫓았는데,
가을에는 인한과 후겸에게 사약을 내렸다. 이렇게 왕법의 지
엄함을 서릿발처럼 보이면서 역적을 다 베고는 그 경위를 기
록한『명의록』을 펴냈다.

구선복은 무반에 세력을 워낙 깊이 부식했던 자였던지라
임금은 오랫동안 처단할 기회를 노렸다. 10년 후인 병오년
(1786년-정조 10년) 구선복이 드디어 역모 사건에 연루되자 거
열형(수레에 사지를 묶어 찢어 죽이는 형벌)에 처하고 그 일족도
참형에 처했는데, 실로 와신상담의 결과였다. 임금은 그를 죽
인 후 이렇게 말했다.

"시신을 저자에 버리는 형벌이 어찌 이 역적에게 충분하겠
는가. 나는 그놈의 살점을 씹어 먹고 가죽을 벗겨 깔고 자도
시원치 않다."

아버지 사도세자가 뒤주에 갇혔을 때 그 앞에서 술과 떡을
먹고, 세자를 능멸하며 뒤주에 침을 뱉었을 뿐만 아니라『명
기집략』사건 때 자신을 모해하려고 뒤를 캔 것에 대한 깊고
깊은 원한의 결과였다.

*

신왕의 등극과 함께 홍국영의 시대도 열렸다.

『명기집략』 사건 때는 포의로서 세손을 돕던 그는 그 이듬해인 임진년(1772년) 9월 정시의 병과 11위로 과거에 급제했다. 이듬해 2월 가주서(승정원의 정7품직)으로 벼슬살이를 시작한 그는 곧 사관으로 옮겼는데, 세손으로부터 『명기집략』 사건 때의 활약을 전해 들은 선대왕은 국영에게 "너는 내 아들이다"라 하며 귀여워했다. 사관으로서 편전에서의 임금의 집무와 대신들의 언행을 꿰듯이 지켜본 그가 세손의 눈과 귀의 역할을 다했음은 물론이었다. 그는 이듬해 을미년 3월부터는 동궁시강원 설서(세자시강원의 정7품직)로 보임되면서 공식적으로 세손을 보좌했다. 세간에서 '세손의 오른편 날개'라는 소리가 나온 것도 이때의 일이다.

홍국영은 신왕이 등극한 지 불과 사흘 만에 동부승지에 제수되었다. 한꺼번에 여섯 품계를 뛰어넘은 엄청난 벼락 승진이었다. 그의 나이 스물아홉이었다. 그뿐이 아니었다. 넉 달 뒤인 7월에는 승정원의 수장인 도승지로 승차했으니, 왕명의 출납은 그의 손을 거치지 않은 바가 없어 그야말로 신왕 체제의 최고 실세로 도약했다. 임금은 국사를 그에게 일임했으며, 군국기무의 주요 사안을 의논하지 않는 바가 없었는데, 노론의 정적을 숙청하는 일도 은밀히 그에게 맡겨졌다.

그는 도승지를 맡으면서 군사의 요직도 여럿 겸했다. 전하의 즉위년 11월 수어사에 임명된 것을 시작으로 총융사를 거쳐 이듬해 정묘년(정조 1년) 5월에는 금위대장과 훈련대장을 돌아가며 맡았고, 7월에는 숙위소를 신설해 그 대장을 맡았다. 전하는 숙위대장에게 특별히 대장패와 전령패를 차게 하며, 안으로는 위장, 부장, 금군과 도감의 군병, 각문의 수문장, 국별장과 밖으로는 궁궐 담장 바깥 삼군영에 입직하는 순라에 이르기까지 매일 숙위대장에게 보고하도록 조치했다. 왕명의 출납, 인사권과 군권, 궁중 경호권을 한 손에 쥐었으니 과연 나는 새도 떨어트릴 권세였다.

*

임금이 바뀌면서 시국이 요동치는 격변 속에서 제가는 고요히 엎드려 세월을 보냈다. 신왕이 등극하던 해 그의 나이는 스물일곱이었는데, 여전히 붓골의 초가에 틀어박혀 책이나 보는 것으로 소일하였다. 백탑의 사람들과도 어울리는 일이 드물었는데, 어쩌다 만난다 해도 옛날 같은 정회는 일지 않았다. 그래도 『명기집략』 때의 일을 아예 잊을 수는 없어 토방에서 술을 마시며 홀로 울기도 하였다.

박지원은 신왕 등극 때 나이가 마흔 고개를 넘었는데, 평생의 벗 사춘 이희천을 잃은 날 밤에 머리와 수염이 하얗게 세어버렸다. 그는 가끔 도성의 집으로 와서 얼마간 머물기는 했으나 금천 연암골에 틀어박혀 지냈는데, 마흔두 살 때인 무술년(1778-정조 2년)에는 두어 칸의 초가집을 짓고는 아예 가족을 이끌고 들어갔다.

홍국영은 일찍이 박지원을 모해한 일이 있었던지라 스스로 결쩍지근하여 지원과 백탑 계원의 동정을 염탐하곤 했다. 지원의 벗인 유언호가 개성 유수로 와서 지원의 생계를 돌보고 이따금 불러 술을 대접하며 울적한 심사를 달래주곤 했는데 조정의 사정을 아는 그는 지원에게 늘 당부하곤 했다.

"자네는 어쩌자고 홍국영의 비위를 그렇게 거슬렀나? 자네에게 독을 품고 있으니 어떤 화가 미칠지 알 수 없네. 그자가 자네를 해치려고 틈을 엿본 지 오래라네. 다만 자네가 조정 벼슬아치가 아니기 때문에 해코지를 짐짓 늦추어온 것뿐이지, 이제 복수 대상의 거의 다 제거됐으니 다음 차례는 자네일 걸세. 자네 이야기만 나오면 그 눈초리가 몹시 험악해지니 필시 화를 면치 못할 걸세. 부디 조심히 처세하시게나."

그럴 때마다 지원은 호젓이 웃을 뿐이었다.

그 와중에 이따금 백동수와 이덕무, 박제가가 연암골로 찾아오곤 했는데, 그나마 그것이 그가 세상과 통하는 유일한 통로였다. 다만 박제가의 처남 이몽직이 을미년(1774년)에 남산에 활을 쏘러 갔다가 잘못 날아든 화살에 맞아 세상을 떠났을 때 제가의 청을 받아 이런 조사를 썼을 뿐이다.

…… 나는 내 친구 이 사춘이 죽은 뒤부터는 사람들과 다시 교제하고 싶지 않아 경하건 조위건 모두 폐해 버렸다. 그리하여 평생의 절친한 친구로, 이를테면 유사경(유언호), 황윤지, 황승원 같은 이들이 험한 횡액을 만나 섬에서 거의 죽게 되었어도, 한 글자 안부를 물은 적이 없었다. 비록 왕래하는 일이 있다 해도, 가까운 이웃에 밥 지을 물과 불을 얻거나 시복(석 달 동안 입는 상복) 이내의 집안 친척을 조문하는 것에 지나지 않았다. 그래서 사람들이 무척 원망하고 노여워하여, 꾸지람과 책망이 한꺼번에 들이닥쳤다. 나 역시 스스로 이와 같이 하겠다고 감히 말하지는 않았지만, 교제가 끊기는 것도 달갑게 여겨 비록 실성하거나 멍청한 사람으로 지목을 받아도 원망하지 않았다.

대개 생각은 다 망상이요, 인연은 다 악연이다. 생각하는 데서 인연이 맺어지고, 인연이 맺어지면 사귀게 되고, 사귀면 친해지고, 친하면 정이 붙고, 정이 붙으면 마침내는 이것이 원업이 되는 것이다. 그 죽음이 사춘처럼 참혹하고 몽직처럼 공교로운 경우에는, 평생 서로 즐거워한 것은 얼마 되지 않은데 마침내 재앙과 사망으로 고통이 혹독하여 뼈를 찔러대니, 이것이 어찌 망

상과 악연이 합쳐져서 원업이 된 게 아니겠는가.[8]

*

제가가 처음으로 연경을 간 것은 무술년 3월 17일이었다. 이덕무와 함께였다. 그 전해 동지사가 청 황제에 올린 주문에 불손한 구절이 있다는 질책을 받고 해명 겸 사죄하러 가는 사은진주사였는데, 제가는 정사 채제공의 종사관 자격이었고, 덕무는 서장관 심염조의 종사관이었다.

오래 꿈꾸었던 연행 기회에 제가는 모처럼 기뻤다. 제가는 키가 작았고, 덕무는 헐렁하게 컸는데, 서로를 땅딸보와 헐랭이라고 놀리며 유쾌하게 떠들던 덕무와 함께 가는 것도 좋았다. 그것이 평생 네 번 있은 연행의 시작이란 걸 그때는 몰랐지만 연경에 갈 수 있다는 생각만 해도 울울한 가슴이 틔는 느낌이었다. 스무 살이 채 못 된 시절 담헌 선생의 서재에서 연경에서 들여온 책 구경을 하며 유리창에 얼마나 가보고 싶어 했던가.

지원도 제자의 연행을 반가워해 주었다.

"그래, 이런 세월엔 바깥바람 쐬는 것만큼 좋은 게 없지. 가

---

8 박지원, 『연암집(燕巖集)』 3권 〈공작관문고(孔雀館文稿)〉 중 〈이몽직애사(李夢直哀辭)〉

거든 넓은 땅덩이 구경도 하고, 신문물과 새 책 견문도 많이 하게나. 그리고 중국의 조야 명사들과 많이 사귀게나. 자네는 젊으니 다녀오는 것만으로도 식견이 뚫릴 게야."

출발하는 날 지원은 지인들과 함께 질탕한 전별연을 베풀어 주었다. 모처럼 흥겨운 웃음이 가득 찼는데, 제가는 그 옛날 백탑시사의 시회 자리가 떠올라서 공연히 목이 메었다.

5월 15일 연경에 도착했는데 과연 대처였다. 덕무와 제가는 말도 통하지 않으려니와 드넓은 연경 거리에 기가 죽어서 며칠 동안 객사에 처박혀 있다가 드디어 유리창을 찾아갔다. 과연 그 규모가 엄청났다. 서점이 없는 조선과는 달리 수만 권 책을 쌓아놓은 서점이 서른 군데가 넘었고, 온갖 박물을 쌓아둔 상점도 수십 개였다. 서점을 돌 때마다 책벌레 덕무는 눈알을 쉴 새 없이 굴렸다. 그들은 하루에만 숭수당, 문수당, 취성당 같은 당호를 단 서점 열두 군데를 돌아다니면서 책 구경도 하고, 처음 보는 책의 목록도 적었다.

연경의 문인, 명사와의 교유도 이루어졌다. 그들이 가장 만나고 싶어 한 사람은 담헌 홍대용 선생과 오랜 교분을 가진 문사 반정균이었다. 그를 만났을 때 얼마나 가슴이 뛰었던지. 오래 전 담헌의 집에서 『명기집략』을 빌려올 때 담헌이 그 책의 내용을 논박해 편지를 보낸 상대가 바로 반정균이 아니었던가.

반정균은 두 사람을 위해 성대한 음식상을 차려냈다. 소금에 절인 압단, 밤톨 모양의 부제, 청라갱, 좌어학 같은 난생처음 보는 요리에다 상어지느러미 요리인 사어시까지 나왔다. 맛있는 요리와 향기로운 술을 앞에 하고 제가와 덕무는 반정균과 필담을 주고 받으며 당송 이래의 문체에 관한 토론도 하고 최근 청의 문화적 흐름에 대한 견문도 넓혔다. 이조원과 그의 아우 이정원, 당낙우와 축덕린도 만났다.

윤 6월 14일 귀로에 압록강을 건널 때 스물아홉의 제가는 제 정신의 키가 한 뼘은 더 커졌다고 생각했다.

연경을 다녀온 그해 제가는 중국에서의 견문을 엮어 책을 펴냈으니 『북학의』였다. 그 책에서 그는 허황한 잡설을 제하고, 오로지 수레와 배, 벽돌, 도로, 교량 따위 중국의 앞선 문물을 수십 개 항목으로 간결하게 소개하면서 조선에 도입할 것을 역설했으니, 스스로도 실증주의자가 되어야 한다고 생각했기 때문이다. 그 책의 서문에서 제가는 이렇게 썼다.

……그때 몇 달 동안 머물면서 평소에 듣지 못하던 바를 듣고 또 옛 풍속이 아직도 남아서 옛 사람들이 나를 속이지 않은 것을 감탄하였다. 그 나라의 습속 중에 우리나라에서 본받을 만한 것과 날마다 사용하기에 편리한 것을 듣고 보는 대로 붓으로 적고, 또 시행해서 이로운 것과 폐가 되는 것을 붙여 적어서 풀이

한 다음 맹자가 진량(초나라 사람으로 주공과 공자의 가르침을 초나라로 전파함)을 말한 것을 따서 『북학의』라 이름 붙였다.……

*

임금이 제가를 조정에 불렀다.

경자년(1779년-정조 3년) 3월이었다. 전하는 박제가, 이덕무, 유득공, 서이수 등 백탑시사의 네 명을 규장각의 검서관으로 특채했다.

전하는 이미 즉위년인 병신년(1776) 9월25일에 창덕궁 금원 북쪽에 규장각을 세우고 제학, 직제학, 직각, 대교, 검서관 같은 직제를 갖추었다. '규장(奎章)'은 임금의 시문이나 글을 가리키는 말인데, 역대 왕의 글과 책을 수집 보관하는 한편 문한(국가의 공식 담화문) 기능에다 과거를 주관하고 문신 교육의 임무까지 수행하게 했다.

하고 보면, 임금은 세손 시절 저 금성위 별서에서의 군신회맹 약속을 지킨 셈이기는 했다. 문풍을 일으키고 문예를 부흥하겠다던 약속, 그리고 백탑의 문사들을 등용하겠다던 약속…….

임금의 부름을 받았을 때 제가와 덕무와 득공은 깊이 번민하였다.

서얼허통법을 만들어 과거조차 볼 수 없는 자신들에게 잡
직이나마 관직을 주어서 나라의 문풍을 일으키겠다는 전하
의 마음은 고마웠으나『명기집략』의 일을 떠올리면 도무지 조
정에 나아갈 마음이 생기지 않았다. 세손 시절의 전하를 처
음 알현했을 때 혁명은 아니로되 유신을 이루어 기울어져 가
는 나라의 기풍을 일신할 영주, 아니 초인으로까지 생각했던
제가가 아니었던가. 그러나 국영의 광에 갇힌 며칠 동안 그는
쓰디쓴 실망과 환멸을 맛보았었다. 이제 전하는 세손 시절 처
음 알현했을 때의 자랑스러움을 마음속 내밀히 간직한 그 군
주가 더는 아니었다.

그러나…….

쓰일 데 없이 쌓여만 가는 지식의 무게가 그의 어깨를 짓눌
렀다. 이렇게 한평생 뒷전에서 세상을 곁눈으로 흘기며 시간
을 희롱하다 어느 결에 스러져 백골이 되어도 내 인생은 괜찮
은 것인가. 연경에서 본 수많은 새 문물과 그곳에서 사귄 사
람들과의 대화에서 깨친 것을 그저 술자리의 안줏거리로 낭
비해도 좋은 것인가. 아니, 내가『북학의』에서 썼던 민생의 절
실함과 이용후생의 중요함을 실현하는 데 참여하지 않아도
되는 것인가.

번민 끝에 제가는 덕무, 득공과 함께 연암골로 박지원을 찾
아갔다. 잠잠히 듣고 있던 지원의 말은 싱겁도록 담담했다.

"무얼 그리 고민하는가. 출사하게나."

"……하오나, 사춘 선생님의 일을 생각하면 전하를 믿기 어렵습니다."

"허허. 그렇지 않네. 전하는 심지가 굳은 분일세. 아버님의 참사를 딛고, 노론의 그 자심한 탄압을 뚫고 끝내 보위에 오르신 분이 아닌가. 호학에, 박학에, 그리고 문사를 대접할 줄 아는 분이네. 그렇게 마음이 걸린다면 임금이 아니라 백성을 위해서 출사한다고 생각하면 어떻겠나."

"솔직히 말씀드리자면 홍국영이 지금 조정에서 권병을 휘두르며 패악을 부리는 것도 마음에 걸립니다. 저희에게 해코지나 하지 않을지……."

"그건 너무 걱정 말게나. 그자는 오래잖아 제풀에 자빠질 걸세. 권력의 산마루를 너무 급하게 기어올랐네. 급히 오를수록 급히 굴러떨어지는 법이야."

"……하오면, 미중 선생님은 전하께서 부르셔도 출사하지 않으실 것입니까?"

"……."

토방 툇마루에 앉은 지원은 건너편 산마루로 시선을 옮기며 희미하게 웃었다. 등성이에 드리운 구름 그림자가 천천히 흘러갔다.

덕무와 득공, 제가가 서이수와 함께 규장각에 첫 출사한 날 미관말직임에도 전하는 편전에서 그들을 인견했다. 삼개 별서에서의 만남 이후 십 년 만이었다. 젊은 임금은 부복한 그들을 담담히 내려다보았다.

"규장각은 과인이 세손 시절부터 오래 생각하던 기관이다. 그래서 보위에 오르자마자 가장 먼저 설치했다. 이제부터 초야에 묻힌 인재를 널리 찾아 쓸 것이다. 너희가 그 시작이다. 듣자니 너희는 공부를 열심히 하고 시문에도 능할뿐더러, 근자에는 연경에도 다녀왔다더구나. 과인이 너희를 한자리에 모은 것은 다 뜻이 있어 한 일이니 그 재능과 견문을 국가의 경법(공명정대한 큰 원리와 법직)을 밝히고 학문과 도의를 진작하는 데 아끼지 말라."

그들은 사은숙배하고 편전을 물러났다.

*

홍국영이 실각한 것은 기해년(1779년) 음력 9월이었다. 제가 등이 규장각에 들어간 지 반년 만의 일이었고, 전하가 보위에 오른 지 삼 년 반 만이었다. 과연 지원이 예상한 대로였다.

권력의 정상에 오른 국영은 근신할 줄 몰랐다. 그는 궁궐을 호위하는 숙위소의 수장임을 빙자하여 임금을 알현하려는 고관들을 통제했고, 임금께 올라가는 갖가지 기밀과 국가의 정책 방향을 사전에 검열하고 때로는 조작했으며, 조정 각부의 인사에도 개입했다.

뿐만이 아니었다. 제 누이를 임금의 후궁으로 입궐시켜 외척으로서의 토대를 굳히려고 시도했다. 그러나 국영의 누이동생 원빈 홍 씨는 가례를 올린 지 1년 만에 세상을 떠났는데 국영은 임금의 정비 효의왕후가 제 누이를 독살한 것으로 의심하여 왕비의 나인을 숙위소로 불러 혹독하게 신문했으니 신하로서 분에 넘치는 짓이었다. 또한 임금의 서제 언은군의 아들 준을 원빈의 후사로 삼았는데, 세간에서는 국영이 젊은 왕을 제쳐두고 다음 대통을 염두에 둔 것이란 풍설이 돌았다. 사실이라면 역모에 버금가는 짓이 아닐 수 없었다.

악화된 조야의 여론을 간파한 국영이 기해년 9월에 모든 자리에서 물러나겠다는 상소를 올리자 임금은 당일 이를 수리했다. 전하가 국영이 그동안 저지른 비행을 들어 스스로 물러나라는 뜻을 우회적으로 전했기 때문이라는 풍설도 나돌았다. 그나마 임금이 서른두 살밖에 되지 않은 그에게 봉조하(나라에 공이 많은 퇴임 원로대신에게 녹봉과 함께 주는 명예직)를 내려 마지막 예우를 했는데, 세간에선 검은 머리의 봉조하라고 수군거렸다.

권좌에서 물러나자 탄핵 상소가 다투어 올라왔다. 다음 달 의정부 좌참찬 김종수의 상소가 올라온 것을 빌미로 임금은 그의 대궐 출입을 금지했고 이어서 도성에서 방출했다. 이듬해 강원도 횡성으로 유배 간 그는 강릉으로 이배되었다가 화병으로 그 이듬해 죽었다. 임금은 그에게 권력을 주어 노론의 권신을 제거하는 사냥개로 부렸다가 하루아침에 권력을 거두어들였으니 실로 토사구팽이었다. 그래도 일찍이 세손 시절 국영에게 "네가 군사를 이끌고 대궐을 범하지 않는 한 무슨 일이 있어도 너를 죽이지 않겠노라"고 한 약속은 지킨 셈이었다.

*

제가는 덕무, 득공 등과 함께 14년 동안 규장각에서 일했다. 미관말직이었지만 왕실이 모은 숱한 장서를 읽고 검토하고 교정을 보아 새 책을 편찬하는 일은 즐거웠다. 오랜 지우와 함께 규장각에서 밤새워 일하고 사옹원에서 마주 앉아 밥을 먹으며 주고받는 악의 없는 쓸까스름과 농담도 그의 배짱에 맞았다.

그는 전설사(궁중의 각종 행사 시설을 설치하는 기관)의 책임자인 별제를 제수받았다. 작은 관아이지만 그래도 수장을 맡은 것이니 그 또한 전하의 은혜가 아닐 수 없었다.

제가가 별제가 된 그 이듬해 임금이 조정의 관리들에게 평소에 생각하고 있던 시무 개혁책을 품할 것을 명했다. 이른바 '병오소회(丙午所懷)'란 것이었는데, 제가는 오래 생각했던 바를 장문의 책문(임금께 올리는 건의문)으로 정리해 품의했다.

그는 그 글에서 중국과의 해상교역을 장려하라고 썼다. 면화와 모시와 삼베와 종이, 붓을 수출하고 비단과 모직물, 금은과 무소뿔, 병기와 갑옷을 수입하라고 품했다. 중국처럼 서양 선교사의 입국을 허락해 서양의 앞선 문물을 직수입할 것도 임금께 권했다. 북학을 적극적으로 받아들여 실질적인 개화에 왜 나서지 않느냐고 임금을 힐난하기도 했다. 그 글의 말미에서 그는 "특별히 하루 휴가를 주고 제 말을 받아쓸 사람 10명을 보내주면 폐부에 담긴 생각을 모두 쏟아낼 것"이라고 호언장담했다. 서른여섯의 박제가는 자신만만했으며 오연한 경세가를 꿈꾸었지만 임금은 그의 건의를 실제로 국정에 반영하지는 않았다.

다만, 임금은 정미년(1787년-정조 11년) 박제가와 이덕무, 그리고 백동수에게 명하여 『무예도보통지』를 편찬하게 하였으니 이로써 조선군의 전투 교범이 비로소 집대성된 것이었다.

백동수는 『명기집략』 사건 때 박지원을 연암골로 피신시킨 다음, 스스로는 가솔을 이끌고 강원도 기린협(지금의 인제 부근)으로 들어가 농사짓고 짐승을 키우고 사냥이나 하면서 10년 세월을 보냈다. 그는 '야뇌(野餒)'라 스스로 호를 지었으니 굶주린 들개를 자처한 것이었다. 그러다가 무신년에 집춘영(한성을 방위하는 오영의 하나인 어영청의 분영) 초관을 거쳐 이듬해 장용영(정조가 왕권 강화와 왕실 호위를 위해 창설한 부대) 초관에 보임된 터였다. 조선 검법의 일인자인 동수가 검법과 창법을 실전 차원에서 정리하고 창안하면 그것을 도록과 함께 한 권의 책으로 정리하는 것이 제가와 덕무의 소임이었다.

이렇게 세월은 개울물처럼 담담하게 흘러갔다.

*

무술년의 첫 연행 이후 또 다른 연행도 이어졌다.

경술년(1790년-정조 14년) 청의 건륭제의 여든 살 생일 축하 사절이었다. 영조의 부마인 창성위 황인점이 정사, 예조판서 서호수가 부사, 홍문관 교리 이백형이 서장관을 맡은 연행에서 박제가는 유득공과 함께 막객(사신을 수행하던 무관)의 자격으로 따라나섰다.

선진 문물에 대한 호기심 많은 청년이었던 12년 전 첫 연행과는 달리 마흔의 나이로 떠난 연행 길은 여러모로 달랐다. 당대의 명사 손성연과의 만남이 결정적이었는데, 제가와 필담을 나눈 손성연은 조선에서 온 불혹의 이 지식인에게 반했다. 제가가 써 준 '문자당(文字堂)' 당액을 본 손성연은 물론 함께 있던 연경의 명사들이 그 헌걸찬 글씨에 반해 다투어 글씨를 청했다. 제가는 그 연행에서 50여 명의 문사들과 만나서 글씨를 써주었는데 일약 연경의 진객으로 떠올랐다. 그의 시문 한 점 얻지 못하면 행세할 수 없다는 소리까지 나왔는데 그의 가짜 그림과 글씨가 유리창에 떠돌아다닐 정도였다.

이때 제가는 화가 나빙과 운명적인 만남을 갖게 된다.

양주 출신으로 양주 팔괴(八怪)의 한 사람으로 꼽히는 나빙은 옛 틀에 얽매이지 않은 새로운 화풍을 추구하는 자유로운 정신이었다. 두 사람은 만날 때 이미 서로에게 반해 버렸는데, 권위에 저항하는 정신과 자유로운 예술적 기질이 맞아떨어졌기 때문이다.

귀국하는 길에 나빙은 제가의 초상을 그려주었다. 전립에 도포를 입은 무관 차림이었다. 작은 키에 짙은 눈썹과 총명한 눈매, 검고 윤기 나는 수염……. 단정하고도 고집 센, 그리고 자부심으로 가득 찬 제가의 면모가 여실히 드러난 그림이었다. 나빙은 그림에 시도 하나 붙여 주었다.

삼천리 밖 사람을 마주하여서
아름다운 선비와 만난 기쁨 그려 보았네.

사랑하는 그대의 멋진 운치 무엇에 비길까.

매화 변해 그대가 되었음을 알겠네.

두 번째 연행에서 돌아온 제가는 임금의 명에 따라 짐을 풀 틈도 없이 다시 연경을 향했다. 연경에서 맺은 명사들과의 교류와 연경 문단과 화단에서의 명성은 이미 조선에도 알려져 있었고, 임금은 외교관으로서의 그의 실무 능력을 신뢰했다. 임금이 하사한 비단으로 그는 사랑하는 딸 수연의 혼수를 장만할 수 있었다. 제가의 인생에서 가장 빛나던 시절이었다.

*

박지원이 관직에 나간 것은 그의 나이 쉰하나 병오년(1786년-정조 10년)이었다. 오랜 친구 유언호의 주선이었다. 금상이 즉위한 지 10년 동안 관직을 얻으려 하지 않던 그가 결국 미관 말직이나마 녹봉을 먹게 된 것은 집안의 가난 때문이었는데, 10년 세월이 인생의 모서리를 갈아 주었기 때문이기도 했다.

지원 역시 경자년(1780년-정조 4년) 연행을 다녀왔다. 그의 팔촌 형 금성위 이명원이 건륭제의 일흔 살 수연을 진하하는 사절단의 정사가 되자 이명원에게 데려다 달라 청을 넣은 결과였다. 벼슬이 없는 포의였으므로 그는 자제 군관 자격이었다.

그때 그는 집안의 종 장복과 창대를 데리고 갔는데 요동에서부터 황제의 여름 별장인 열하(熱河)까지 43일 걸려서 갔다. 그는 정사인 팔촌 형의 방에서 함께 기거하기도 하고 때로는 다른 사행과 함께 어울리면서 견문을 쌓았다. 다녀와서 그는 보고 들은 산천과 문물, 만나고 사귄 사람들의 이야기를 꼼꼼히 기록한『열하일기』를 펴냈는데 그 책은 지원을 온 나라에 이름이 떠르르한 일세의 문호로 만들어 주었다.

지원이 처음 얻은 관직은 선공감(건물의 신축과 수리를 맡는 관청)의 감역(종9품)이었다. 노론 명문가 출신으로 소시적에 사마시에서 장원을 차지했을 적에 영묘께서 친히 인견해 그의 답안을 듣고 책상을 두드려 감탄했던 터였다. 이제 나라의 문호로서 이미 그 명성이 드높은 데다 동문수학한 이들은 진작 판서니 판의금이니, 대제학이니 꿰차고 있을 때였다. 지천명에 미관말직 중에서도 최말단에, 그것도 음서로 들어간 스승을 보면서 제가는 난감했다. 그저, 기술 관아의 최말단 자리를 굳이 자청한 것이 스승의 마지막 자존심이 아닐까 짐작했을 뿐이다.

과거니 시류니 담을 쌓은 지는 수십 년이지만 지원은 하급 관리로 호구지책을 삼을 적에 남은 인생을 그저 호호야(인품이 무던하고 늘 웃는 늙은이)로 살아가자고 다짐했다. 이듬해 아내가 죽었고, 또 얼마 되지 않아 맏며느리가 죽었다. 지원은 희로애락을 벗어던진 얼굴로 연암골 뒷산에 아내를 묻었다.

평시서(시장과 도량형, 물가를 관장하던 관서)와 사복시(왕이 타는 말, 가마와 목축을 관장하던 부서)의 주부로 떠돌다가 신해년(1791년-정조15년)에는 한성부 판관이 되었다가 이듬해에는 안의현감으로 지방관이 되었다. 지원은 현감이 되어서도 조정의 세력다툼이나 임금의 동정에 관심을 두지 않고 벗이나 가까운 일가를 불러 풍류나 즐겼는데, 그는 제가 맡은 고을 수령 노릇이란 게 거친 물살에 쓸려 내려가던 가랑잎이 어느 돌 틈에 끼여 잠시 쉬어가는 것이라 여겼다.

시간은 박지원에게도 봄날 여울물처럼 고즈넉이 흘러갔다.

13

문체반정

계축년(1793년 - 정조 17년) 정월

안의 현감 박지원이 임금의 하교를 받잡은 규장각 직각 남공철의 편지를 받은 것은 계축년 정월이었다. 쉰여덟 때의 일이었다.

임금은 나라의 문풍이 패관소품(소설이나 수필처럼 가벼운 입말을 묘사한 한문체)을 본받아 날로 비속하고 경박해지고 있다고 개탄하고 그 폐단이 박지원에게서 비롯되었다고 지목하면서 지원에게 순정한 고문체로 자송문(반성문)을 지어 바치라고 명령했던 것이다.

"근자에 문풍이 이렇게 된 것은 모두 박지원의 죄다. 『열하일기』를 내 이미 익히 보았거늘 어찌 속이거나 감출 수 있겠느냐? 『열하일기』가 세상에 유행한 후로 문체가 이같이 되었거늘 본시 결자해지인 법이니 속히 순수하고 바른 글을 한 부지어 올려 『열하일기』로 지은 죄를 씻는다면 문임(종2품 관직인 홍문관이나 예문관의 제학) 벼슬을 준들 아깝겠느냐? 그러나 그렇게 하지 않으면 무거운 벌을 내릴 것이다. 너는 즉시 편지를 써서 나의 이런 뜻을 전하도록 하라."

지원에 대한 협박과 회유가 섞인 하교였다. 음서로 관직을 오른 자는 당상관은 될 수 없었다. 그런데도, 임금이 이렇게까지 말한 데는 사연이 없지 않았다.

공맹이나 정주 같은 성현의 말씀에 기대고 옛 경전을 인용해 오늘의 일을 단정하게 드러내는 것이 조선의 오래된 글쓰기 방식이었건만, 언제부터인지 패관잡기나 명말청초 중국 문인들의 문집에 영향을 받아 시속의 세정과 여염의 비루한 입말을 여과하지 않고 그대로 옮겨 적는 패관소품 문체가 유행하기 시작했다는 것이 임금의 판단이었다.

발단은 그 전해 집의(사헌부 종3품직) 이동직이 정조의 총애를 받던 남인 시파 이가환의 문체를 문제 삼아 상소를 올린 것에서 비롯되었다. 이동직은 이가환의 학문이 서학에서 나왔으며 패관소품을 숭상하였다고 탄핵했다. 그런데 임금은 그 책임이 오로지 이가환에게만 있는 것이 아니라 폐단의 근본이 박지원에게 있다고 책임을 돌린 것이다.

임금은 동지정사 박종악과 대사성 김방행을 불러들여 접견했을 때도 이렇게 전교했다.

"근래 선비들의 취향이 점점 저하되어 문풍도 날로 비속해지고 있다. 과문(科文)을 놓고 보더라도 패관소품의 문체를 모방하면서 경전 가운데 늘 접하여 빠뜨릴 수 없는 의미들이 소용없는 것으로 전락하였다. 내용이 빈약하고 기교만 부려 전연 옛사람의 체취는 없고 조급하고 경박하여 평온한 세상의 문장 같지 않다. 이러한 폐단의 근원을 아주 뽑아서 없애버리려면 애당초 잡서들을 중국에서 사 오지 못하게 하는 것이 제일이다. 이전의 사행 때도 물론 누누이 당부해 왔지만 이번 사행에는 더욱 더 엄히 단속하여 패관은 말할 것도 없고 경서나 사기라도 당판(중국에서 찍은 판본)인 경우 절대로 가지고 오지 말도록 하고, 돌아오는 길에 압록강을 건널 때 하나하나 조사해서 군관이나 역관 무리라도 만일 가지고 오는 자가 있으면 바로 교서관에서 압수하여 널리 유포되는 폐단이 없게 하라."

이리하여 임금이 박지원에게 자송문을 지어 바치라 명한 것이었는데, 김조순, 남공철, 이상황, 강이천, 심상규 등에게도 불똥이 튀었다. 예문관 검열이었던 김조순이 동료 이상황과 숙직하면서 중국의 연애소설 〈평산냉연〉을 읽다가 야간 순시를 하던 임금에게 딱 걸린 것인데, 전하는 그에게 자송문을 써 바치게 했다. 김조순이 순정한 고문에 의거해 글을 지어 바치자 임금이 매우 흡족해하며 이를 다른 신하에게도 요구했던 것이다. 이것이 바로 '기사순정(其辭醇正-문장을 순수하고 바르게 함)'이라고도 하고 '비변귀정(丕變歸正-크게 변하여 바름으로 돌아감)'이라고도 일컬은 문체반정의 시작이었다. 임금은 과거에서 소품체로 답지를 쓴 자를 떨어트리라 명했고 성균관에서도 패관 문체를 쓴 자들의 명패를 붙이고 심한 자에겐 매를 때리게까지 했다. 중국의 새 서적 도입을 제한했으니 그 옛날 『명기집략』의 재판인 듯했다.

남공철이 임금의 명을 받아 지원에게 편지한 것도 기실은 그가 패관잡기의 말을 써서 견책을 받았기 때문에 책임을 지운 것이었다. 편지에서, 남공철은 전하의 하교를 전한 다음 이렇게 덧붙였다.

"이는 실로 우리 성상께서 세상을 잘 교화하고 문풍을 진작하며 선비들이 나아가야 할 올바른 방향을 제시하려는 고심과 지극한 덕에서 나온 분부이시니 감히 그 만분의 일이라도 보답하지 않을 수 있겠습니까? 공께서는 잘못을 반성하고 속죄함에 있어서 잠시도 머뭇거릴 수 없소이다."

공철의 편지를 받은 지원은 우두망찰했다. 느닷없이 임금이 내 글의 문투가 마음에 안 든다고 반성문을 지어 바치라니. 세상엔 공짜가 없는 법이라더니 늙마에 팔자에 없는 작은 고을 원 노릇이나 얻었다고 반성문을 써내라고? 내가 언제 임금 읽으라고 글을 썼던가? 나는 본 대로 느낀 대로 내 흥에 따라서 글을 썼을 뿐이다. 황차 임금이 무엇 때문에 신하더러 글을 이렇게 쓰라, 저렇게 쓰라 규찰하고 억지 망신을 주는가. 권력이 이렇게 선비의 생각과 글을 억압해도 좋은 일인가. 전하께서 박학해서 규장각 각신들에게 숙제를 내고 공부를 가르치신다더니 이제 이 나이에 임금에게서 글짓기 수업을 받아야 할 판이로구나.

현감으로 부임한 후 관아 뒷마당에다 연못을 파 만든 정자인 하풍죽로당을 거닐면서 지원은 생각을 거듭했다.

임금의 의도는 알만했다. 쇠락해 가는 나라에 신하들은 파당을 지어 사사건건 왕업에 반대만 하니 초조해진 임금은 조정과 사림의 기강을 잡고 싶은 것이다. 사행에 따라간 자들이 연경의 유리창에서 이 책, 저 책 사들여와서 한양에 풀어먹이고, 신문물이 어떠니 저떠니, 조선이 시대에 뒤떨어졌다느니 중구난방으로 떠들면서 누대의 왕업을 깎아내리며 조정에 혼란을 주는 것도 고까웠을 것이다. 패관이니 뭐니 인간의 마음을 흐리는 요설을 지어내서 민심을 현혹하고 정학을 덮어버린다 싶으니 혀를 차는 심정이 되기도 했을 것이다.

이번 일이 이동직이 임금이 총애하는 남인 이가환을 공격하는 데서 발단됐다니 또 다른 정치적 배경이 숨어 있는지도 모를 일이었다. 이가환, 이승훈, 정약용 같은 남인들을 임금이 총애하고 중용한지 오래이지만, 그자들이 서학과 가깝다해서 서학을 빌미로 남인을 숙청하려는 노론의 의도를 전하께서 알아채고는 그들을 보호하기 위해 노론 집안인 나를 끌어들여 물타기에 나선 것은 아닐까.

지원은 임금에게 분노했지만 또 임금이 가여웠다. 이렇게 해서라도 조야의 기강을 다잡으려는 임금의 노력이 눈물겹기는 하였다. 그러나, 선비의 소신이 자송문 한 장 쓴다고 해서 하루아침에 뒤바뀔 것이라고 임금은 진정으로 믿고 있단 말인가. 그렇게 침묵을 강요한다고 해서 왕업의 탑이 일사불란하게 쌓아 올려질 수 있다고 믿는 것일까. 문풍을 진작하는 것이 어디 장용영을 창설하고 화성에 성을 쌓는 일인가.

아니, 임금은 진정으로 저 아득한 요순과 우탕의 시대를 지금 이 조선 땅에 재현하려는 꿈을 가지고 있단 말일까. 앞선 문물을 받아들여 도로와 다리를 넓히고 규격화된 벽돌을 굽고, 새로운 농법을 도입하고 유통을 장려하는 일이 아닌, 공맹과 정주의 논설 속에 백성의 밥이 있다고 믿고 있는 것일까. 양이의 문물이 파도처럼 덮쳐오는 지금 임금은 진실로 시대와 불화하려는 것인가. 정말로, 임금은 내게 반성문을 받아내면 내 입을 틀어막을 수 있다고 생각하는 것인가.

지원은 처음엔 사직상소를 쓰려고 생각했다. 그 상소에서 전하의 편협한 생각을 논박하고 싶었다. 정자 앞 연못을 몇 바퀴 돌면서 지원은 그러나 제 마음을 눌렀다. 글쎄, 이제 내 나이도 환갑을 앞두었다. 비분강개해서 도끼로 대궐 문을 찍으며 "전하, 통촉하소서"하고 울부짖을 나이는 아니지 않은가. 새삼 미관말직에 들어서면서 나는 세상의 시비곡직에 눈을 닫고 호호야가 되기로 작정하지 않았던가. 그리고…… 전하는 내 당여라 하여 이덕무와 박제가에게도 자송문을 쓰라고 했다지 않나. 내 한 몸 사문난적으로 몰려 목이 달아나는 것은 고사하고 자칫 제자들에게까지 화가 미쳐서는 안 될 일이었다. 정자 주변을 몇 바퀴 돌면서 지원은 생각을 다스렸다. 그리고 관아로 돌아와서 지필묵을 꺼내 남공철에게 답서를 썼다.

광대한 천지는 만물을 길러주고 밝게 빛나는 일월은 아무리 하찮은 미물이라도 비추어 주지 않음이 없소. 보잘것없는 내 책이 위로 성상의 맑으신 눈을 더럽힐 줄 어찌 생각이나 했겠소? 나는 어리석고 비루한 일개 천한 신하에 지나지 않건만 마치 가까이하는 신하에게처럼 은혜로운 분부를 내리시다니요. 세상을 어지럽힌 데 대한 벌을 받지 않을 수 없는 처지임에도 오히려 바른 글을 한 부 지어 바쳐 속죄하라는 분부를 내리시니 미물처럼 보잘것없는 천신이 어찌 이런 은혜를 입을 수 있겠소이까.

나는 중년 이래로 불우하고 영락하여 스스로 자중하지 못하고 글로써 유희를 삼아 때때로 궁한 처지에서 나오는 근심과 하릴없는 마음을 드러냈으니 조잡하고 허랑한 말이 아닌 것이 없었소이다. 성품 또한 게으르고 나태하여 원고를 챙기고 단속하는 일을 제대로 못한 탓에 자신을 그르치는 데 그치지 않고 남까지 그르치는 결과를 낳고 말았습니다. 더구나 혹 와전된 내용이 다시 와전되기도 한 듯합니다. 문풍이 이 때문에 진작되지 못하고 선비의 습속이 이 때문에 날로 나빠져 간다면 나는 실로 성상의 교화를 해치는 고약한 백성이요, 문단에서 사라져야 할 존재일 것이외다. 그러니 법의 처벌을 면하는 것만도 다행이라 하겠지요. 이런 결과가 초래된 까닭을 헤아려보면 다 어쭙잖은 재주 때문입니다. 그렇기는 해도 대체 무슨 마음으로 그랬는지는 저 자신도 모르겠습니다. 스스로 반성하고 얼른 허물을 고쳐 다시는 성세의 죄인이 되지 않겠습니다. [9]

이쯤 써 보내서 남공철이 임금에게 잘 아뢰어 주고 그로써 마무리되기를 지원은 바랐다. 그러나 임금은 집요하게 남공철과 규장각 각신을 시켜 제대로 된 자송문을 쓰라고 강요했다. 지원은 끝내 버텼다. 재촉이 올 때마다 지원은 허허 웃으며 얼버무렸다. "내 죄가 너무 크니 자송문 한 장으로 어찌 감당되겠소. 기다려 주오."

9　박지원, 『연암집(燕巖集)』 권2 〈연상각선본(煙湘閣選本)〉 중 〈답남직각공철서(答南直閣公轍書)〉

*

　자송문을 쓰라는 어명은 박제가에게도 떨어졌다.

　승정원을 거쳐 부여현으로 보내져 온 내각관문(규장각이 하급 기관에 보내는 공문)을 받아든 제가는 분노와 자괴감으로 몸을 떨었다. 서얼이라는 신분의 굴레로 평생 고통을 받은 그였지만, 자신의 문장에 대한 자부심은 하늘을 찌르는 터였다. 연경에 갔을 때 내로라는 학자와 문사들이 다투어 내 글을 얻어가지 않았던가. 유리창에선 내 글씨와 그림이 비싼 값에 팔려나가기도 하는 것이다. 그런데, 전하의 말씀은 네 글이 비루한 소품체이니 반성문을 올리고 근신하라는 게 아닌가. 규장각에서 15년간 가까이 모시면서 전하의 총명함과 근실함, 학문과 문화에 대한 사랑을 알고 있었으며 전하 역시 자신을 아낀다 여겨왔던 터여서 배신감과 자괴감은 더욱 컸다.

　며칠 밤을 뜬눈으로 새우던 제가는 안의로 편지를 보냈다. 그러나 지원의 답장은 간단했다.

　'나는 전하와 대놓고 맞설 생각도, 그렇다고 내 손으로 자송문을 써 바칠 생각도 없네. 자네도 이미 불혹이 넘은 나이이니 소신대로 하게나. 다만, 나는 오랫동안 들판을 떠돌다가 뒤늦게 포획되어 주인이 주는 먹이나 얻어먹는 들개와 같은 비루한 처지이네만, 자네는 오랫동안 규장각 각신으로서 전

하를 가까이에서 모신 몸이니 전하의 체면을 세워드리는 것
도 나쁘지는 않을 것 같네.'

편지를 받고서도 제가는 사흘을 더 생각하다가 종이를 펼
쳤다. 전하에게 바치는 자송문이었다.

제가는 글의 제목을 '비옥희음송(比屋希音頌-집집마다 들리는
깊고 그윽한 낭독을 찬미함)'이라고 지었다. '희음'이란, 노자에 나
오는 '대음희성 대상무형(大音希聲 大象無形-큰 음성은 소리가 없
고, 큰 모양은 형상이 없다)'에서 따온 것이었다.

신이 지난해 11월 10일 엎드려 유신 이동직의 상소에 대한
비답 한 통을 내려보내신 것을 받들었더니, 성상의 문장이 찬란
하고 평론이 정중하였습니다. 신은 지방 고을의 낮은 벼슬아치
로서 이러한 특별한 은혜를 받고서 황공하고 감격하여 몸 둘 바
를 몰랐습니다. 또 올 1월 3일에 삼가 내각이 보내온 관문을 받
아 보니, 여러 문신이 시문을 지어 올려 자신을 비판한 전례에
따라서, 특별히 신에게 명하시어 시와 산문을 지어 올리라고 하
셨습니다.

생각건대 우리 성상께서는 문장의 풍조가 예스럽지 아니한
것에 대해 조정에서 누차 탄식을 하시고, 신처럼 재주가 하찮은
사람까지도 등용해 차근차근 잘 이끌어 주시어, 저에게 큰 길을
보여 주시고, 이끌어 나아가게 하여 큰일을 함께할 수 있는 자

로 여기셨습니다. 신이 비록 완악하고 우둔하지만, 어찌 스스로 노력하고 분발하여 그 마무리를 도모하지 않겠습니까. (……)

세상에 떠돌아다니는 말 가운데, 신의 글에 명나라 습속이 섞여 있다고 헐뜯기도 합니다만, 이것은 시대의 흐름을 따라 소견을 일으킨 것에 지나지 않을 따름입니다. 대저 사인(詞人)의 글은 시대가 있고 지사의 글은 시대가 없는데, 신이 참으로 감히 사인으로 자처하지는 못합니다만, 그 뜻은 지니고 있습니다. 날줄로 삼은 것은 13경(經)이고 씨줄로 삼은 것은 23사(史)입니다. 이것을 이리저리 얽어 근본을 탐구하여 힘써 실용으로 돌리는 것이 신이 배우기를 원하는 것입니다. 비록 아직 이르지는 못하였지만, 마음은 그곳에 가 있습니다. (……)

대저 오늘날 사람들은 사실 신의 원고를 반 장도 본 자가 없는데, 어떻게 신에 대해 왈가왈부한단 말입니까. 아마도 지난날 응제(어명으로 글을 지어 바침)했던 작품을 보고 합당치 않다고 여기는 것이겠지요. 이 작품들은 모두 성상께서 보신 바이고 성상의 평론이 분명하여 구정(천자의 권위를 상징하는 세 발 솥)이나 대려(음률을 정하는 기준)보다 무거운 것들입니다. 그렇다면 오늘날 신에 대해 논평하는 자들은 자기 생각으로 뒤집어씌우는 것일 따름이니, 이른바 노나라 술이 묽어서 한단이 포위되었다고 하는 것과 같을 것입니다.

신이 삼가 살피건대, 대저 저의 허물은 두 가지가 있다고 하는군요. 학문이 지극하지 못한 것은 참으로 신의 허물입니다만, 천성이 남과 다른 것은 신의 허물이 아닙니다. 음식에 비유해 보겠습니다. 제상에서의 위치로 말하면 찰기장 밥과 메기장 밥이 앞자리에 놓이고 국과 고기가 뒷자리에 놓이며, 맛으로써 말하면 짠맛은 소금에서 얻고 신맛은 매실에서 취하며 겨자에서 매운맛을 가져오고 찻잎에서 쓴맛을 가져옵니다. 지금 짜지 않고 시지 않고 맵지 않고 쓰지 않다는 것으로 소금, 매실, 겨자, 찻잎을 탓하는 것은 옳습니다만, 소금, 매실, 겨자와 찻잎을 책망하며 '너는 어찌하여 기장밥 같지 않느냐'고 하거나 국과 고기에게 일러 말하기를 '너는 어찌하여 앞자리에 가지 않느냐'고 한다면, 책망을 들은 자가 실상을 잃어서 천하에 맛있는 음식이 없어질 것입니다. 그러므로 아가위, 배, 귤, 유자 같은 과일과 여러 가지 마름과 다양한 동물들의 고기를 모두 알맞게 맞추어 쓰는 것은 입맛에 맞추기 위한 것입니다. 그러므로 선(善)을 취하는 데에는 고정된 법칙이 없다고 하는 것입니다. (……)

대저 문장의 도는 한 가지 기준으로만 논할 수가 없습니다. 요컨대, 오랜 세월 전해지는 문장은 필시 그 궁량이 깊은 것입니다. 그래서 군자는 독서를 귀하게 여깁니다. 이것이 신이 부지런히 독서하며 그만두지 아니하는 까닭입니다. 신이 삼가 성상의 말씀을 취하여 〈비옥희음송〉 한 편을 지어서, 두 번 절하고

머리를 조아리며 올립니다. [10]

이름만 자송문일 뿐 사실은 임금에 대한 항의와 도발의 글이었다.

'천성이 다른 것은 신의 허물이 아닙니다' 하고 쓸 때 제가는 저도 모르게 비분해서 눈물을 흘렸다. '소금, 매실, 겨자와 찻잎을 책망하며 말하기를, 너는 어찌하여 기장밥과 같지 않느냐고 한다면, 책망을 들은 자가 실상을 잃어서 천하의 맛있는 음식이 없어질 것'이라고 쓸 때는 온몸에 전율을 느꼈다. 사람마다 천성이 다르고 개성이 다르거늘 왜 낡고 답답한 옛 성현의 말에 오늘날 사람들의 생각을 가두어 천편일률을 추구하시는 것입니까……

제가는 금부의 도사가 들이닥쳐 절해의 고도로 압송할지도 모른다고 생각했다. 그러나 임금이 그 글을 읽었는지 어쨌는지 한성에서는 기척이 없었다.

*

제가가 임금께 『북학의』의 진소본(임금께 바치려고 내용을 압축

____

10 박제가. 『정유각집(貞蕤閣集)』〈비옥희음송인(比屋希音頌引)〉

한 판본)을 바친 것은 무오년(1798년)이었다. 금상 치세 22년, 그의 나이 마흔아홉이었다. 〈비옥희음송〉을 바친 지 몇 달 후에야 임금은 반응을 보여 그를 부여현감에서 파직했다가 이듬해 규장각 검서관으로 다시 복직시켰다. 그러나 죄 주어야 한다는 주청이 잇따르자 영평 현령으로 내보냈던 터였다. 임금은 그때에 전국의 수령들에게 농업을 진흥시킬 방책을 진언하고 농서를 모아 보내라는 윤음을 내리셨다.

제가는 『북학의』의 핵심적인 내용을 요약하고 새로운 것을 덧붙였는데 초판본이 나온 지 실로 20년 만이었다. 진소본이 완성되자 그는 임금께 바치는 장계를 따로 썼다. 그리고 '응지진북학의소(應旨進北學議疏-북학의를 바치라는 임금의 지시에 응하는 소)'라고 제목을 붙였다. 그 글에서 그는 이렇게 썼다.

신은 작년 12월에 농정을 권장하고 농서를 구하시는 조서가 백성들에게 반포된 것을 엎드려 받자옵고 신의 고을의 노인과 여러 인사들과 함께 손을 모아 받들어 읽고 차례로 전해 보이면서 글을 알지 못하는 사람이 있으면 그 뜻을 풀이해 주었습니다.(……)

신이 듣자오니 나라를 다스림은 말(馬)을 기르는 것과 같아서 말을 해롭게 하는 것을 제거할 뿐이라 합니다. 이제 농정에 힘쓰고자 하신다면 반드시 먼저 농정을 해롭게 하는 것을 제거한 다음에라야 다른 일을 말할 수 있을 것입니다.

첫째로 선비를 도태하는 것입니다. 향시가 있는 해만 헤아려 보아도 대과, 소과를 보이는 장소에서 응시하는 자가 거의 10만을 넘고, 이들의 부자 형제도 비록 과거를 보러 오지는 않는다 할지라도 모두 농사 일을 하지 않는 사람이오며 농사일을 안 할 뿐 아니라 모두 농민을 부려먹는 자들입니다. (……) 이런 무리가 나라 인구의 반수를 차지한 지가 백 년이 되었습니다. 이제 날이 갈수록 과거만 중하게 여기는 자들을 도태하지 않고 농사짓는 자들을 헛되이 꾸짖어 "너희들은 어찌해서 힘껏 일하지 않느냐"고 말할 뿐입니다. (……)

둘째를 말씀드리면, 수레를 통행시키는 것입니다. 옛 상신 김육이 평생에 고심한 것이 오직 수레와 돈에 대한 두 가지 시책이었습니다. 이제 만약 수레를 통행하도록 하면 10년 이내에 백성들이 좋아하기를 돈 좋아하듯 할 뿐만은 아닐 것입니다. 대개 농사란, 비유하자면 사람의 창자이고 수레는 비유해서 말씀드리면 혈맥입니다. 혈맥이 통하지 않으면 사람이 윤택할 수 없습니다. (……)

그러나 임금에게선 하회가 없었고 소읍에서의 고독한 세월은 흘러갔다. 임금이 제가를 대궐로 부른 것은 햇수로 두해가 지난 경신년 늦봄이었다. 일과가 끝난 다음 편전으로 입시하

라는 분부여서 그는 유시에 창덕궁으로 찾아갔다. 규장각 각
신 시절에 출입하던 버릇에 따라 돈화문으로 갔더니 내시부
소속의 젊은 내관이 기다리고 있었다. 내관을 따라 금천교를
지나는데 간밤에 내린 비로 명당수 물이 콸콸 흘러내렸다. 전
각을 둘러친 꽃담을 따라 선정문을 들어서니 곧 편전인 선정
전이었다. 섬돌 앞에서 내관이 흘끗 돌아보았다.

"예서 잠깐 기다리시오."

두어 식경이나 무료하게 기다린 끝에야 제가는 전하와의
알현이 허락되었다. 전하는 안경을 끼고 서류를 들여다보고
계시다가 제가가 들어서는 기척에 고개를 들었다. 제가는 임
금의 발치에서 숙배를 올렸다.

"전하, 불러계시오니까."

초여름 긴긴 해가 완전히 넘어가지도 않았는데 경상(經床)
에는 은촛대 황촉 불이 두 개나 켜져 있었다, 전하는 병풍 앞
안석에 기대앉아 계셨는데 촛불이 일렁일 때마다 벽에 드리
워진 전하의 그림자가 흔들렸다. 전하는 안경을 벗고 제가를
찬찬히 살폈다. 전하의 보령도 어느덧 마흔아홉이었다.

"그래, 고을살이는 할 만한가?"

"⋯⋯예."

"네가 과인에게 『북학의』 진소본을 올린 게 재작년이었던
가? 하마 일 년 반이나 흘렀구나. 네가 올린 책도 읽었고, 네

가 올린 상소도 읽었다. 진작 한번 부르려고 하였는데 차일피일 늦었다."

"……."

"네가 『북학의』를 펴냈단 소리를 일찍이 들었으나 찾아 읽을 짬을 내지 못하다가 진소본을 읽었더니, 새길 만한 말이 적지 않더구나. 네 헌책을 살펴서 완급을 따져 채택할 만한 것은 채택하라고 일러두었다."

"……성은이…… 망극하옵니다."

"허나, 네 말에 과격한 데가 많더구나. 대체 나더러 어찌하라고 놀고먹는 유자(儒者)들을 죄다 도태하라고 썼느냐?"

"……."

"승지들이 네가 올린 상소를 읽고 나라의 근간을 흔드는 불온한 망언이니 죄 주자는 소리가 빗발쳤다. 하나 과인이 '초정이 그자는 성정이 경솔하고 과격하여 그 같은 주장을 펴지만 나름대로 나라를 위한 충정에서 한 소리이니 괘념할 것 없다'고 눌렀다."

"……."

문득 전하의 옥음이 다시 떨어졌다.

"초정아, 과인이 너를 처음 만난 것이 언제 일인지 기억하느냐?"

"……예."

"그래, 기축년 봄이었으니 어느덧 삼십 년이 흘렀구나. 삼개에 있던 명성위의 별서에서였지. 그때는 나도, 너도 홍안 약관이었는데, 이제는 귀밑머리가 희끗해진 중늙은이가 되었구나."

용안에 감회가 스쳐 지나갔는데, 제가는 전하가 왜 그때 일을 새삼 꺼내시는지 도무지 알 수가 없었다. 지금까지 단 한 번도 입 밖에 내신 적이 없질 않은가.

"그래, 너희는 사춘의 일로 하여 아직도 과인을 원망하느냐?"

"······."

"아마 그럴 테지. 미중이 그 늙은이를 언젠가 인견했는데, 말은 않아도 여전히 과인을 보는 눈길이 올곧잖더구나. 백탑시사라 했던가, 너희 무리가 다 과인을 원망했을 것이다."

"······."

"초정아, 너는 그때 일을 어떻게 생각하느냐."

"······."

"꺼릴 것 없다. 지금 여기엔 너와 과인밖에 없느니. 무슨 말을 하더라도 오늘은 내가 다 들을 것이다."

제가는 부복한 채 눈을 질끈 감았다. 전하는 왜 새삼 그때 일을 들추어 내 생각을 물으시는가. 혹시라도 나를 시험하고 계신 것인가. 그러나 삼십 년 동안 품어왔던 의심과 원망을 이 자리에서라도 풀지 않으면 나는 죽을 때 미쳐버릴 것이다. 그래, 말해 버리자. 제가는 눈을 뜨고 고개를 고즈넉이 들었다.

"그해 『명기집략』의 옥사가 일어났을 때 신들은 도무지 알 수 없었습니다. 어찌하여 불온한 책 한 권을 소지했다 하여 선비의 목을 칠 수가 있겠습니까. 그게 나라가 선비를 대하는 법도이온지요."

"……."

임금은 말이 없었고, 제가는 오래 억눌렀던 제 말에 제가 격동되어 코끝이 찡해졌다. 전하는 무서운 분이시다. 이쯤에서 그만……. 가슴 한구석에서 불안이 굼실 피어올랐지만 제가는 제 말을 멈출 수가 없었다.

"……전하, 그때 왜 그리하셨습니까. 어찌하여 전하에게 충심을 바치던 순결한 선비를 죽음의 길로 내모셨습니까. 군부는 아비와 같고 신자는 자식과 같다고 신은 어려서부터 배워왔습니다."

"……."

임금은 허공에 시선을 준채 말이 없었고 제가는 부복하고 있었다. 용안에는 짙은 피로와 고뇌가 묻어 있었는데 황촉불에 일렁이는 그 얼굴은 얼핏 귀면처럼 보였다. 시간이 오래 흘렀다. 선정전 창밖에서 저녁 까치가 까악, 까악 울었다. 문득 임금이 입을 떼었다.

"그래. 너희의 원망을 모르지 않는다. 그때 과인은 노론을 제압할 명분이 필요했고, 그자들을 누르기 위해서는 희생양이 필요했다. 나를 혼용무도한 자라고 하여도 좋다. 아니, 관용봉(關龍逢)과 비간(比干)을 죽인 걸주(桀紂)에 비유해도 좋다. 하지만, 나는 늙으신 할아버님의 고통을 안돈하고 비명에 가신 아버님의 원한을 갚아드려야 할 책임이 있었다. 아니, 권신과 척신의 전횡을 물리치고 무너져 가는 사직의 기둥을 내 어깨로 떠받쳐야 할 책무가 있었다. 밤낮없이 나를 노리며 대궐의 담장을 뛰어넘는 자들의 칼날을 막으려고 새벽까지 옷을 벗지 못한 채 서안에 앉아 책장을 넘길 때 책 속의 글자들은 항쇄고 족쇄였다. 그때 나는 하늘을 원망했다. 어찌하여 저를 여항의 초동이 아니라 왕가의 적자로 태어나게 했습니까……."

임금의 목소리에는 피로가 짙게 배어 있었고 우묵한 시선으로 쏘아보는 눈은 충혈돼 있었다. 제가는 엎드려 있었는데 쏟아지는 눈물을 걷잡을 수 없었다.

"그래, 나도 늙었나 보구나. 세손 시절의 일들이 떠오르고 죽은 자들의 얼굴이 꿈에서 보이기도 하니……. 이제 그만하도록 하자. 군왕은 신하에게 변명하는 법이 아니다."

제가는 눈을 들어 임금을 우러렀다.

"전하, 신이 이제 병이 들어 관무를 감당하기 어렵나이다. 삭신에 바람이 들어 아침저녁으로 온몸에 식은땀이 흐르고, 안질이 심해 안경을 끼어도 공문서 읽기조차 버겁나이다. 하오니, 사직을 허락하소서."

임금은 잠시 묵연하였다.

"네 얼굴을 보니 병색이 없지 않다. 그러나 환로에 나선 자는 나아감과 머무름, 물러남이 뚜렷해야 하거늘 작은 병을 핑계 삼아 제 직임을 벗어나겠다는 건 합당치 않다. 물러가 소임을 다하라."

"전하, 신은……."

"우불(吁咈―아니된다)!"

임금의 입에서 노성이 튀어나왔다,

"네가 조금 전에 군부의 도를 들어 과인을 힐난하지 않았더냐. 작은 곳이라 하나 너는 고을 수령이다. 수령은 그 촌민의 어버이가 아니냐. 어찌하여 과만(관원의 임기가 다함)도 되기 전에 네 자식들을 버리려 하느냐!"

"……."

제가는 꿇어앉아 머리를 수그리고만 있었다. 분합문 밖에서 새소리가 들렸다. 전하는 한참 말이 없더니 이윽고 다시 입을 열었다. 이번엔 사뭇 부드러워진 어조였다.

"네 심사를 내가 모르는 바가 아니다. 네가 연경에서 사귄 벗이 많다는 소리를 들었다. 오는 동지사 사행에 넣어 줄 터이니 바람이나 쐬고 오겠느냐?"

"……."

"가서 네 고을을 다스리고 있거라. 겨울에 연경에 가게 되면 유리창에서 책 구경이나 하다가 새로 나온 주자의 책을 거두어 오너라. 그리하겠느냐?"

"……예."

"그래, 이제 물러가거라. 늘 자중자애하여라. 그리고…… 밤을 도와 임지로 가야 할 것이니 사옹원에서 밥이나 든든히 먹고 가거라."

그리고 그 두 달 후인 유월 스무여드레에 제가는 임금이 승하했다는 소식을 들었다. 항간에서는 나라님이 노론에게 독살됐다는 소문이 흉흉하게 떠돌았다.

| 14 |

연경

신유년(1801년 - 순조 1년) 정월

박제가가 연경에 네 번째 간 것은 신유년 정월 28일이었다. 10년 만의 연행이었고 역시 유득공과 동행이었다. 지난해 동지사로 갈 예정이었지만 대행왕의 갑작스런 붕어로 늦춰진 참이었다. 쉰둘이라는 초로의 나이였다. 아홉 살이나 나이가 많았어도 늘 친구처럼 허물없이 대해주었던 이덕무는 이미 8년 전에 세상을 뜬 터였다.

두 사람은 연경에 도착한 이튿날 전날에 사귀었던 기윤을 찾아가 주자서를 구입할 방도를 묻고 왕무굉의 『백전잡지』의 구입도 도와 달라 부탁했다. 그리고 옛 벗들의 안부도 물었다. 이조원, 이정원, 손성연, 옹방강 같은 이는 잘들 지내는 모양이었다. 그들이 유리창의 서점에 닿자 두 사람을 만나려는 사람들로 북적거렸다.

그들 중에 황성이란 이가 나빙의 이야기를 꺼냈을 때 제가는 목이 메었다. 나빙은 이태 전에 세상을 떠났던 것이다.

어느 화창한 봄날 제가는 조양문 어귀에 있는 남관 숙사의 창을 열었다. 봄빛이 쏟아져 들어왔다. 뜰에는 모란이 한창이었는데, 담 너머 한길로는 변발에 마괘자를 입은 사내들과 치파오를 입은 여자들이 무리 지어 지나갔고, 두부나 푸성귀를 담은 둥그런 통을 목도로 지고 가는 고력(막일꾼)도 보였다.

제가는 바깥 풍경을 한참이나 물끄러미 바라보다가 서낭(書囊)에서 비단보로 곱게 싼 화선지 모본을 꺼내 탁자 위에 펼쳤다. 최북이 조선통신사 사행을 따라갔다가 그려온 일본 여인의 그림이었다. 오래전에 미중 선생에게 빌려 둔 것이었는데, 그는 이번 사행을 떠날 때 일부러 챙겨온 터였다.

제가는 최북의 그림을 모본 삼아 새로운 그림을 그릴 작정이었다. 10년 전 연경에 왔다 조선으로 돌아가면서 나빙으로부터 매화도와 초상화를 선물 받았을 때, 그는 다음 사행으로 연경에 오면 자신도 그림을 선물하겠노라 약속했었다. 나빙은 세상을 떠났어도 제가는 그 약속을 지킬 작정이었다.

그는 지금껏 그려오던 화풍과는 전혀 다른 그림을 그릴 생각이었다. 10년 전 그들은 필담으로 그림에 대한 소견을 나누면서 연경 천주당에 있던 서양 벽화 이야기도 했던 것이다. 서양화의 색채와 구도, 그리고 원근법에 대한 의견을 나누었

을 때 나빙은 자신이 그리는 그림에 서양의 화법을 섞어볼 생
각이라고 했고, 제가 역시 자신도 기회가 있으면 서양화의 화
법을 익혀보고 싶다고 했었다. 제가는 이번 사행에서 틈을 내
천주당에 다시 가서 양인들이 말하는 천주와 야소(예수)의 모
습, 천국과 지옥의 그림을 눈에 익혔다. 유리창 방물전에 가
서 안료와 붓도 사왔는데, 낮에는 북경의 인사들과 만나느라
바빴지만 밤에 숙소로 돌아와서 여러 차례 붓질 연습도 해본
터였다.

　이윽고 제가는 창문을 도로 닫고 종이를 탁자 위에 펼쳤다.
제가는 초인을 그릴 참이었다. 기울어 가는 나라를 구하고 백
성을 도탄에서 구하는, 그러나 결국은 뜻을 이루지 못하고 일
찍 죽은 정성공을 통해 그는 좌절된 영웅의 그림자를 화폭 속
에 담아내고 싶었다. 그는 최북의 모본에 의지해 정성공이 일
본에서 어머니에게 자라던 시절의 그림을 그리기 시작했다.
연경의 회교 사원 청진사의 망월루 이층 누각을 본떠 열주를
가진 서양식 회랑을, 먼 후지산을 바라보는 소년의 뒷모습을
그렸다. 어린 정성공의 쓸쓸한 뒷모습을 그려 넣을 때 제가는
어쩔 수 없이 아버지를 잃은 열두 살 전하의 어린 뒷모습을
연상했다. 제 마음속에서 잃어버린 초인…… . 그는 그 초인의
그림자를 정성공의 뒷모습으로 되살릴 작정이었다.

　닷새 만에 그림이 완성되자 제가는 〈연평초령의모도〉라 이

름을 붙였다. 그리고 나빙의 집을 찾았다. 나빙의 아들 나윤찬이 그를 맞았다. 제가는 나빙의 위패에 분향하고 곡을 한 다음 윤찬에게 그림을 건넸다.

"참…… 아버님이 살아계셨더라면 수기(박제가의 자) 공의 그림을 보고 얼마나 기뻐하셨을까요. 제가 두 분의 우정을 잘 아는 터이니 소중히 보관하면서 아버님이나 수기 공 뵙듯 펼쳐 보겠습니다."

*

제가가 연행을 마치고 한성으로 돌아온 것은 6월 11일이었다.

그리고 석 달 후에 그는 의금부로 잡혀갔다. 대왕대비 김 씨와 심환지를 비방하는 벽서 사건에 그의 사돈 윤가기가 연루되었기 때문이다. 모진 형장을 받은 그는 그해 9월 15일 종성으로의 유배형을 선고받아 부서진 다리를 끌며 유형지로 떠났다.

제가는 대왕대비 김 씨의 해배령을 여러 차례 받고도 노론들의 장난으로 풀려나지 못해 4년 세월을 북변의 극지에서 유배살이하다가 을축년(1805년-순조 5년) 정월에 풀려나 한성으로 돌아왔다.

죽음

을축년(1805년 - 순조 5년) 사월 보름

바깥에서 새소리가 들렸다.

누워있던 제가는 힘겹게 팔을 뻗어 장지문의 문고리를 흔들었다. 달그락거리는 소리에 건넌방에 있던 큰아들 장림이 건너왔다.

"아버님, 기침하셨습니까."

"……저 문을 열어라. 그리고…… 나를…… 좀…… 일으켜 다오."

유배에서 풀려나 한 달 여로 끝에 남별영 뒤 아들의 셋집으로 돌아온 제가는 두 달 동안 굴신도 못하고 자리보전했던 터였다. 온몸이 늪에 가라앉은 듯 나른했고 늘 해소 기침으로 쿨룩거렸다. 부서졌다가 제멋대로 아문 무릎이 밤마다 욱신거렸는데, 정처 없는 꿈이 그의 잠을 어지럽혔다. 젊은 시절

백악산에서 열었던 시회와 종로 피맛골에서 벗들과의 술타령, 홍국영의 헛간 속 어둠과 이덕무와 백동수와 밤늦도록 머리를 맞댔던 이문원(규장각 각신의 근무지)의 책방이 꿈에 보였다. 틈만 나면 달려가곤 했던 열고관(규장각 내 중국도서 서고와 열람실)의 골 깊은 기와지붕도 꿈속에서 엇갈려 스치곤 했다. 청파 배다리 백사장에서 효수된 사춘의 부릅뜬 눈도 보였다. 잠에서 깨면 식은땀이 축축이 흘러 속적삼이 젖어 있었는데 제가는 하룻밤 사이에 온 생애를 되짚어 산 느낌이 들었다.

장지문을 열고 되돌아온 장림이 제가의 깡마른 어깨를 조심히 끌어안고 일으켜 앉혔다. 마당에는 밝고 투명한 늦봄의 햇살이 쏟아져 내리고 있었는데, 군청색 날개와 주황색 배를 가진 곤줄박이가 사립문에 앉아서 지저귀고 있었다.

제가는 중풍을 앓아 자리를 보전하고 누워 있다는 미중 선생을 떠올렸다. 문안을 가야 마땅하건만 제 몸이 이러하니 가볼 수도 없는 처지였다. 하고 보면 스승도 이제 일흔의 나이였다. 그이와의 인연은 언제였던가. 제가는 오래 전 백탑의 문인들이 시문을 묶은 『백탑청연집』에서 자신이 썼던 서문을 떠올렸다.

한양을 빙 두른 성곽의 중앙에 탑이 있다. 멀리서 바라보면 마치 눈 속에서 죽순이 삐죽이 나온 듯한데, 그곳이 바로 원각사의 옛터다. 지난 무자년과 기축년 사이, 내가 18~19살 때쯤 박지원 선생이 문장에 조예가 깊어서 당대에 이름이 높다는 소문을 듣고, 탑의 북쪽으로 선생을 찾아뵈러 갔다.

박지원 선생은 내가 자신을 찾아왔다는 말을 듣고 의복을 갖추고 나와서 맞아 주셨다. 오랫동안 사귄 친구를 다시 만난 듯 손을 맞잡아 주셨고, 지은 글을 모두 꺼내어 읽어 볼 수 있게 해 주셨다. 이윽고 몸소 쌀을 씻어서 다관에 밥을 해 맑은 사발에 퍼서 옥소반에 받쳐 내오셨다. 그리고 술잔을 들어 나를 격려해 주셨다. 너무나 뜻밖의 따뜻한 대접에 놀라고 기뻤던 나는 오랜 세월 아름다운 일로 여겨 문장을 지어서 응답했다. 내가 선생의 인품과 학식에 빠져든 상황과 지기(知己)에 대한 감동이 이러했다. (……)

내가 아내를 맞이하던 날 저녁에도 처가의 건장한 말을 가져다 안장을 벗겨 올라타고서 시동 한 명만 따르게 하고 홀로 바깥으로 나왔다. 달빛이 길에 가득했는데, 이현궁 앞을 지나서 말을 채찍질해 서쪽으로 내달렸다. 이윽고 철교의 주막에 이르러 술을 마시고, 삼경을 알리는 북소리가 울린 후 여러 벗의 집에 들렀다가 탑을 빙 돌아 나왔다. [11]

---

11 박제가, 『정유각집』 중 〈백탑청연집서(白塔淸緣集序)〉

청연(淸緣), 맑은 인연이라……. 지나간 모든 세월이 그렇듯 그때가 호시절이었다. 안장 없는 말을 타고 벗들을 찾아 나섰을 때 유령처럼 서 있던 백탑의 하늘에 떠 있던 보름달은 내 젊은 날의 길잡이였거니. 얼근히 술에 취해 말 위에서 내려다보던 탑골의 자갈길은 푸르게 젖어 있었지. 깊고 푸른 밤, 벗을 찾아가던 탑골의 그 길이 전생의 어느 산모롱이를 돌아가는 것처럼 아득했다.

제가는 눈매를 좁히며 햇살이 부서지는 뜨락을 내다보았다. 초가 싸리울에 팔을 얹고 발뒤꿈치를 들어 까치와 솔개가 싸우는 모습을 응시하던 죽은 딸의 작은 등판이 떠올랐다. 책쾌 배가의 딸 진아도 생각났다. 이야기책을 지어 동네의 아주머니와 할머니를 모아 낭랑한 목소리로 읽어 주겠다던 아이……. 하고 보면 그 모든 것이 한바탕 꿈속의 인연이 아닌가. 제가는 희미하게 웃었다.

"내가…… 종성에서 가져온…… 짐 보따리에서 유지로 싼 비단 화포를…… 가져오너라. 그리고…… 필묵도 가져오고……."

"아버님, 기력이 쇠하신데 무슨 글을 쓰신다 하십니까. 다른 날 쇄락할 때 쓰시지요."

제가는 힘겹게 고개를 가로저었다. 아들이 벽장을 열어 화포를 꺼내 방바닥에 펼쳤다. 그리고 필묵을 가져와 벼루에 먹

을 갈았다. 제가는 물끄러미 그림을 내려다보았다. 푸른 이내
에 휘감긴 세심정 솔숲 아래 돗자리를 펴고 술 마시고 시를
읊는 10여 명의 선비 속 제 모습을 보자 제가는 저도 모르게
한숨을 내쉬었다.

하…….

제가는 오래 제 그림을 들여다보다가 이윽고 떨리는 손으
로 붓을 쥐었다. 그리고 화폭을 뒤집어 붓끝을 갖다 대었다.
그는 떨리는 손으로 한 자 한 자 천천히 써 내려갔다.

己丑四月初四日晩春日斜時師丈舊友聚於金城尉別墅而開詩會也
(기축사월초사일만춘일사시사장구우취어금성위별서이개시회야)

기축년 사월 초나흘 무르익은 봄날 저녁 금성위 별서에서 오
래 사귀어 왔던 스승과 존장, 벗이 모여들어 시회를 열었다.

글을 다 쓴 이틀 후인 4월 25일 제가는 자는 듯이 숨을 거
두었으니 졸년 쉰여섯이었다. 아들들이 경기도 광주 엄현에
아비를 묻었다.

그리고…….

박지원도 같은 해 10월 20일 한성부 가회방 재동 집에서

일흔 살로 세상을 떠났다. 기름이 닳은 등잔의 등불이 꺼지는 것 같은 죽음이었다. 평생의 사제가 반년의 시차를 두고 열명 길을 떠난 셈이었다.

지원은 연암골 근처 장단 송서면 대세현 선영, 아내 곁에 묻혔다.

| 작가의 말 |

| 작가의 말 |

내가 영조 때 일어났던 '명기집략' 옥사를 처음 알게 된 것은 십여 년 전이었다. 어떤 계기에 조선왕조실록을 뒤지다가 우연히 이 사건이 눈에 띄었는데, 무심코 그 대목을 찾아 읽다가 소설쟁이로서의 촉이 발동했다. 이런저런 자료를 뒤져보니 관련 논문이 두어 편 눈에 띄었을 뿐 일반에겐 그다지 알려지지 않은 사건이었다.

장편소설로 써 보겠다는 생각으로 이리저리 손에 닿는 대로 자료를 모으고 틈나는 대로 읽긴 했지만 쉽게 착수하지는 못했다. 사건 자체야 복잡한 건 아니었지만 그 사건 속에 숨어 있는 당대의 권력 지형도와 부수적인 역사적 사건의 의미를 파악하는 게 쉬운 일이 아니었기 때문이다. 게다가 생업과 이런저런 일에 밀려다니느라 그동안 긴 글을 쓸 시간을 내기도 어려웠다.

그러다가 마음을 다잡은 것은 재작년이었다. 머리 한 귀퉁

이를 무겁게 누르고 있던 이 이야깃감을 가둬두기만 해선 안되겠다는 자각이 들었던 거다. 두어 달 동안 자료를 체계적으로 다시 읽고 보충하면서 머릿속에서 소설의 얼개를 짰고, 여름 내내 전남 해남의 작은 방에 틀어박혀 초고를 썼다. 방대한 자료의 숲을 헤매는 것은 때로는 고통이었지만 즐거운 노역이었음을 고백한다. 수선전도(首善全圖)를 벽에 붙여 놓고 궁궐과 관아, 도로를 골목골목까지 손가락으로 짚어가며 당대 한성의 풍경을 상상하기도 했다.

'명기집략' 사건이 작가로서의 내 촉수를 건드린 것은 다른 이유가 아니다. 조선의 문예부흥기라 일컬어진 영조 시대에 일어난 이 책화 사건은 정조 때의 문체반정(文體反正)과 더불어 사상과 양심, 표현의 자유를 탄압한 상징적인 사건으로 여겨졌기 때문이다. 사상과 표현의 자유야말로 근대 민주주의를 떠받치는 기둥이 아닌가. 우리의 현대사를 되돌아보면 최근까지도 사상과 표현의 자유에 굴레가 씌워졌던 것이 사실이고 지금도 완전히 보장되었다고 단언하기는 어렵지 않나. 그렇게 보면 영조 말년에 일어났던 이 사건 자체가 과거의 이야기만이 아니라 '지금, 여기' 우리 자신의 삶과 연결된 것이기도 하다.

나는 이 팩션 소설이 단순한 스토리텔링에 머물지 않고, 당대의 권력 지형도, 북학파들의 사상적 동향, 그리고 왕조 질서를 떠받치는 성리학적 사상 체계를 모은 인문적 읽을거리가 될 수 있도록 쓰고 싶었다. 나름대로 실록의 내용을 충실히 옮졌으며, 요즘 독자들에게 난삽하게 받아들여질 수 있다는 걸 모르지 않으면서도 당대의 문장을 직접 인용하기도 했다. 본래의 의도가 제대로 실현됐는지 자신할 수는 없다. 혹시 있을 수 있는 오류는 전적으로 작가의 무지 때문이라고 해량해 주시기를 부탁드린다.

이 소설이 직간접적으로 인용한 자료가 적지 않아 일일이 들기는 어렵다. 그래도 특히 신세 진 몇 권의 자료는 밝히는 것이 예의일 것이다. 『영조실록』과 『정조실록』, 박제가의 『정유각집(貞蕤閣集)』, 박지원의 『열하일기(熱河日記)』 등을 저본으로 삼았고, 정민 『18세기 한중 지식인의 문예 공화국』, 이덕일 『당쟁으로 읽는 조선 역사』 등 단행본도 참고했다. 이밖에 정길수 「이희천론-18세기 후반 노론청류 지식인의 운명」, 장민영 「영조대 명기집략 사건의 정치적 성격」 등 논문도 참조했다.

자료를 찾아 읽고 이야기를 꾸미며 초고를 쓰고 고친 지난 2년은 되돌아보면 아름다운 시간이었다.

집필 공간을 마련해준 해남의 백련재와 이 난삽한 작업을 잘 마무리해 준 실천문학사에도 고마움을 전한다.

2026 초봄

강 동 수